Emma Read

The House Trap

Diesem Spiel entkommst du nicht

Für James.
*Für all die Zeit, die wir gemeinsam
im Haus festgesessen haben.*

EMMA READ

THE HOUSE TRAP

DIESEM SPIEL ENTKOMMST DU NICHT

Aus dem Englischen
von Sarah Heidelberger

KNESEBECK

KAPITEL 1

Das Ende

Deliah saß im Schneidersitz auf dem dicken Teppich im Wohnzimmer der Laurents und löste ein extraschweres Sudoku. Ihr Gefühl sagte ihr, dass sie irgendwo eine falsche Zahl eingetragen hatte, aber sie machte trotzdem weiter. Gefühle waren keine Fakten, und außerdem lag es nicht an ihr, wenn sie einen Fehler gemacht hatte. Sondern daran, dass sie in Gedanken woanders war.

Ein Stockwerk weiter oben, um genau zu sein.

Sie ließ den Stift über den Zahlenkombinationen auf der Seite kreisen, über den Kästchen und waagrechten und senkrechten Reihen, die alle dieselbe Summe ergaben. Sudokus waren geordnet und logisch ... tröstlich. Aber nicht tröstlich genug, um sie von dem Gelächter abzulenken, das von oben durchs Haus hallte.

In zwei Tagen würde Deliahs vermeintlich bester Freund Claude mit seiner Familie nach Cornwall umziehen. Deliah und ihre Mum waren hier, um sich zu verabschieden. Um ihre jahrzehntelange Freundschaft zu feiern, sich gegenseitig regelmäßige Besuche zu versprechen, sich zu umarmen und ein paar Tränchen zu verdrücken und Kartons durch die Gegend zu schleppen.

Aber aus irgendeinem Grund saß Deliah jetzt allein hier unten, während Claude und Sam, sein neuer bester Freund aus der Schule, im Spielezimmer saßen und *Escape Room II* auf der Switch daddelten.

Was ja auch in Ordnung war. Vollkommen in Ordnung.

Deliah kritzelte das misslungene Rätsel durch, faltete die Zeitung zusammen und warf den Stift darauf. Dann sah sie sich nach einer neuen Beschäftigung um, aber die Wohnzimmerregale waren längst ausgeräumt. Nur ein einzelnes gerahmtes Foto stand noch darin – ihr zuliebe, wie sie vermutete. Es war absolut peinlich, ein altes Polaroidbild von Claude und ihr im Planschbecken. Deliah mit ihrem hummerroten Sonnenbrand und Claude mit seiner braunen Haut hätten nicht unterschiedlicher aussehen können. Trotzdem waren sie damals ein Herz und eine Seele gewesen, wie das Foto bewies: die gleichen Plastiksonnenbrillen, die gleichen T-Shirts, das gleiche breite Grinsen.

Claudes Mum Sara redete ständig davon.

»Soooo niedlich«, sagte sie dann mit ihrem kaum merklichen französischen Akzent, durch den es eher wie »niedliesch« klang. Wenn sie Pech hatten, kniff Sara ihnen dabei in die Wangen, als wären sie immer noch vier. »Schaut euch nur an, wie strahlend ihr lächelt.«

Nicht, dass sie damit unrecht hatte: Sie sahen wirklich glücklich aus.

Deliah stellte sich vor, wie jemand das Bild in der Mitte zerriss und Claude und sie für immer getrennt wurden.

Sara kam mit einem Glas Eistee für sie herein. »Ich hoffe, du lässt dich von den Jungs nicht ausschließen?«

»Alles in Ordnung, Sara. Ehrlich. Ich steh nicht so auf *Escape Room*.«

Und außerdem ist sowieso alles egal. Weil unsere Freundschaft Vergangenheit ist.

Claudes Mum hob eine Augenbraue und rührte in ihrem eigenen Tee herum. »Wie auch immer, es ist sowieso an der Zeit, dass ihr ein bisschen frische Luft schnappt.« Sie trat an den unteren Treppenabsatz. »Claude? Sam? Bewegt eure Hintern nach unten!«

Als Antwort kam träges Gebrummel, dass sie »nur schnell speichern« müssten, dann stampften die Jungs lustlos die Treppe nach unten. Claude ging voraus. Er sah seinem Dad inzwischen ähnlicher als sein Dad selbst. Vor allem, seit er sogar am Samstag nur noch Designer-Shirts und gebügelte, wie mit dem Lineal hochgekrempelte Hosen trug.

Deliah trank ihren Tee aus. Er schmeckte nach Sommer.

»Sicher, dass du das noch nie gespielt hast? Hat fast so gewirkt, als ob du einen siebten Sinn hast.« Sam schlug Claude auf die Schulter und band sich seinen ausgewaschenen Hoodie um die Hüfte.

Claudes Mum nahm ihren Sohn sanft beim Kinn. »Vergiss nicht, dass du mehr als einen Besucher hast, Claude. Ja? Und Deliah ist eine ganz besondere Gästin.«

Sam zog ein übertrieben gekränktes Gesicht. »Und ich? Bin ich etwa kein ganz besonderer Gast, Mrs. L?«

Claudes Mum musterte ihn eingehend. »Hm ... Du bist natürlich auch wichtig.« Sie schenkte ihm ein warmes Lächeln und wuschelte ihm durch sein struppiges braunes Haar. »Aber unsere entzückende Dee hier kennen wir, seit sie ungefähr sooo groß war.« Lachend hielt sie Daumen und Zeigefinger aneinander. »Und jetzt ab nach draußen mit euch dreien. Handys auf den Tisch, ihr habt so lange Bildschirmverbot.«

Deliah ahnte schon, was als Nächstes kommen würde.

Als ich in eurem Alter war ...

»Als ich in eurem Alter war, sind wir nach dem Frühstück rausgegangen und erst wieder reingekommmen, wenn wir Hunger hatten.«

Deliah und Sam stöhnten im Chor auf, klatschten aber trotzdem ihre Handys auf den Tisch.

Claude war das Ganze sichtlich peinlich. »Wir leben doch nicht mehr im Mittelalter. Spiele wie *Escape Room* sind total sozial. Die Zeiten haben sich geändert, Mum.«

»Nicht so sehr, wie du vielleicht denkst.« Sara klopfte auf den Tisch, bis auch Claude sein Handy herausgerückt hatte, dann reichte sie Deliah ihren Rucksack und schob noch eine Packung Schokoladenkekse hinein. »Seid bitte wieder da, ehe es dunkel wird.«

Auch wenn Deliah sich beschwert hatte, war sie eigentlich froh, aus dem Haus zu kommen. Sam und Claude hatten sich länger oben eingeigelt, als sie mitbekommen hatte, und langsam lief ihnen die Zeit davon. Auch wenn Claude keinen Hehl daraus machte, dass er sie ausgetauscht hatte, wollte sie sich gern richtig von ihm verabschieden. Danach konnte sie ihre einst so enge Freundschaft hinter sich lassen und ihn vergessen. In Gedanken hatte sie ihren Plan schon mehrmals durchgespielt. Aber dabei hatte sie nicht mit Sam gerechnet.

Sie berührte den halben Ammoniten in ihrer Tasche, strich erst über die raue Außenseite und dann über die glatte, wellige Urkreatur, die sich im Inneren zusammenrollte.

Auch das Fossil war Teil ihres Plans. Zur Sicherheit steckte sie es in ihren Rucksack zu ihrem Taschenmesser und der Taschenlampe.

Die Erwachsenen redeten die ganze Zeit wehmütig vom »Ende einer Ära«. Deliah dagegen war erleichtert, dass es bald vorbei sein würde. Dann hatte sie es hinter sich, anstatt den langsamen, peinlichen Tod ihrer Freundschaft ertragen zu müssen, während sie sich immer und immer weiter auseinanderlebten.

Claudes Dad steckte den Kopf aus dem Wintergarten, wo die Erwachsenen saßen und den alten Zeiten hinterhertrauerten.

»Schätze, das ist das letzte Mal, dass ich euch daran erinnern muss, euch vom Wald fernzuhalten«, rief er und riss Deliah dabei aus ihren Träumereien.

Innerlich – aber wirklich nur innerlich – verdrehte sie die Augen. Schließlich ging es hier um die Badwell Woods, nicht um irgendeine undurchdringliche Wildnis.

Auf einmal schrillte hinter ihr noch eine weitere Stimme auf. »Hey, Moment, wartet auf mich!«

Claudes kleine Schwester Amity schoss an ihnen vorbei auf die Terrasse. Auf ihrem Rücken hüpfte ein goldener Paillettenrucksack, und ihr Fransenschal flog hinter ihr her wie ein Superhelden-Cape.

Claudes Dad winkte Claude mit einem angebissenen haitianischen Fischbällchen zu. »Pass ein bisschen auf Ami auf, ja? Danke, Großer.«

»Na toll«, brummte Claude.

KAPITEL 2

Mädchenfußball

Die vier rannten so schnell über den sonnigen Rasen der Laurents, dass sie den Mauerseglern Konkurrenz machten, die auf der Jagd nach Insekten durch den Himmel schossen. Amity rappte irgendeinen TikTok-Song vor sich hin, für den sie eigentlich noch viel zu jung war, und hüpfte die Trittsteine entlang, während Sam die Zehen unter einen Fußball schob und ihn hochkickte. Deliah rief ihm zu, dass er zu ihr spielen sollte, aber stattdessen kickte er den Ball noch zweimal hoch und schoss ihn dann rüber zu Claude.

Deliah verdrehte die Augen und kletterte über die flache Steinmauer am Ende des Gartens auf die dahinterliegende Wiese. Die anderen kamen ihr hinterher.

»Bist du traurig, dass ihr umzieht?«, fragte sie Amity.

»Ja, aber in unserem neuen Haus wohnen wir direkt am Strand.« Amity strahlte. »Es ist so cool da, Dee! Ich freu mich schon drauf, dir alles zu zeigen. Es gibt Felsenbecken und Dünen, und ich darf Surfen lernen!«

»Wenn überhaupt, lernst du Sand essen«, bemerkte Claude.

Aber Amity achtete gar nicht auf ihren Bruder, sondern sprang auf, um einem weißen Schmetterling hinterherzujagen, der vorbeiflatterte.

»Ich fänd' es toll, direkt am Meer zu wohnen«, sagte Deliah wehmütig. Sie wusste genau, dass sie das neue Haus der Laurents nie zu Gesicht bekommen würde. »Ihr habt so ein Glück.«

»Ich würde überall hinziehen, solange wir nur wegkommen aus dem Haus, in dem wir gerade wohnen«, murmelte Sam, während er versuchte, Claude den Ball wegzugrätschen.

»Komm, Dee!«, rief Amity und rannte zu einer riesigen Eiche. »Kletterst du mit mir auf den Baum rauf?«

Deliah lächelte. Es war eine ganze Weile her, dass sie auf einen Baum geklettert war. Seit sie auf die Maysfield Academy ging, hatte sie für diese Art Sachen kaum noch Zeit. Ihren Freundinnen aus der Siebten – bald Achten – waren Netflix und YouTube wichtiger, als draußen zu sein. Bisher hatte sie noch kein anderes Mädchen gefunden, das ähnliche Hobbys hatte wie sie. In der Siebten – dem ersten Jahr an der neuen Schule – war es vor allem darum gegangen, sich anzupassen, anstatt sich abzuheben.

Sie rannte hinter Amity her. Das wilde Trommeln ihrer Turnschuhe auf dem Gras ließ ihre Sorgen für einen Augenblick verfliegen.

Amity zog sich schon hoch ins dichte, grüne Laub.

Deliah atmete tief durch und füllte ihre Lungen mit der warmen Juliluft, die getränkt war mit dem Duft des letzten Bärlauchs für dieses Jahr. Irgendwie schienen die Ferien nie lang genug zu sein. Die Aussicht auf das neue Schuljahr hing bereits im Wind wie eine Drohung.

»Wenn du dich hier neben mich quetschst, können wir Sachen auf Claude werfen.« Amity reichte Deliah ein Tic Tac. »Ich weiß genau, dass du willst.«

»Aber ich werf doch keine Sachen auf ihn«, protestierte Deliah und schob sich das Tic Tac in den Mund, anstatt es als Geschoss zu verwenden.

Allerdings hätte sie nichts dagegen gehabt, *Sam* zu bewerfen. Am besten mit Steinen.

Amity zuckte mit den Achseln. »Egal. Ich weiß trotzdem, dass du Claude nicht mehr magst. Keine Sorge, ich kann's nachvollziehen.«

Claude überprüfte, ob das Gras feucht war, dann nutzte er Sams und seinen Hoodie als Tormarkierungen.

»Quatsch, natürlich mag ich ihn noch. Er ist nur einfach … anders geworden.« Sie war selbst überrascht, wie tief die Enttäuschung war, die sie auf einmal empfand. Die neue Schule hatte ihn echt verändert. »Er war mal cool. Also, nerdig und schräg, meine ich. Was ja eigentlich eher uncool ist.«

»Total! Er ist so aaaalt geworden. Ich meine, du ja auch, aber Claude hält sich echt für den Tollsten mit seinen schnöseligen Klamotten und dem blöden neuen Haarschnitt.« Sie verstellte ihre Stimme. »Uuuh, ich bin ja so wichtig, ich bin Sportsprecher und hab Hausaufgaben und einen Blazer, uuuuh!« Amity verdrehte so heftig die Augen, dass ihre Pupillen fast nicht mehr zu sehen waren. Dann holte sie etwas aus ihrer Hosentasche und schleuderte es auf Claude. Es war ein Tannenzapfen, und er verfehlte ihren Bruder um gefühlte hundert Meter.

»Ach, das ist eigentlich gar nicht mein Problem mit ihm. Wir haben einfach nichts mehr gemeinsam.«

Doch Amity redete einfach weiter. »Den ganzen Tag scheucht er mich nur durch die Gegend. Aber das macht ihn auch nicht zufriedener. Stattdessen war er in letzter Zeit total maulig.« Ohne Vorwarnung stieß sie sich mit den Händen ab, sprang vom Baum und landete gebückt auf allen vieren wie eine Katze. »Wer hat Lust, noch eine letzte Höhle zu bauen, bevor wir wegziehen?«

Sam zog ein abfälliges Gesicht. »Sind wir nicht ein bisschen zu alt für so was?«

Amity ignorierte ihn und rannte davon, um Stöcke zu sammeln.

Sam stützte einen Fuß auf den Ball. »Kicken wir weiter, Bro?«

Deliah kletterte vorsichtig den Baum runter. »Okay.«

Sams rechte Braue schoss in die Höhe. »Du willst mitmachen, McDeery?«

»Ja, will ich«, antwortete Deliah

»Hör auf. Du spielst doch nie im Leben Fußball.«

»Tu ich wohl«, widersprach sie.

»Hätte nicht gedacht, dass du überhaupt Sport machst.«

»Mach ich aber.« In Deliahs Bauch zwickte die Wut.

»Hm ... Aber nur, dass du's weißt: Ich mache keine Ausnahmen für Mädchen. Wenn du mitspielen willst, bekommst du's mit richtigem Jungsfußball zu tun.«

Deliahs spontane Reaktion bestand darin, sich vor der Auseinandersetzung zu drücken. Aber aus irgendeinem Grund sorgte das »Ende einer Ära« dafür, dass sie sich behaupten wollte. Mit etwas Glück würde sie Sam sowieso nie wieder über den Weg laufen, wenn Claude erst einmal weggezogen war.

Sie stemmte die Hände in die Hüften. »Ich hab die ganze Grundschule lang Fußball in der Schulmannschaft gespielt. Und wir haben drei Jahre in Folge die Bezirksmeisterschaft gewonnen.«

»Aber das war Mädchenfußball, stimmt's?«

Hitze kroch Deliahs Hals hoch und breitete sich auf ihren Wangen aus. Sie bereute es, überhaupt etwas gesagt zu haben. Obwohl sie andererseits gern noch viel mehr gesagt hätte. Zum Beispiel: *Ich verstehe nicht, wo der Unterschied liegt. Zwei Beine, zwei Füße, ein Gehirn ... Wobei man über das mit dem Gehirn in deinem Fall sicher streiten kann.* Doch die Worte wollten einfach nicht herauskommen.

»Na ja, dann kicken wir eben ein bisschen lahm durch die Gegend.« Sam grinste fies.

Claude drängte sich zwischen sie. »Kommt schon, ihr zwei, lasst uns einfach spielen. Deliah ist ...« Die Pause, die er machte, war viel zu lang. »... ziemlich gut.«

»Nehmt bloß keine Rücksicht auf mich.« Deliah stahl Sam den Ball unterm Fuß weg und führte ihn am Fuß in Richtung Wald, fädelte sich zwischen den »Torpfosten« hindurch und kickte ihn anschließend hoch, um ihn mit einem Kopfball zwischen den Bäumen zu versenken.

»Alles klar, wir haben verstanden. Und jetzt geh ihn holen.« Als sie sich nicht rührte, lief Sam rot an. »Ich sagte, hol meinen Ball zurück!«, schrie er und rannte auf sie zu. »Den hab ich von meinem Dad bekommen!«

»Erst wenn du dich entschuldigst.«

»Wieso sollte ich mich entschuldigen? Ist doch nicht mein Problem, dass du so überempfindlich bist.«

»Ich bin nicht überempfindlich.«

»Ich geh dann mal den Ball holen«, sagte Claude in einem unendlich gönnerhaften Tonfall.

»Du bist nicht unser Trainer, Claude. Ich warte nur, bis Sam sich für sein sexistisches Verhalten entschuldigt hat«, sagte Deliah.

»Ich muss mich für gar nichts entschuldigen. Im Gegensatz zu dir.«

»Könnt ihr bitte einfach aufhören zu streiten?« Jetzt klang Claude fast schon väterlich.

»Mensch, Claude, du bist doch nicht die Vereinten Nationen.« Deliah funkelte ihn wütend an. »Könntest du bitte endlich mal aufhören, allen zu sagen, was sie zu tun und zu lassen haben?«

»Dann hör du auf, dich zu benehmen, als wären wir noch in der Grundschule«, fuhr Claude sie an.

Deliah war gerade dabei, so richtig wütend zu werden, da schob sich eine schwarze Gewitterwolke vor die Sonne, und die Wiese wurde in Dunkelheit gehüllt. Das passte ja bestens zu ihrer Laune! Die Temperatur sank schlagartig, und damit wurde auch ihr Streit weniger hitzig. Deliah, Sam und Claude sahen in den Himmel hinauf.

Ganz plötzlich kam die Sonne wieder hervor, und die Vögel zwitscherten begeistert weiter. Deliah richtete den Blick auf Sam, beschloss aber nach ein paar Sekunden, dass er ihr eigentlich egal sein konnte, und wandte sich seufzend zum Wald um.

»Genau, vergiss es«, sagte Sam, der sich auch wieder entspannt zu haben schien. »Ist doch kein Thema.«

Er ging an ihr vorbei zum Waldrand, stieg über die Brombeerranken und holte den Ball. »Also, wollen wir spielen?«

Doch Deliah runzelte die Stirn. Etwas fehlte.

»Claude? Wo ist Amity?«

KAPITEL 3

Die Badwell Woods

Amity war weder zurück ins Haus gegangen noch irgendwo in Rufweite der Wiese, und Claude hatte schlechte Laune, weil Sara ihn angemeckert hatte, nachdem er ins Haus gestiefelt war.

»Die kommt schon wieder«, sagte Sam, der eindeutig keine jüngeren Geschwister hatte – oder zumindest keine, die ihm etwas bedeuteten.

»Bestimmt ist sie in den Wald gegangen, um Holz für ein Tipi zu sammeln. Weit weg kann sie nicht sein, sie ist doch noch klein«, sagte Deliah.

»Da würde sie nie reingehen«, murmelte Claude eher hoffnungsvoll als überzeugt vor sich hin.

»Ach, komm schon«, schnaubte Sam verächtlich. »Wegen der paar Gruselgeschichten? Verschwundene Kinder … Das glaubt doch kein Mensch!«

»Claude schon«, widersprach Deliah. »Claude glaubt neuerdings so ziemlich alles, was man ihm erzählt.«

Claude zuckte zusammen, als hätte sie ihm mit ihren Worten einen Schlag in die Magengrube verpasst. Aber es gelang ihm schnell wieder, seine übliche Besserwisser-Miene aufzusetzen. »Nein, im Wald ist es echt gefährlich. Mum und Dad haben uns schon total oft davor gewarnt. Wegen der Sinkhöhlen von den alten Minen. Ehrlich, in den Badwell Woods sind schon viele Kinder verschwunden. Aber mit Gruselkram hat das nichts zu tun. Sie sind einfach in die Löcher gefallen. Deswegen ist drinnen im Wald jetzt alles umzäunt.«

Sam tat so, als würden ihm vor Angst die Lippen zittern.

Aber Claude achtete gar nicht auf ihn, sondern blickte zwischen den Bäumen hindurch in den Wald. »Allerdings …«

Deliah folgte seinem Blick und versuchte, im dichten Grün etwas auszumachen. »Was denn … Claude?«, fragte sie leicht genervt, weil er sich alles aus der Nase ziehen ließ.

Claude verdrehte die Augen. »Ami ist überzeugt, dass in dem Wald irgendwas Merkwürdiges versteckt ist. Ein Spionageversteck oder Aliens oder so. Na ja, ihr kennt sie ja.«

Deliah musste lächeln. Ja, und ob sie Ami kannte. »Das glaubt sie nur, weil sie nie in den Wald reindurfte. Aber wenn es dadrinnen wirklich so gefährlich ist, wie du sagst, sollten wir deinen Eltern besser sagen, dass sie weggelaufen ist.«

»Mum wird mich umbringen!«, protestierte Claude. »Ich sollte diese Woche ein bisschen auf Ami aufpassen, während unsere Eltern den Umzug organisieren. Wahrscheinlich versteckt sie sich nur, um mich zu ärgern.«

»Mich nervt sie schon durch ihre bloße Existenz«, sagte Sam, und Claude lachte zögerlich mit, während sie den Wald betraten.

Deliah stieg über das Brombeergestrüpp am Waldrand hinweg und rief dabei laut nach Amity. Nichts deutete darauf hin, dass sie ein Gefahrengebiet betraten. Ganz im Gegenteil. Der Wald wirkte hell und lebendig, Sonnenlicht fiel durch das dichte, glänzende Laub. Kühle Luft kitzelte Deliah im Nacken und vertrieb den Sommerschweiß von ihrer Haut.

Ein Eichhörnchen huschte eine Astgabel hoch und keckerte ihnen wütend zu, und zwei bunte Schmetterlinge tanzten durch einen Lichtstrahl. Deliah strich mit der Hand über einen Baumstamm und blendete das Geläster der Jungs aus, die an ihr vorbeiliefen. Sollten sie reden. War ihr doch egal, was die beiden über sie dachten! Sie stellte sich vor, wie sie ganz allein durch den Wald streifte, den Mustern und Linien der Natur folgte, die ihre ganz eigene Ordnung bildeten. Mathe, Logik, Vernunft – das war ihre Welt, in der alles einen Sinn und seinen Platz hatte. Nichts war kompliziert. Anders als in ihrem restlichen Leben.

Am liebsten würde ich für immer hier drinnen bleiben.

Auf einmal bemerkte sie, dass die Jungs vor ihr stehen geblieben waren, als wären sie auf eine unsichtbare Grenze gestoßen. Als Deliah zu ihnen aufschloss, begriff sie auch, weshalb. Die Luft war anders. *Falsch* irgendwie.

Selbst die Bäume waren nicht dieselben. Ein kalter Schauder lief ihr den Rücken hinab. Das schimmernde grüne Blätterdach wich hier einer anderen Baumart mit grauen, knorrigen Stämmen. Ihr Laub war dichter und dunkler, obwohl die einzelnen Blätter vertrocknet waren und bereits abfielen. Als wäre hier schon der Herbst eingekehrt.

Sie wich einem Polster aus herabhängendem Moos aus, das an wirres grünes Haar erinnerte, und stieß dabei gegen etwas Klebriges – Harz, das aus einer Wunde in einem Baumstamm drang und dabei langsam, aber unerbittlich einen großen schwarzen Käfer verschlang.

Deliah verzog das Gesicht. Die Natur konnte manchmal so grausam sein.

Kehr um!

»Amity!«, rief sie. Aber niemand antwortete.

Vor ihr sackte der Boden weg, als würde sie in einen Krater hinabsteigen, und die Baumwurzeln standen aus dem steilen Abhang hervor wie Krallen, die versuchten, sich über den Rand des Abgrunds zu schieben. Deliah wollte die Jungs an die Sinkhöhlen erinnern. Sie musste an die Kinder denken, die darin verschwunden waren. Und an Tunnel, die bis zum Mittelpunkt der Erde reichten. Aber die beiden waren schon weitergelaufen. Claude stieg vorsichtig wie ein ängstliches Reh über Farne und abgebrochene Zweige. Deliah zögerte. Sie wurde das merkwürdige Gefühl nicht los, dass sie die wahre Welt hinter sich ließen.

Kopfschüttelnd wies sie sich zurecht, keinen solchen Unsinn zu denken. »Amity!«, rief sie wieder.

Die üppigen grünen Bäume am Waldrand waren inzwischen nicht mehr zu sehen. Hier wuchs nur noch diese dunklere Art, die an Steineichen erinnerte. Inzwischen waren sie richtig tief im Wald. Deliah schauderte.

Hol Ami, und dann nichts wie raus hier!

Sie legte einen Zahn zu und lief unter weiterem Rufen hastig den Jungs hinterher.

Claude bedeutete ihr, still zu sein und zu lauschen, ob Amity vielleicht etwas erwiderte.

»Nichts.« Sam schleuderte genervt einen Stock durch die Gegend. »Nicht mal der leiseste Pieps. Alter, deine Mum wird dir den totalen Einlauf verpassen.« Er lachte, als Claude beunruhigt das Gesicht verzog. Aber er hatte nicht ganz unrecht.

»Es ist nicht nur Amity – die Vögel singen hier drinnen auch nicht. Es gibt überhaupt keine Geräusche. Findet ihr nicht, dass es merkwürdig still ist?«, bemerkte Deliah. »Voll gruselig, finde ich.«

»Ich hab euch doch gesagt, dass der Wald verbotenes Gebiet ist«, sagte Claude.

Auf einmal wich aller Ausdruck aus Sams Gesicht. Er atmete stockend ein und stieß zwischen den Zähnen hervor: »Pssst, was war das?« Er hob die Hand, um sie zum Schweigen zu bringen, beugte sich lauschend vor und blickte konzentriert in die Tiefen des Waldes. Dann atmete er langsam aus und machte große Augen. Mit einem großen Satz sprang er auf Deliah zu, packte sie an den Armen und kreischte ihr »Die Waldhexe!« ins Gesicht.

Deliah und Claude schrien auf, dann verpasste sie Sam einen Stoß vor die Brust. Er stolperte rückwärts weg und prallte gegen einen Baum, wobei er so heftig lachte, dass es so wirkte, als müsste er sich gleich übergeben. »Ihr solltet mal eure Gesichter sehen – total genial!«

Und dein Gesicht macht mich krank.

Aber Deliahs Herz pochte noch so wild, dass sie kein Wort herausbrachte. Hilfesuchend sah sie sich nach Claude um, aber der tat so, als würde er Sams Witz super finden, und lachte mit.

Ihr zwei habt einander echt verdient.

Tränen brannten ihr in den Augen, aber zum Glück wurde sie von einem Ast gerettet, der ganz in der Nähe knackte, worüber sie so erschrak, dass sie vergaß, verletzt zu sein. »Was war das?«

»Kommt«, sagte Claude und zog Sam in die Richtung, aus der das Geräusch gekommen war. »Vielleicht war das ja Amity!«

Er rief weiter nach seiner Schwester, inzwischen aber nicht mehr genervt, sondern eher flehend. Die Luft war stickig, und Mücken schwirrten um ihre Gesichter.

Sam hastete weiter. »Schaut, hier ist ein Zaun.« Er schob sich den Hoodie-Ärmel über die Hand und zog das wirre Gestrüpp auseinander, hinter dem eine Reihe von wurmzerfressenen Holzpfählen zum Vorschein kam, zwischen denen rostiger Stacheldraht aufgespannt war. »Sonderlich abschreckend wirkt der aber nicht.« Wie zum Beweis setzte er über den Zaun.

Delia zupfte einen Wedel von einem großen, flachen Farn und wischte das Schild sauber, das lose von einem Pfosten baumelte.

> **TODESGEFAHR –
> BETRETEN VERBOTEN**

Auf der anderen Seite des Zauns zerrte Sam etwas aus dem Unterholz. »Hey, Bro, ist das nicht Amitys Schal?«

KAPITEL 4

Das Haus mitten im Nirgendwo

»Alles klar, wir müssen zurück nach Hause und den Erwachsenen Bescheid sagen«, verkündete Claude. Sein Blick zuckte zu dem Schal, der schlaff von Sams Hand baumelte. »Sie ist meine Schwester, ich habe die Verantwortung, also treffe ich die Entscheidungen.«

»Wie du meinst.« Sam ging einfach weiter. »Na los, lauf zu deiner Mummy. Ich suche so lange weiter. Ehrlich, du tust ja so, als würde es drei Meter hinterm Zaun plötzlich gefährlich werden.«

Deliah seufzte.

So ungern sie es auch zugab, sie musste ihm recht geben. Sie kletterte über einen besonders dicht überwucherten Abschnitt des Zauns. »Offensichtlich ist sie hier gewesen. Meinst du nicht, wir sollten zumindest noch ein bisschen nach ihr schauen? Was, wenn sie verletzt ist oder verängstigt?«

»Genau, Claude. Außerdem, was ist mit deiner Mum, die dich umbringen wird?« Als Sam *umbringen* sagte, malte er mit den Fingern Anführungszeichen in die Luft. »Ehrlich, deine Mum ist ganz schön angsteinflößend.«

Widerwillig schob Claude ein Bein über den Zaun. Doch der Pfosten, auf den er sich stützte, gab nach. Mit einem leisen Aufschrei fiel er auf die andere Seite und umklammerte panisch seinen Oberschenkel.

»Der war rostig«, sagte er und zeigte ihnen das Blut an seinen Fingern und den Riss in seiner Hose. Darunter war seine Haut aufgeritzt. »Ist Rost giftig?«

Sam zog ihn auf die Beine. »Jetzt sei mal kein Mädchen. Komm, weiter.«

Deliah musterte ihn finster. Sam und sein ewiger Sexismus gingen ihr so unbeschreiblich auf die Nerven! Vielleicht war es besser, wenn sie ohne die beiden wieder zurück zum Haus ging.

Aber ... was war das? Zu ihren Füßen ragte etwas aus dem Unterholz. Es handelte sich um ein ramponiertes laminiertes Schild, das vermutlich irgendwann einmal am Zaun gehangen hatte und jetzt von der Natur zurückerobert wurde. Die Plastikhülle bröselte, und es war Wasser hineingelaufen. Trotzdem konnte man noch erkennen, um was es sich handelte.

Ein Vermisstenplakat.

»Schaut mal, da drüben!«, rief Claude. Einige Meter weiter hing am Zaun ein ähnlich verwittertes Plakat. Und dahinter schimmerte in einem der wenigen Lichtkegel, die durchs Blätterdach fielen, noch eins auf.

Deliah verglich sie mit dem, das sie gefunden hatte. Sie glaubte, dunkelbraune Haare und den Namen Dean ausmachen zu können. »Geht es um das gleiche Kind?« Sie hielt Claude ihr Plakat hin.

Er schüttelte den Kopf. »Nein. Ich kann es nicht richtig lesen, aber sie sind unterschiedlich.« Mit einem gequälten Blick drehte er sich weg.

»Wow«, murmelte Sam. »Dann sind die Geschichten also wahr.«

»Aber die Plakate sehen doch ziemlich alt aus, Claude. Ich bin mir sicher, dass es Ami gut geht«, sagte Deliah. Sie konnte nur hoffen, dass ihr nicht anzuhören war, was für eine Angst sie hatte.

Bitte mach, dass ihr nichts passiert ist.

Da schoss Claude auf einmal los, einen zugewucherten Pfad entlang, in die düstere Tiefe des Waldes. »Ich sehe was!«, rief er ihnen zu.

»Claude, warte!« Deliah rannte hinter ihm her. Immer wieder stolperte sie über die Wurzeln, die kreuz und quer über den kaum vorhandenen Pfad wuchsen. Die Bäume lichteten sich wieder, und vor ihr stand Claude auf einer Lichtung. Er war in Schatten getaucht. Aber nicht in die der Bäume, sondern in den einer riesigen, vornehmen Villa.

Sam kam dazu, verschränkte die Arme und runzelte die Stirn. »Krass, was ist *das* denn?«

Das Haus war zwar prunkvoll, aber gewohnt hatte hier schon lange keiner mehr. Die schmutzig grauen Außenwände waren überwuchert von Efeu, und der Boden ums Haus war bedeckt von einem Gewirr aus Farn und Brombeerranken. Die Villa stand da, als würde sie gar nicht richtig hierhergehören. Nicht einmal eine Straße oder einen richtigen Weg gab es. Bestimmt hatte es irgendwann eine Zufahrt gegeben, aber die musste der Wald zurückerobert haben.

Sam kämpfte sich bis zur Haustür vor. Sie stand einen Spaltbreit offen, und er wollte sie schon aufstoßen, da zog er die Hände im letzten Moment doch wieder weg. »Wusstet ihr, dass hier ein Haus steht?«

Claude und Deliah schüttelten die Köpfe.

»Glaubst du, Amity ist dadrinnen?« Deliah musterte das Haus.

»Finden wir's raus«, antwortete Sam. Als sie zögerte, wandte er sich zu ihr um. »Komm schon, Dee-Dee. Du hast ja wohl keine Angst, oder?«

Dee-Dee? Würg.

»Und was, wenn es gar nicht so verlassen ist, wie es aussieht?«, warf sie ein. »Wir können da doch nicht einfach reingehen!«

Sam blickte an dem Gebäude hoch. »Dann klopfen wir eben.«

Claude rieb sich den Hinterkopf. »Das gefällt mir alles nicht. Irgendwas stimmt nicht mit dem Haus.«

Deliah stöhnte auf. »War ja klar, dass du das denkst. Und jetzt? Hast du Angst, dass es dadrinnen spukt?«

»Ganz schön de-mütigend, De-liah«, bemerkte Sam.

Sie schnaubte durch die Nase. »Und du ganz schön ätzend, Eavis.«

Sam zwinkerte ihr zu. »Ich weiß.«

Wenn du jetzt freundlicherweise in eine Sinkhöhle fallen könntest?

Claude ging zur Tür. »Das Haus schreit praktisch nach geheimem Spionageversteck. Wenn Amity es gefunden hat, dann ist sie garantiert auch reingegangen.« Er gab ein frustriertes Stöhnen von sich und nickte auffordernd Sam zu, der daraufhin an die Haustür klopfte.

»Hallo?«

Deliah rieb sich die Arme, auf denen sich Gänsehaut gebildet hatte.

Es gibt keinen Grund, Angst zu haben.

Sam wartete mit übertrieben gespanntem Gesichtsausdruck, dass jemand öffnete. »Hallo? Ist James Bond da? Oder ein verrückter Wissenschaftler? Eine Gruselhexe? Oder sonst irgendwer?« Aber auch, als er ein zweites Mal klopfte, kam keine Antwort, und er zuckte mit den Achseln. »Ich würde sagen, wir gehen rein.« Er griff nach der Klinke.

»Warte!«, rief Claude. »Irgendwas stimmt hier nicht … Das spüre ich einfach.«

Deliah verschränkte die Arme. Eine tiefe Enttäuschung machte sich in ihr breit. Wieso führte er sich so auf? Seit wann war er so … so spirituell drauf? Früher waren sie immer einer Meinung gewesen. Sie wollte gerade einen vernichtenden Spruch zum Thema gesunder Menschenverstand ablassen, da drang ein schriller Schrei aus dem Haus.

Claude drängte sich an Sam und Deliah vorbei und riss die Tür auf. »Das war Amity!«

KAPITEL 5

Die Ankunft

Das Foyer war mindestens viermal so groß wie der Eingangsbereich bei Deliah und selbst im Vergleich mit dem Haus der Laurents noch nobel. Und es war von dem makellosen, schwarz-weiß-gefliesten Boden bis zu den Samttapeten das genaue Gegenteil der verfallenen, überwucherten Ruine, vor der sie draußen gestanden hatten.

»Alter ... Wenn hier keiner mehr wohnt, fress ich 'nen Besen«, murmelte Sam und strich über die staubfreien Blätter einer großen Topfpflanze.

»Kommt jetzt.« Claude klang inzwischen fast schon verzweifelt.

Sie ließen die Haustür offen stehen und wagten sich weiter ins Haus vor. Links vom Eingang befand sich ein kleiner Nebenraum mit einer gewölbten Decke. Bestimmt diente er als Garderobe, denn an einem hölzernen Kleiderbügel hing ein großer Mantel.

Ist das etwa Pelz?

Hastig wandte Deliah den Blick ab und musterte die weiteren Türen, die vom Foyer abgingen. Es gab insgesamt drei, eine direkt gegenüber der Haustür, die anderen beiden links und rechts. Ohne sich absprechen zu müssen, nahmen sich Deliah und Sam die beiden Seitentüren vor und rüttelten lautstark an den Klinken. Doch es tat sich nichts. Claude hämmerte währenddessen gegen die mittlere Tür, die keine Klinke hatte, und brüllte dabei: »AMITY!«

Am liebsten hätte Deliah ihn zum Schweigen gebracht oder ihm zumindest gesagt, dass er leiser rufen sollte. Aber sie brachte es nicht übers Herz. Immerhin war Ami seine kleine Schwester.

Claude zerrte an den Klinken der Türen, die Deliah und Sam schon ausprobiert hatten. Überraschenderweise verkniff Sam sich jeden blöden Kommentar.

»Der Schrei kam von ihr, oder?« Claude blickte hilflos zwischen den Türen hin und her. »Jemand hat sie entführt!«

Deliah legte ihm eine Hand auf den Arm. »Hey, jetzt mach dir keine Sorgen. Wir finden sie schon noch. Vielleicht war sie das mit dem Schrei ja auch gar nicht! Oder sie spielt irgendein Spiel.« Sie merkte selbst, dass sie nicht sonderlich überzeugend klang.

Sam durchsuchte bereits die Schubladen an einem antiken Schreibtisch aus poliertem Holz, der neben der Haustür stand. »Vielleicht finde ich ja einen Schlüssel«, sagte er.

Deliah sah sich um. Rechts und links von der mittleren Tür standen wie Wachposten zwei hohe Topfpalmen, unter denen sich jeweils ein Beistelltischchen befand. Ein Blick in die Pflanzenkübel ergab nichts. Auf jedem Tisch befanden sich ein mit Eiswürfeln gefüllter Silberkübel mit einer Flasche Champagner darin und daneben auf einem verzierten Metalltablett leere Champagnergläser sowie ein Stapel Faltblätter. Doch ein Schlüssel war nirgends zu sehen. Deliah ließ den Blick durch den restlichen Raum schweifen, musterte die altmodischen Porträts, die goldgerahmten Spiegel, die alte Standuhr, die auf halb acht stehengeblieben war.

Wo waren sie hier? Wer wohnte in diesem Haus? Und wo waren die Bewohner gerade? Warum hatten sie die Haustür offen gelassen, die Türen im Inneren aber abgeschlossen? Und dann fiel Deliah noch etwas auf: Etwas fehlte. Etwas, das es im Foyer von prachtvollen, großen Häusern wie diesem sonst immer gab.

Wo ist die Treppe?

»Es gibt keinen Schlüssel«, sagte Claude panisch. Er hatte recht. Sie hatten alle Verstecke durchsucht, die in Frage kamen.

»Und was machen wir jetzt?«

Sam musterte die Porträts an den Wänden. »Keine Ahnung. Was würden Sie vorschlagen, Dr. Calhoun Elias Montgomery der Dritte? Oder können Sie uns vielleicht weiterhelfen, Emmy Fairweather, Gouvernante?« Er schnipste den beiden gegen die Gesichter. »Na? Habt ihr irgendwo hier drinnen ein kleines Mädchen versteckt? Zappelig und ziemlich nervig?« Die Porträts starrten ausdruckslos zurück.

»Vielleicht ist sie ja auch gar nicht hier«, schlug Claude hoffnungsvoll vor.

Ein fledermausatemleichter Lufthauch spielte mit den Faltblättern auf dem Tisch neben Deliah, und sie nahm eines.

Als sie es auseinanderfaltete, kam ein in einer wunderschönen Handschrift verfasster Reim zum Vorschein. »Hey, Jungs, schaut mal hier.«

> Willkommen, Freunde, in Manvers Hall,
> auf meinem außergewöhnlichen Ball.
> Heut Abend spielen wir ein Spiel,
> an dessen End sich ändert viel.
> Löst all die Rätsel hier im Haus,
> Logik allein hilft euch hinaus.
> Denn beginnt das Spiel, seid ihr nicht mehr frei,
> bis ihr gelangt in Stockwerk zwei.
> An Hinweisen mangelt es nicht, lieber Gast,
> ein ~ reicht, und alles passt.
> Der letzte Raum wird euch imponieren,
> dann werdet ihr fraglos gern investieren.

Claude und Sam schienen nicht recht zu wissen, was sie damit anfangen sollten. Aber Deliah erkannte ein Rätsel, wenn sie eines vor sich hatte.

»Auf der Rückseite geht es noch weiter.« Sie drehte das Blatt um. »Da steht: *Dr. Elias Batstone freut sich, Sie in seinem Wunderwerk moderner Technik willkommen heißen zu dürfen.* Schaut mal.« Sie strich das Blatt glatt, damit die beiden lesen konnten, was darauf stand.

Bitte trinken Sie ein Glas von dem Ayala-Champagner, um die Zahnräder Ihrer Vorstellungskraft zu ölen. Im Laufe dieses unterhaltsamen Abends werden Ihnen meine Assistenten mit mehr Champagner, Horsd'œuvres und dem ein oder anderen Hinweis zur Seite stehen sowie all jenen Damen eine helfende Hand bieten, die in Anbetracht meiner atemberaubenden Erfindung der Schwindel überkommt.

Das Spiel beginnt, wenn die Tür sich schließt.

»Das klingt ja cool. Wie eine Art echtes Escape-Game … Auch wenn der Typ ganz schön von sich überzeugt zu sein scheint«, bemerkte Sam. »Wollen wir es mal versuchen? Die Haustür schließen und das Spiel spielen? Herausfinden, was passiert?«

Deliah und Claude riefen im Chor ein entsetztes: »NEIN!«

»Was, wenn die Haustür danach genauso verschlossen ist wie die Innentüren?«, fragte Deliah. »Dann stecken wir hier drinnen fest. Außerdem stand sie offen, als wir gekommen sind, oder? Ami scheint sie also nicht geschlossen zu haben.« Deliah trommelte mit den Fingern auf dem Faltblatt herum. »*Heut Abend spielen wir ein Spiel* … Ist damit wirklich *heute* Abend gemeint? Klingt jedenfalls so, als würden noch Gäste kommen, um eine Party zu feiern. Außerdem soll es ja auch noch diese geheimnisvollen Assistenten geben. Bestimmt sind wir schon bald nicht mehr allein. Lasst uns einfach warten.«

Claude setzte zum Protest an, brach aber sofort wieder ab, schrie auf und schlug sich etwas aus dem Haar. »Wäääh!« Ein Ohrenkneifer fiel auf den Boden. Deliah folgte Claudes Blick zur Decke, an der ein riesiger, trommelförmiger Lampenschirm hing. Das Kabel verschwand in einer Stuckrosette. Gerade schob sich der nächste Ohrenkneifer aus dem Spalt um das Kabel und kletterte über die cremefarbenen Gipsblätter, von denen er auf eine weiße Büste direkt neben Claude fiel, die eine griechische Dame zeigte. Darunter ragte eine Notiz auf demselben teuer aussehenden Briefpapier wie die Wurfblätter hervor.

Den Schlüssel hat die weiße Dame,
dem meiner Tochter gleicht ihr Name.

Vorsichtig hob Deliah die Büste an, um den Hinweis darunter hervorzuziehen. Aber die Statue war leichter als gedacht. Offenbar bestand sie gar nicht aus Marmor, denn sie kippte in ihrer Hand nach hinten. Deliah schnappte erschrocken nach Luft – doch die Büste fiel nicht zu Boden, sondern schien mit einer Art Scharnier am Sockel befestigt zu sein. Als Deliah sie noch etwas weiter nach hinten klappte, kam eine gebogene Metallschiene zum Vorschein, auf der die Statue befestigt war. Metall klickte, gefolgt von dem unverwechselbaren Geräusch einer Tür, die aufgeschlossen wurde.

Die Jungs jubelten, und in Deliahs Brust breitete sich ein wunderbar warmes Gefühl aus.

»Eine Trickstatue!« Sie musste sich bemühen, nicht allzu begeistert zu klingen. »Und? Welche Tür wollen wir nehmen?«

»Ich würde auf die rechte tippen«, sagte Claude achselzuckend. »Die sieht irgendwie eleganter aus. Vielleicht führt sie ja in den Rest des Hauses.«

»Wir sollten zur Sicherheit dafür sorgen, dass die Haustür nicht zufallen kann«, schlug Deliah vor.

Claude nickte zustimmend, aber Sam war weniger enthusiastisch. »Angsthase«, murmelte er in Deliahs Richtung.

Mit brennenden Wangen steckte sie das Faltblatt und den Hinweis ein. Dann stellte sie einen der schweren Champagnerkübel so in die Tür, dass sie nicht zufliegen konnte. »Alles klar«, sagte sie zu Claude und versuchte dabei, nicht weiter auf Sam zu achten. »Suchen wir deine Schwester.«

ERDGESCHOSS

KAPITEL 6

Etwas Verborgenes

Die rechte Tür führte in einen Ballsaal, der mindestens so groß war wie die Cafeteria in der Schule. Der Boden war glatt poliert, und am Rand standen mehrere große, runde Tische.

Durch zwei Kuppelfenster in der Decke fiel spärliches Licht in den Saal. Auf den Scheiben hatten sich Schmutz und Laub samt mehrerer Jahrzehnte Vogelkacke gesammelt.

Warum hatten die Besitzer das Haus im Inneren so auf Hochglanz poliert und es von außen dermaßen verfallen lassen?

Das Haus kam Deliah immer merkwürdiger vor.

Während Claude nach Amity rief und unter den Tischtüchern nachsah, betätigte Sam den Lichtschalter neben der Tür.

Ein gewaltiger Kronleuchter in der Raummitte erwachte flackernd zum Leben, dann wurde das Licht stetig, wenn auch nicht sonderlich hell. Die schweren Kristalltropfen schimmerten wie Tränen.

Deliah lehnte sich gegen einen samtgepolsterten Esszimmerstuhl und strich mit den Fingerspitzen über die Seitenteile, die mit symmetrischen Schnitzmustern und Blattgold verziert waren. Auf einmal überkam sie das dringende Bedürfnis, mit der Gabel gegen eins der schweren Kristallgläser zu schlagen. Ein wunderschöner, aber gespenstischer Laut hallte in der Stille nach wie ein schweres Parfüm.

Claude haute mit der Faust auf den Tisch, dass das Besteck klirrte. »AMITY!«

»Hier ist niemand. Kein Axtmörder, kein Geheimagent und keine Amity. Das Haus ist leer«, sagte Sam. Er klang enttäuscht. »Wer auch immer diese Party hier vorbereitet hat, ist weg. Vielleicht würden sie ja wiederkommen, wenn wir anfangen zu spielen, aber das will Deliah Spaßbremse hier ja auf keinen Fall ausprobieren. Ich würde sagen, wir suchen noch fünf Minuten, und dann gehen wir.«

Deliah ging nicht auf seine Sticheleien ein. Dazu war sie viel zu besorgt. Ein lautes Scharren über ihr ließ sie zusammenfahren – aber es war nur ein Zweig, der über das Kuppelfenster schabte und dabei Kratzspuren in der Schmutzschicht hinterließ.

»Kommt«, sagte Claude und deutete mit dem Kopf auf die Doppeltür am anderen Ende des Saals. »Lasst uns da drüben weiterschauen.«

Sam ging voran und riss die Tür mit großer Geste an beiden Griffen auf. Deliah schaltete das Licht hinter sich aus und warf noch einen letzten Blick in den Ballsaal mit seinem glitzernden, unwirklichen Glanz, der jetzt in Dämmerlicht getaucht war.

Sie folgten einem mit Teppich ausgelegten Gang in ein elegantes Schlafzimmer, das ebenfalls leer war – außer man ließ die Ritterrüstung gelten, die in einer Ecke stand.

»Wir hatten fünf Minuten gesagt. Zeit zu gehen.« Sam verschränkte die Arme.

»Nein, *du* hast fünf Minuten gesagt …« Deliah warf einen Blick zu Claude und knabberte sich nervös an der Unterlippe herum. »Aber vielleicht hast du recht, und …«

Claude bedeutete ihr mit einem erhobenen Zeigefinger, leise zu sein. Lautlos ging er auf alle viere und spähte unter das riesige Himmelbett.

»Komm raus da«, fauchte er, dann sprang er wieder auf und wappnete sich mit verschränkten Armen dafür, seiner Schwester eine ordentliche Standpauke zu halten.

Mit bedröppelter Miene kam Amity unter dem Bett hervorgekrochen, und Claude packte sie und zerrte sie hoch.

»Autsch!« Sie riss den Arm weg.

»Ich geb dir gleich autsch! Was hast du dir nur gedacht? Du kannst doch nicht einfach in den Wald rennen! Und dann auch noch in ein fremdes Haus! Es ist gefährlich hier!« Claude zog seine kleine Schwester unsanft zur Tür. »Mum wird ausflippen, wenn sie das erfährt! Komm, wir gehen.«

»Aber ich musste hier reingehen. Ich hab einen Hund bellen hören! Ich dachte, er hat sich irgendwo eingeklemmt. Oder dass jemand in Schwierigkeiten steckt. Außerdem ist das alles deine Schuld, weil du die ganze Zeit nur rumstreitest und schimpfst und alle rumkommandierst, und das sag ich auch Mum! Ich sag ihr, dass ich einfach nur wegwollte von euch und dem andauernden Gestreite.«

Ein Hund? Deliah nahm sich fest vor, später noch genauer darüber nachzudenken. Jetzt versuchte sie es erst mal mit einem etwas sanfteren Ton als Claude. »Aber wieso hast du dich versteckt?« Auf Amitys Wangen schimmerten Tränenspuren. »Wir haben uns Sorgen um dich gemacht. Erzähl mir bitte nicht, dass das alles nur ein Spiel sein sollte.«

Amity verbarg ihr Gesicht in den Händen. »Ich wollte euch keine Angst machen, Dee. Ich habe mich nur versteckt, damit sie mich nicht erwischen. Ich will doch kein verschwundenes Kind werden!«

»Sie? Wer?«, fragte Deliah. »Außer uns ist hier niemand.«

Claude packte seine Schwester an den Händen. »Ich wünschte, du *würdest* verschwinden.«

»Claude!« Deliah legte ihm die Hand auf die Schulter. »Sag so was nicht. Ami, das hat er nicht so gemeint. Er ist nur sauer. Und jetzt kommt, lasst uns gehen, ehe uns jemand hier drinnen erwischt. Das«, sie zeigte zwischen

Amity und ihrem Bruder hin und her, »könnt ihr später noch erledigen.« Dann reichte sie Amity ein Taschentuch, damit sie sich die Nase putzen konnte. »Ich weiß ja nicht, wie es euch geht, aber ich will einfach nur noch nach Hause.«

Amity nickte. Deliah hatte sie noch nie so zerknirscht erlebt. Doch dann begannen ihre Augen wieder zu funkeln. »Aber ist das nicht cool? Ich meine, was ist das überhaupt für ein Haus? Habt ihr den Hund gefunden?«

Deliah schüttelte den Kopf. »Nein, tut mir leid.«

Amity sank wieder in sich zusammen. »Ich will jetzt gehen.« Auf einmal wirkte sie richtig verängstigt, und das lag nicht nur an den wütenden Blicken, die Claude ihr immer noch zuwarf. »Ehe sie wiederkommen.«

»Von wem redest du?«, fragte Deliah erneut.

»Von den Kindern in den Wänden.«

Deliah zupfte eine Staubfluse von einem von Amitys beiden Haarknödeln. Langsam war sie mit der Geduld am Ende. »Das reicht jetzt, Amity. Keine Geschichten mehr.«

»Aber das ist keine Geschichte! Ich weiß doch, warum keiner in den Wald geht. Weil es hier spukt! Und in dem Haus hier gibt es richtige, echte Geister. Ich hab sie gehört. In Wahrheit sind die Sinkhöhlen das Märchen.«

Deliah wich einen Schritt zurück. Sollte Claude seine Schwester doch zur Vernunft bringen.

Er nahm Amity wortlos bei der Hand.

»Ich habe noch nie irgendwelche Geistergeschichten über den Wald gehört.« Sam nahm eine gemusterte Holzschatulle vom Nachttisch. »Und ich wohne schon mein ganzes Leben hier.« Er zuckte mit den Achseln und rieb den Deckel der Schatulle mit dem Ärmel sauber. Sie klappte auf, und das winzige Uhrwerk, mit dem sie betrieben wurde, kam zum Vorschein. Darin befand sich eine kleinere Schatulle.

Deliah beobachtete mit einer gehobenen Braue, wie er die Schatulle in seiner Tasche verschwinden ließ.

An Geister glaubte sie zwar nicht, aber irgendetwas hatte Amity einen riesigen Schrecken eingejagt. »Wir sollten wirklich besser gehen«, sagte sie deswegen.

Sam ging voran, zurück durch den Ballsaal bis in die Eingangshalle.

Deliah bemerkte den Unterschied sofort. So wie sie alle. Die Luft war irgendwie anders und das Licht auch. Vorhin hatten die Bodenfliesen in dem Lichtkeil, der durch die offene Haustür gefallen war, ausgesehen, als würden sie glühen. Jetzt waren sie grau und matt. Überhaupt war es im Foyer auf einmal dunkler, schattig und kalt.

Die Champagnerkübel standen wieder beide auf den Tischen.

Und die Eingangstür war geschlossen.

KAPITEL 7

Hinweise und Geheimnisse

»Wer hat die Tür zugemacht?« Deliahs Stimme überschlug sich vor Panik. Sie lief zur Tür und rüttelte am Griff. Abgeschlossen – was auch sonst?

»Ich hab's euch doch gesagt«, bemerkte Amity mit grimmiger Miene. »Hier sind noch andere Kinder. Die vermissten Kinder. Das waren ihre Geister. Ich hab sie gehört. Sie haben das getan.«

»Warst du das?« Claude drehte seine kleine Schwester ruppig zu sich und ließ wütend ihre Hand los.

»Nein! Ich war unter dem Bett. Und wer mit einem Finger auf andere zeigt, zeigt mit dreien auf sich. Bestimmt warst du es selbst!«, rief Amity.

Während die beiden weiterstritten, beobachtete Deliah die einzige weitere Person im Raum.

Sam war ungewöhnlich still. War er die ganze Zeit über bei ihnen gewesen, oder konnte er heimlich zurück ins Foyer geschlichen sein, während sie im Ballsaal beschäftigt gewesen waren?

»Nein«, sagte sie leise und drehte sich mit wild pochendem Herzen zu Sam. »Er war's. Er wollte die Tür doch von Anfang an schließen!«

Claude und Amity wirkten wie vom Blitz getroffen.

Sam verschränkte die Arme vor der Brust. »Du bist hier doch die, die auf Rätsel steht. Schaut mal da, ein *Hinweis!*«, äffte er sie nach. »Wusstest du eigentlich schon, dass dich die anderen in der Schule hinter deinem Rücken Deliah Langweilig genannt haben?«

Ihr Gesicht brannte wie Feuer.

»So was würde Sam nie machen«, sagte Claude und stellte sich neben seinen Kumpel.

»War ja klar, dass du für ihn Partei ergreifst. Früher warst du immer auf meiner Seite, ganz egal, worum es ging. Ich bin froh, dass wir keine Freunde mehr sind. Und dass du wegziehst, freut mich auch.«

»Es war keiner von uns!« Amity hämmerte gegen die Haustür und rüttelte an der Klinke. »Das waren SIE!«

»Halt endlich die Klappe!«, brüllte Sam.

»Hey!« Claude fuhr zu ihm herum. »Red nicht so mit ihr. Ich weiß, dass sie nervt, aber sie ist doch noch klein.«

»Ich bin nicht mehr klein!«, erwiderte Amity laut. »Und ich bin auch nicht nervig!«

Claude rieb sich den Nacken. »Woher wollen wir überhaupt wissen, dass jemand die Tür zugemacht hat? Vielleicht war es ja auch einfach der Wind.«

Deliah schnaubte. »Die Champagnerflasche im Kübel ist voll. Das Ding ist schwer und steht wieder auf dem Tisch. Entweder es waren Geister, oder es war Sam.« Deliah ließ die Schultern hängen. »Ihr denkt jetzt bestimmt, es waren Geister. Aber ich sag euch, er war der Letzte im Ballsaal und ist uns hinterhergetrödelt. Und er ist als Einziger von uns leichtsinnig genug, um so was zu tun.«

Gerade hatte Sam noch wütend gewirkt. Jetzt wurde er ganz ruhig, was noch viel unheimlicher war. »Ich war das nicht, und sobald wir einen Weg hier raus gefunden haben, wirst du dich bei mir entschuldigen. Und jetzt los, suchen wir etwas, womit wir das Schloss zertrümmern können.«

Claude streckte besänftigend die Hände aus. »Und wenn wir nach einer Hintertür suchen? Nicht dass wir hier das Haus auseinandernehmen, bevor die ganzen Partygäste kommen. Und danach sollte sich Deliah entschuldigen, das finde ich auch.«

Deliah verschränkte die Arme. Sie fühlte sich schuldig, weil sie Sam so heftige Vorwürfe gemacht hatte. Vielleicht war das doch ein wenig übereilt gewesen. Aber wenn er es nicht gewesen war, wer dann? Hier war sonst doch niemand. Finster folgte sie den anderen zurück durch das Rüstungszimmer und weiter den Korridor entlang.

Das Haus hatte die Form eines großen Quadrats und einen langen Gang, von dem alle Zimmer abgingen. Als Nächstes kamen ein weiteres elegantes Schlafzimmer, eine Art Wohnzimmer – in dem es allerdings weder Fernseher noch Sofa gab, sondern nur einen Haufen Sessel und ein paar kleine Tischchen – und eine richtige Bibliothek sowie eine Besenkammer. Die letzte Tür im Flur führte zurück in die Eingangshalle.

»Echt seltsam«, murmelte Sam.

Sie waren das gesamte Erdgeschoss abgelaufen, hatten aber keine Tür zur Außenwelt gefunden. Und auch keine Treppe, die ins nächste Stockwerk führte.

»Eine Hintertür gibt es also schon mal nicht … Wollen wir es vielleicht mit den Fenstern versuchen?«, schlug Claude vor.

»Und wenn wir einfach jemanden anrufen?« Sam zuckte mit den Achseln.

»Aber wir haben unsere Handys doch gar nicht dabei«, sagte Claude. »Mum hat sie uns abgenommen.«

»Ihr seid echt ein lahmer Haufen.« Sam holte sein Telefon aus der Hosentasche.

Deliah schnappte nach Luft und vergaß einen Moment lang, dass sie eigentlich nicht mehr mit ihm redete. »Sam, du bist echt …«

»Was? Klug? Rational?«

Vielleicht. Vielleicht aber auch einfach nur hinterhältig.

»Verdammt, das können wir vergessen. Kein Empfang. Und der Akku ist auch leer, obwohl ich ganz sicher weiß, dass er voll war, als wir losgegangen sind. Ich habe extra nachgesehen. Das alte Schrottteil.« Er stopfte es zurück in seine Hosentasche. »Na gut, dann eben die Fenster.«

Sie drehten eine weitere Runde durchs Erdgeschoss und rüttelten an allen Fenstern, die groß genug waren, um durchzuklettern. Aber keines ließ sich öffnen. Sam versuchte sogar, eines mit einem Schürhaken aufzustemmen, den er neben einem der Kamine gefunden hatte – ebenfalls erfolglos.

»Dann sitzen wir hier also fest?«, fragte Amity.

»Unsinn.« Deliah rieb ihr aufmunternd den Arm, obwohl sich in ihrem Bauch ein seltsam leeres Gefühl ausbreitete. Die Vorstellung, im Haus fremder Leute eingesperrt zu sein, machte ihr zu schaffen. Sie waren jetzt schon ewig hier – mindestens eine Stunde –, und niemand hatte sich blicken lassen. Keine Gäste, keine Helfer, nicht mal dieser Elias Batstone. Apropos …

»Was ist mit diesem Rätsel?« Sie zog das Faltblatt aus ihrer Tasche. »*Das Spiel beginnt, wenn die Tür sich schließt.* Was, wenn die Person, die die Tür zugemacht hat, ein richtiges, echtes Spiel in Gang gesetzt hat? Hier steht: *Denn beginnt das Spiel, seid ihr nicht mehr frei, bis ihr gelangt in Stockwerk zwei.* Was, wenn die Türen und Fenster alle verriegelt wurden, weil das Spiel angefangen hat?« Sie wich Sams Blick aus. »Vielleicht müssen wir ja das Spiel spielen, um die Tür wieder aufzubekommen. Ich hoffe, dieser Mr. Batstone ist nicht verärgert.«

»Aber wie geht das Spiel?«, fragte Amity und setzte ihren Rucksack ab. »Ich habe Stifte, Kastanien und ein paar Hundesticker dabei …«

»Da steht, dass es *an Hinweisen nicht mangelt* und man *Logik* benötigt. Ich würde sagen, der logischste Ort, um nach Hinweisen zu suchen, ist …«

Sam sah sie an. »... die Bibliothek«, vervollständigten sie den Satz im Chor.

»Oh, wow.« Sam strich mit dem Finger die Bücherreihen entlang. »Die sind aber alt.« Er zog einige Bände aus den Regalen und ließ einen Roman von Agatha Christie in seiner Hosentasche verschwinden. Deliah musterte ihn mit gehobener Braue.

»Was denn? Das ist nicht geklaut. Oder fällt dir was ein, wie ich es aus dem Haus schmuggeln könnte?«

»Ich hab was gefunden.« Claude fächerte einen Papierstapel auf, der auf dem Schreibtisch in der Raummitte gelegen hatte.

KIND GESUCHT!
WER HAT DIESES MÄDCHEN GESEHEN?

Hypatia Archimedes Batstone, zuletzt gesehen
in den Badwell Woods am Abend des 30. Juli.
Bei Hinweisen kontaktieren Sie bitte
die Polizei unter Ipswich-451.
Hohe Belohnung!

Über dem Text befand sich ein körniges Schwarz-Weiß-Foto, das ein Mädchen von vielleicht sieben oder acht Jahren zeigte. Es hatte kurze Haare und trug ein Trägerkleid.

Sam schnaubte. »Ich wäre auch weggelaufen, wenn mir meine Eltern so einen bescheuerten Namen gegeben hätten.«

Amity schien seiner Meinung zu sein. »So heißt doch kein Mensch.«

»Doch, zumindest dieser Archimedes war ein berühmter … ähm … Mathematiker, oder?«, korrigierte Claude seine Schwester.

»Mathematiker, Astronom und Erfinder. Archimedes war so was wie ein Universalgelehrter. Im alten Griechenland, auch wenn er in Italien zur Welt gekommen ist und … Na ja, jedenfalls trotzdem ein ganz schön heftiger Name für ein Mädchen.« Deliah versuchte hastig, davon abzulenken, dass sie gerade in den Nerd-Modus geschaltet hatte.

»Deliah Langweilig«, flüsterte Sam.

Claude grinste.

Deliah funkelte wütend das Vermissten-Plakat an und versuchte, sich nicht anmerken zu lassen, wie verletzt sie war. Dann fiel ihr etwas auf. »Batstone. Das ist doch der Name von diesem Partytypen. Elias Batstone.«

»Seine Tochter vielleicht?«, schlug Claude vor. »Oder auch nicht … Das Foto sieht ganz schön alt aus. Was wohl mit dem Mädchen passiert ist?«

Deliah war verwirrt. »Stimmt, es sieht wirklich alt aus. Aber er muss ihr Dad sein. Der erste Hinweis lautete *Den Schlüssel hat die weiße Dame, dem meiner Tochter gleicht ihr Name*. Und als ich gegen die Büste in der Eingangshalle gedrückt habe, sind die Türen aufgegangen.«

Die anderen musterten sie ratlos.

»Die Büste zeigt Hypatia, ebenfalls Mathematikerin aus … dem alten … ähm … Griechenland.« Verlegen verstummte sie.

»Was ist denn mit dem los? Seine Tochter ist verschwunden, und trotzdem feiert er eine Party. Eiskalt, der Typ«, bemerkte Sam.

Deliah musterte erneut das Plakat. »Aber das kann doch alles nicht stimmen, oder? Schaut mal, sie ist vor über neunzig Jahren verschwunden.« Sie deutete auf die Jahreszahl unter dem Foto, die ihr beim ersten Lesen entgangen war – 1930.

Sam zuckte mit den Achseln und musterte ein Bild, das schief über einer Vitrine voller ausgestopfter Tiere hing. »Vielleicht geht es ja um einen anderen Elias Batstone. Und zwar den da.«

Sie versammelten sich um die Vitrine und versuchten dabei, den glasigen Blick des präparierten Fuchses zu meiden, der einen ausgestopften Hasen ansprang.

Bei dem Bild handelte es sich um ein Foto in Sepiatönen, das so neu aussah, als wäre es erst gestern gemacht worden. Ein Mann mittleren Alters in Anzug und Hut – wie ein altmodischer Gangster – saß neben einem Mädchen. Es war Hypatia. Deliah kannte ihr Gesicht ja schon von dem Plakat. Die Fotografie hatte eine Unterschrift:

Elias Manvers Batstone
Manvers Hall
17. Juli 1930

»Nur wenige Wochen vor ihrem Verschwinden«, sagte Deliah.

Am oberen Bildrand war ein Kronleuchter zu erkennen, der ihnen allen bekannt vorkam.

»Das ist der Ballsaal. Das Foto ist hier im Haus entstanden«, sagte Claude.

»Genau. Und zwar im Jahr 1930. Und alles sieht genauso aus wie jetzt«, sagte Deliah. »Sogar die gedeckten Tische. Es hat sich nichts verändert.«

Sam wich ein paar Schritte zurück und musterte das Bild prüfend. »Das ist ja alles total interessant, aber wenn es sich nicht um eine genaue Anleitung handelt, wie wir hier rauskommen, interessiert es mich trotzdem nicht.« Mit einiger Mühe rückte er es gerade, und es gab ein überraschendes Klacken von sich. »Außerdem ist das vielleicht doch alles Teil von diesem Rätsel, oder? Eine Geschichte, der wir auf die Spur kommen sollen, die aber nie wirklich passiert ist. Wie bei einem von diesen Krimispielen.«

Deliah hoffte, dass er recht hatte.

»Ich hoffe, Mum und Dad bestellen was zu essen, wenn wir zurückkommen. Ich verhungere gleich«, sagte Amity und schmierte sich rosafarbenen Lippenbalsam aus ihrer Tasche auf den Mund, als würde das helfen.

»Mum macht sich bestimmt schon Sorgen«, brummte Claude missmutig.

»Wetten, sie haben noch gar nicht bemerkt, dass wir weg sind? Die sind viel zu beschäftigt damit, sich zu amüsieren. Außerdem ist es noch nicht mal richtig dunkel. Wie viel Uhr ist es eigentlich?«, fragte Sam.

»Moment, es ist …« Deliah starrte auf ihre Uhr. »Oh. Ich glaube, ich hab sie versehentlich verstellt.« Sie vermied es, in Sams Richtung zu schauen, weil er bestimmt gleich mit den Augen rollen oder ihr einen von seinen Typisch-Mädchen-Blicken zuwerfen würde.

»Aber wie?«, fragte Amity.

»Die Krone, mit der man die Zeit einstellt, steht ein bisschen raus. Sie muss sich irgendwie gelöst haben. Laut meiner Uhr ist es schon halb acht.« Sie drehte an dem Rädchen, um die Zeit umzustellen, aber die Zeiger schnellten immer wieder zurück.

»Großartig«, sagte Sam.

»Immer noch besser als dein blödes Handy.«

»Leute«, fuhr Claude sie an. Er musterte die toten Tiere. »Ich glaube, ich habe was gefunden.«

KAPITEL 8

Allzeit bereit!

Neben der Glasvitrine befand sich eine schnurgerade Ritze in der Wand.

Sam fuhr sie mit dem Finger nach, so weit er kam. Dann runzelte er nachdenklich die Stirn und drückte mit den flachen Händen gegen die mit einem cremeweiß-goldenen Blumenmuster versehene Tapete. Die Wand schwang nach hinten weg und knallte fest gegen irgendetwas dahinter.

Eine Geheimkammer!

Einer nach dem anderen wagten sie sich nach drinnen.

Als Deliah als Letzte die Schwelle übertreten hatte, passierten mehrere Dinge fast gleichzeitig: Die Tür fiel wieder zu, Amity kreischte Deliah ins Ohr und tiefe Finsternis umfing sie.

»Was ist das denn jetzt?« In Sams Stimme schwang aufrichtige Panik mit, und Delia spürte ihn in der Schwärze herumtasten.

»Wer hat die Tür zugemacht?«, fragte Claude.

»Ist schon okay, sie muss von selbst zugeschwungen sein.« Deliah nahm ihren Rucksack ab und suchte nach ihrer Taschenlampe. »Allzeit bereit! Ich bin schließlich nicht grundlos Pfadfinderin.« Sie verzog das Gesicht, weil sie sich schon wieder als Nerd entlarvt hatte, und schaltete die Lampe ein.

Im Lichtkegel wurden vage Umrisse erkennbar, was einerseits zwar besser war als nichts, andererseits aber die Finsternis jenseits davon noch schwärzer erscheinen ließ. Nachdem Deliah sich rasch umgesehen hatte, begriff sie, dass es weder einen Lichtschalter noch Fenster gab, dafür aber Kerzen in allen Formen und Größen, die im ganzen Raum verteilt waren.

Er war klein, quadratisch und sogar im Vergleich zu Deliahs Zimmer chaotisch. Überall lagen zerbrochene Bilderrahmen herum, und der Boden war übersät mit Glasscherben.

Amity wollte losgehen, aber Claude schob sie beschützend hinter sich. Auf einem Schreibtisch, der eigentlich viel zu groß für das Zimmer war, lagen zerrissene Unterlagen und Bücher herum. Alte Plakate, gerahmt und hinter geborstenem Glas, warfen den Lichtstrahl zurück. Auf dem Schreibtisch lag zerknüllt eines der Vermisstenplakate. Die Tinte war verschmiert.

»Sieht so aus, als hätte da jemand einen kleinen Wutanfall gehabt«, bemerkte Sam. Er deutete auf eine Zeitung, die aufgeschlagen auf dem unordentlichen Schreibtisch lag. Der Artikel auf der geöffneten Seite war so heftig durchgekritzelt, dass der Stift stellenweise das Papier zerrissen hatte. Im Namen des Verfassers steckte ein messerähnlicher Brieföffner. Sam löste ihn vorsichtig aus der Tischplatte und versuchte, den Artikel zu lesen.

»*Manvers Hall* ... irgendwas ... *bewegl*... irgendwas ... *gänzlich unmögl*... Genau. So wie das hier unmöglich zu lesen ist. Dann steht da ...*stone* irgendwas ... *törichtes Unterfangen, das noch nie zuv*... *Investoren* ... krickelkrakel ... *eld zurück*.« Er zuckte mit den Achseln. »Sieht so aus, als hätte es unserem guten alten Freund Elias nicht gefallen, in der Zeitung aufzutauchen. Er hat den Namen des Verfassers durchbohrt.« Während er redete, ließ er den Brieföffner zwischen den Seiten des Buchs in seiner Hosentasche verschwinden.

»Schaut mal da.« Deliah schob die zerfledderte Zeitung beiseite. Darunter kam ein großes Ouija-Brett aus Holz zum Vorschein. Es war alt, aber gut erhalten. Die Farben der Buchstaben und Zahlen leuchteten so frisch, als wäre es erst gestern hergestellt worden. In der Mitte des Bretts schimmerte im Lichtstrahl der Taschenlampe eine sorgsam geschnitzte, dreieckige Vertiefung auf.

Neben dem Brett lag ein Stapel Spielkarten in Übergröße. Tarotkarten, wie Delia erkannte. Außerdem fand sie ein dünnes, vergilbtes Buch über Hexenkunst und eine blonde Haarsträhne, die mit einer Schleife zusammengebunden war.

Amity drehte das Ouija-Brett zu sich. »Das ist eins von den Dingern, mit denen man Kontakt zu den Toten aufnehmen kann, oder? Können wir mir Nanny G reden? Claude?«

Claude zog sie weg. »Fass das nicht an.«

Amity zog eine Schnute. »Aber du hast doch gesagt, wir sollen offen sein für …«

»Schluss jetzt, Ami«, unterbrach er sie. »Lass die Finger davon, die Dinger sind gefährlich.«

Sam zündete am anderen Ende des Zimmers ein Streichholz an, das er aus einer Schachtel in seiner Hosentasche gezogen hatte.

»Woher hast du die?«, fragte Claude.

»In einer Schublade gefunden. Ich dachte, die könnten uns noch nützlich sein.« Er zündete einen Kerzenstumpf an und ging einen Bücherstapel durch. »Schaut euch mal die Titel an. *Das mechanisierte Gehirn. Einführung in die Gedankenmanipulation. Die Bewusstseinsmaschine.* Und in dem Notizbuch hier steht immer wieder der Name Hypatia.«

»Was ist das da für ein Fleck? Nach Tinte sieht das nicht aus. Ist das …«

Sam hielt die Kerze daran.

Blut.

Amity wimmerte. »Okay, jetzt hab ich echt genug. Ich will nach Hause.«

Deliah ließ den Lichtkegel der Taschenlampe durchs Zimmer wandern. Sie gab Amity recht, auch wenn sie es nicht laut aussprach.

Es ist nur ein dunkles Zimmer. Bestimmt gehört das zum Spiel.

Sie rieb sich über die Gänsehaut in ihrem Nacken.

Und mir ist einfach nur kalt.

Sie richtete das Licht auf die Tür – oder dahin, wo die Tür hätte sein sollen. Denn es war nichts mehr zu erkennen, weder eine Klinke noch eine schmale Ritze wie auf der anderen Seite.

»Gib mir mal die Taschenlampe«, sagte Claude. Er hatte wieder angefangen, im Befehlston herumzublaffen, als hätte er hier das Sagen. Aber eigentlich war das auch egal. Was zählte, war, dass sie hier im Haus gefangen waren. Und jetzt saßen sie auch noch in dieser Geheimkammer fest.

Amity war nicht die Einzige, die nach Hause wollte.

Sam entzündete die übrigen Kerzen an der ersten, aber sie waren alle fast vollständig heruntergebrannt. Und Deliahs Taschenlampe gab langsam den Geist auf.

Die Dunkelheit griff um sich.

»Treten wir sie ein«, sagte Sam und ballte kampfbereit die Fäuste.

»Moment!« Deliah hielt ihn mit der ausgestreckten Hand auf. »Elias konnte hier scheinbar kommen und gehen, also muss es einen Weg nach draußen geben. Bestimmt ist das eins der Rätsel, die er in seinem Faltblatt erwähnt hat. Wir wissen zwar nicht viel über ihn, aber ein Brutalo scheint er nicht gewesen zu sein. Also, was haben wir noch für Möglichkeiten?«

Das Zimmer schien in der Dunkelheit zu schrumpfen, aber Deliah zwang sich, das Gefühl zu ignorieren. Tatsachen und ein klarer Verstand – das waren die Dinge, auf die sie sich verlassen konnte. Was hatte Elias noch mal geschrieben? *Logik allein hilft euch hinaus.*

»Der Eingang ist erschienen, als Sam das Bild bewegt hat«, überlegte sie. »Vielleicht gibt es auf dieser Seite hier ja etwas Ähnliches.«

Sie untersuchten den Boden und die Wände und zogen die übrigen Bücher aus den Regalen, weil sie hofften, dass eines vielleicht einen geheimen Türmechanismus auslöste. Aber nichts geschah.

Amity schnalzte im Dunkeln nachdenklich mit der Zunge. »Muss eigentlich alles ein Rätsel sein?« Sie schob sich an Deliah vorbei und drückte vorsichtig gegen die Stelle, an der sich die Tür befand.

Sie klickte auf wie die teuren Küchenschränke bei ihnen zu Hause.

»Witzig«, bemerkte Sam missmutig, während er die Tür ganz aufzog. »Ich mag diesen Elias immer weniger.«

Deliah verkniff sich ein Grinsen.

Lustig. Ich mag ihn sogar sehr.

»Jetzt müssen wir nur noch den Weg aus dem restlichen Haus finden«, sagte Claude.

KAPITEL 9

Schlaf, Kindchen, Schlaf

Amity musste aufs Klo, also verließen sie die Bibliothek wieder und betraten eins der Schlafzimmer, von dem ein kleines Bad abging.

»Warum gehen Mädchen eigentlich immer zusammen aufs Klo?«, fragte Sam, als Deliah und Amity zurückkamen.

Deliah bemühte sich, ihn zu ignorieren, und untersuchte stattdessen den Raum. Er war ähnlich eingerichtet wie das andere Schlafzimmer – überall Holz und geblümte Stoffe. In der Raummitte stand ein Himmelbett. Die Wände waren mit einer dunkelblau gestreiften Tapete verziert, die in dem schwachen Licht, das durch die zugewucherten Fenster fiel, so wie alles Übrige im Zimmer eher schwarzgrau wirkte. Ganz oben an der hohen Zimmerdecke hing eine Lampe, die aussah wie eine Glasschüssel, an der eine Spinne gerade damit beschäftigt war, ein Netz zu spinnen.

An den Wänden hingen überall goldgerahmte Bilder. Die meisten zeigten Landschaften und Pferde. Unter anderen Umständen hätten sie vielleicht fröhlich gewirkt, aber im Dämmerlicht steckten sie für Deliah voller dunkler Schatten und bedrohlicher Bäume. Genau richtig für eine Halloweenparty – nur dass Juli war.

»Glaubt ihr, die Gäste kommen bald? Oder die Helfer?« Deliah kuschelte sich in ihren Kapuzenpulli.

»Ich bezweifle, dass heute noch irgendwer kommt«, murmelte Claude düster. »Es wird langsam spät.«

»Unsere Eltern werden sich sorgen«, bemerkte Deliah.

»Hat irgendjemand eine Idee, was wir machen sollen?«, fragte Claude. »Wir können nicht um Hilfe rufen, wir können die Fenster nicht einwerfen, die Türen führen im Kreis, und ich habe kein einziges Rätsel entdeckt.«

»Ja, was sind wir nur für Glückspilze«, bemerkte Sam trocken, während er den Kleiderschrank durchsuchte.

»Mit Glück oder Unglück hat das nichts zu tun. Irgendwer oder irgendwas ist dafür verantwortlich.« Claude lief auf und ab.

»Aber ich hab es euch doch schon erklärt – das sind die Geister der vermissten Kinder«, sagte Amity.

Deliah stöhnte auf. »Es gibt keine Geister, Amity. Bitte bleib hier bei uns auf dem Planeten Erde.« Sie wedelte mit dem Faltblatt herum. »Ich finde es am wahrscheinlichsten, dass mit diesem Spiel hier irgendwas schiefgelaufen ist.«

Amity linste in die Zimmerecken. »Und wenn das alles ein Witz ist? Wie bei *Versteckte Kamera* oder so?« Sie winkte zur Decke. »Hey, lasst uns raus!«

»Du glaubst, das ist ein TikTok-Prank?«, fragte Sam.

»Genau. Vielleicht gewinnen wir ja sogar was.« Amitys Laune besserte sich schlagartig, und sie fing an, die Schubladen zu durchwühlen. Sie zog ein gespenstisch weißes Rüschennachthemd hervor. »Vielleicht ist es ja ein Test.« Als Nächstes holte sie zwei Spitzenfächer heraus. Einen davon reichte sie Deliah, und die beiden ließen sich auf eine blaue Samt-Chaiselongue fallen und fächelten sich dabei Luft zu, als wären sie zwei vornehme Damen.

»Wie in *Downton Abbey*.« Amity lachte auf. »Würden Sie mir den edlen Wein reichen, Verehrteste?«

Deliah fächelte weiter und klimperte dabei mit den Wimpern. »Aber wie könnte ich? Dafür haben wir doch unsere Butler.«

»Hört auf mit dem Quatsch«, sagte Claude, klang dabei aber nicht sonderlich streng. »Vor einer Minute warst du noch panisch, Amity.«

Amity senkte den Fächer und machte wieder ein ängstliches Gesicht. »Bin ich doch immer noch.«

Deliah wechselte einen Blick mit Claude und hob dabei ein winziges bisschen die Augenbraue. Dann holte sie die Kekse heraus, die Sara ihr mitgegeben hatte, und verteilte sie.

»Vielleicht beobachten sie uns ja«, sagte Sam leise. »Mit Minikameras. Und wenn wir aufgeben und einschlafen …«

»Was dann?« Amity legte den Fächer weg. Ihr Spiel war vergessen. »Was passiert, wenn wir schlafen?«

»Nichts. Gar nichts passiert dann.« Deliah legte einen Arm um sie. »Das reicht jetzt, Sam. Es gibt keinen Prank, es gibt nichts zu gewinnen, und es beobachtet uns auch niemand. Denkt doch mal nach. Wir sind hier reingekommen, also muss es auch einen Weg nach draußen geben. *Löse das Rätsel und entrinne ...*« Mit einem Seitenblick zu Amity verstummte sie.

»*... entrinne dem Tod!* Das ist der Spruch aus den Escape-Room-Spielen«, sagte Sam. »Ich dachte, die spielst du nicht.«

»Ja, aber vielleicht wäre es klüger gewesen, den letzten Teil nicht laut auszusprechen.« Deliah merkte, dass er sie erwischt hatte. »Und doch, ich spiele. Nur lieber allein. Für den Fall, dass ich es vermassle.« Sie wartete verlegen ab, dass Sam einen von seinen fiesen Sprüchen riss, aber es kam nichts.

»Mir ist gerade eine Idee gekommen«, sagte sie an Amity gewandt. »Wie hast du die ersten beiden Türen geöffnet?«

Amity blinzelte ratlos.

Sam dagegen begriff, worauf sie hinauswollte. »Bei unserer Ankunft waren die Türen im Inneren des Hauses abgeschlossen, und diese Hypatitis-Dings-Statue war nicht gekippt. Hast du sie benutzt oder nicht?«

Amity legte den Kopf schief. »Nein. Die Tür, durch die ich gegangen bin, stand weit offen. Und so habe ich sie auch gelassen.«

Deliahs Gedanken rasten. Amity sagte immer wieder, dass sie Kinder gehört hätte. Sie hatte zwar von Geistern gesprochen – aber konnte es vielleicht sein, dass sie von Anfang an recht gehabt hatte? Nur dass es eben keine Geister, sondern ganz normale Menschen gewesen waren? Wenn die Tür offen stand, als Amity das Haus betrat, und verschlossen war, als sie selbst, Claude und Sam angekommen waren, musste sie zwischendrin jemand zugemacht und hinter ihr abgeschlossen haben. Amity war es wohl kaum gewesen.

Am liebsten hätte sie losgeheult, aber sie konnte sich schon vorstellen, wie Sam darauf reagieren würde.

Mädchen ...

Was er wohl schlimmer fand? Dass sie ein Mädchen war oder dass sie auf Mathe stand? Sie starrte aus dem verschmutzten Fenster, doch sie sah nur die Umrisse dicker Äste, die zu verdrehten, knorrigen Fingern ausliefen. Draußen war es dunkel geworden.

Das ganze Jahr über hatte sie versucht, sich nicht anmerken zu lassen, wie gerne sie lernte, damit sie nicht auffiel und von den anderen akzeptiert wurde. Aber was, wenn das komplett misslungen war? Würde sie für immer Deliah Langweilig bleiben? Ein nerviges Fräulein Oberschlau? Sie verzog das Gesicht. Selbst ihr Dad bezeichnete sie manchmal so. Und niemand mochte Schlaumeier, richtig?

Claude lief wieder auf und ab. »Mum dreht inzwischen bestimmt schon am Rad. Was, wenn sie denken, dass wir entführt worden sind?«

»Warum sollte dich jemand kidnappen wollen?«, brummte Sam. »So reich seid ihr auch wieder nicht.«

Claude fuhr zu ihm herum und bedachte ihn mit einem vernichtenden Blick.

Sam hob abwiegelnd die Hände. »Okay, okay, tut mir leid. Vergiss, dass ich was gesagt habe. Irgendwann wird schon jemand kommen und uns hier rausholen. Vielleicht sollten wir einfach hierbleiben und uns nicht mehr von der Stelle rühren. Damit sie uns leichter finden.«

»Aber klar!« Claude breitete die Arme aus, als wäre ihm gerade *die* Idee gekommen. »Warum machen wir uns überhaupt solche Gedanken? Unsere Eltern finden uns schon. Wir werden zwar richtig heftig Ärger bekommen, aber wenigstens stecken wir nicht auf ewig hier fest. Wir müssen einfach nur abwarten.«

Deliah nahm ihren Rucksack ab und legte ihn aufs Bett. »Ehrlich? Du willst nichts tun und auf unsere Rettung warten? Als wären wir ein Haufen Prinzessinnen?« Das passte doch hinten und vorne nicht zu Sams aufschneiderischer Art. »Hast du deswegen die Haustür zugemacht? Weil du Aufmerksamkeit willst? Weil jemand kommen soll, um dich zu retten?«

»Ich HABE die Tür nicht zugemacht! Ich will hier nicht festsitzen, vor allem nicht mit dir. Kein Wunder, dass Claude nichts mehr mit dir zu tun haben will.«

»Klappe, Mann!« Claude schüttelte den Kopf, um ihn zum Schweigen zu bringen. Aber es war zu spät. Deliah war sowieso schon verunsichert gewesen, und Sam hatte mit seinen Worten zielgenau ihren wunden Punkt getroffen. Sie drehte sich weg, damit niemand bemerkte, dass sie weinte.

»Das war nicht nett von dir«, sagte Amity.

»Nein, war es nicht«, bestätigte Deliah und drehte sich trotz der Tränen in ihren Augen wieder zu den anderen um. »Aber du hast recht, Claude und ich sind keine Freunde mehr. Ich würde auch gar nicht mit jemandem befreundet sein wollen, der jemanden wie dich mag.« Sie warf ihren Kapuzenpulli auf den Boden, streifte ihre Turnschuhe ab und kletterte ins Bett. »Aber egal. Amity, du kannst zu mir kommen.«

Eine gefühlte Ewigkeit lang herrschte Schweigen, dann fügte Deliah hinzu: »Irgendwo müssen wir heute Nacht doch schlafen, oder?«

Amitys Atem wurde flach und ruhig. Aber die Laken waren kalt und hart, und Deliah lag stocksteif da wie eine Tote in der Leichenhalle und konnte sich nicht entspannen.

Sam und Claude hatten sich am Fußende des riesigen Bettes unter einer Decke eingerollt, die sie im Schrank gefunden hatten. Bestimmt schliefen sie auch. Deliah musterte Sams schattenhaften Umriss und erlaubte ihrer Verletztheit, wieder an die Oberfläche zu kommen.

Kein Wunder, dass Claude nichts mehr mit dir zu tun haben will.

Sie lauschte den Geräuschen im Haus. Es war alles andere als still hier drinnen. Überall knarzte und ächzte es, als würde jemand herumlaufen, und ein Wasserhahn tropfte im Takt mit ihrem Herzschlag. Deliah wusste, dass alte Häuser Geräusche machten. Trotzdem musste sie an Amitys »Kinder in den Wänden« denken.

Irgendjemand hatte die Tür verriegelt, nachdem Amity in den Ballsaal gegangen war.

Sie schauderte.

Leise hob sie ihren Rucksack hoch und kramte darin herum, bis sie das Fossil gefunden hatte. Das Gefühl, es in der Hand zu halten, ließ sie in der Zeit zurückreisen. Sie war mit Claude am Charmouth Beach gewesen, auf einem Zeltausflug mit beiden Familien. Sie hatte Krebse gesammelt und Räder geschlagen und Möwen gejagt, während er still und konzentriert die Steine untersucht hatte. Dann hatte er ihr einen ganz gewöhnlich aussehenden Stein hingelegt und ihn mit einem winzigen Hammer zerschlagen. Im Inneren war der zu einer perfekten Spirale gewundene Ammonit zum Vorschein gekommen.

Langsam wich die Anspannung aus ihrem Körper, und sie schloss die Augen.

KAPITEL 10

Kekse zum Frühstück

Graues Morgenlicht weckte Deliah, und sie schlich sich aus dem Bett und ging aufs Klo. Nachdem sie sich kaltes Wasser ins Gesicht geklatscht hatte, ging es ihr zwar etwas besser, aber ihr ganzer Körper fühlte sich schlaff und erschöpft an. Es war keine gute Nacht gewesen. Seltsame Träume hatten sie geplagt. Die meisten hatten davon gehandelt, wer vielleicht sonst noch in diesem Haus lauerte.

Ihr Magen knurrte.

Bitte kommt uns bald holen.

Als sie ins Schlafzimmer zurückkehrte, waren die Jungs wach, und Amity stand am Fenster und spähte durch die

Schmutzschicht nach draußen. »Wieso brauchen die nur so lange?«

Sie hatte ein Schild gebastelt, auf dem stand:

Hallo wir sind hier drinnen
Hilfe!

Gerade versuchte sie, es an der Scheibe zu befestigen, indem sie die Ecken des Papierbogens anleckte.

»Bestimmt sind sie bald da«, versicherte ihr Sam, während er das Bett machte und die Decken wegräumte. »Nachts konnten sie bestimmt nicht nach uns suchen. Wegen der Sinkhöhlen. Im Dunkeln ist das viel zu gefährlich.«

Widerwillig musste sich Deliah eingestehen, dass er vermutlich recht hatte. Sie verglich ihre Armbanduhr mit dem Wecker auf dem Nachttisch. Auf beiden war es halb acht.

Seltsam. Um diese Zeit war ihre Uhr doch schon einmal stehengeblieben! Sie lauschte, ob sie noch tickte, und überprüfte, ob die Krone diesmal saß, wo sie hingehörte.

Alles reiner Zufall.

Die Sonne war schon vor einer ganzen Weile aufgegangen. Bestimmt würden sie bald gefunden werden.

»Dann … Dann warten wir jetzt einfach?«, fragte Claude.

Amity sprang aufs Bett und kam mit einer Porzellanpuppe im Arm wieder herunter. Ihr Magen knurrte laut. »Haben wir irgendwas zu essen?«

»Wo hast du denn dieses … dieses Ding her?« Deliah musterte die Puppe angewidert und reichte Amity einen Schokokeks.

»Aus einem Koffer unter dem Bett. Da sind noch viel mehr davon.«

Deliah stöhnte auf. »Wieso bewahrt man bitte unter seinem Bett einen Koffer voller Gruselpuppen auf?«

»Eben *weil* sie gruselig sind.« Claude rieb sich die Augen. »Leg die zurück, Ami. Sie gehört dir nicht.«

Amity verschwand unter dem Bett und zog den geöffneten Koffer hervor. »Die muss jemand gesammelt haben. Ich hol sie raus.«

»Bloß nicht!«, sagte Claude, als Amity nacheinander die Puppen in ihren verblassten Satinkleidern aus dem Koffer nahm.

Sie setzte sie auf das Kaminsims, wobei sie eine genaue Reihenfolge einhielt, die davon abhängig war, wie brav die Puppen gewesen waren. »Die hier war frech zu allen, also muss sie ganz nach vorn zur Lehrerin.«

Die Puppen saßen übellaunig mit ihren geraden kleinen Beinchen da, die in mottenzerfressenen Pluderhosen in verschiedenen Weißtönen steckten. Ihre Kleider hatten unterschiedliche, aber größtenteils dunkle Farben und waren aus Samt oder Satin wie die von feinen Damen. Einige andere trugen kleine Matrosenanzüge.

Im Gegensatz zu den leeren Blicken der ausgestopften Tiere in der Vitrine wirkten die leuchtend blauen Augen in ihren weißen Porzellangesichtern stechend. Nur bei zweien waren die Augen geschlossen, sodass ihre Wimpern wie Spinnenbeine auf den Wangen ruhten, und bei einer hatte sich das linke Auge zu einem ewigen Zwinkern verklemmt.

Deliah wandte sich von dem gruseligen Anblick ab – und bemerkte im Augenwinkel eine Bewegung jenseits der offenen Tür.

»Hey!« Sie schoss in den dunklen Flur hinaus und sah sich nach rechts und links um, aber da war nichts. Sicherlich hatte sie sich nur eingebildet, etwas gesehen zu haben. Schlafentzug schadete dem logischen Denken, das wusste doch jeder. Aber …

Was ist das?

Vorsichtig trat sie an einen blank polierten Tisch gegenüber der Schlafzimmertür. Darauf war in einem Glaskasten eine ausgestopfte Schlange ausgestellt, die sich um einen Baumstamm schlängelte. Beim Anblick der papierartigen Haut wurde Deliah flau in ihrem leeren Magen.

Aber da war noch etwas auf dem Tisch. Etwas, das hier nicht hinzugehören schien. Es war ungefähr so groß wie Deliahs Daumen und aus hellrosa Plastik, aus dem ein neonpinker Haarschopf steil nach oben ragte.

Ein Troll.

Und jemand hatte ihm die Augen herausgestochen.

»Deliah?«, rief Amity aus dem Schlafzimmer.

Hastig stopfte Deliah den verstümmelten Troll in die Tasche ihrer Shorts. Sie wollte verhindern, dass Amity wieder Angst bekam.

»Solange die hier sind, bleibe ich nicht.« Sie deutete auf Amitys Puppenreihe. Ihre Gedanken rasten. Was hatte ihre Entdeckung zu bedeuten? »Wollen wir nicht versuchen, das Spiel weiterzuspielen, während wir warten?«

Amity starrte sie an. »Aber wir müssen doch bleiben, wo wir sind – weil hier mein Schild ist.«

»Das sehen die anderen doch auch, wenn wir in einem anderen Zimmer sind«, antwortete Deliah. »Wir könnten wenigstens versuchen, die Küche zu finden. Habt ihr die Kekse denn gar nicht satt?«

Außerdem will ich nicht hier rumsitzen, wo wir leichte Beute für diese Trollperson sind.

»Ich bin dabei«, sagte Sam. »So sterben wir wenigstens nicht vor Langeweile.«

Claude wirkte zwar weniger überzeugt, nickte aber trotzdem.

Deliah rollte innerlich mit den Augen. Sam schien alle fünf Minuten seine Meinung zu ändern. »Ich hatte heute Nacht viel Zeit zum Nachdenken und habe eine Ahnung, was es mit dem Rätsel auf sich haben könnte.«

Claude grinste. »War ja klar. Und?«

»Ich glaube, dass wir einen Teil übersprungen haben. Was, wenn die Party stattgefunden hätte und wir eingeladen gewesen wären? Dann hätte Elias oder irgendwer sonst die Faltblätter ausgeteilt. Die Antworten müssen also darin stehen.« Sie faltete den Zettel auseinander. »Hier, dieser Teil in der Mitte muss es sein: *ein ~ reicht, und alles passt.* Der Teil sticht total heraus. Das *ein* und dann diese Schlangenlinie. Das ergibt doch keinen Sinn!«

Sam ließ einen Finger neben seiner Schläfe kreisen, bis Claude ihm einen Klaps verpasste.

Deliah warf ihm einen vernichtenden Blick zu, redete aber weiter. »Außerdem steht hier: *Bitte trinken Sie ein Glas von dem Ayala-Champagner.* Das bedeutet, alle Faltblätter wären verteilt und alle Gläser weg. Lasst es uns mal versuchen.«

Sie kehrten in den Eingangsbereich zurück. Amity rüttelte mit hoffnungsvollem Gesicht noch einmal an der Haustür, die natürlich immer noch abgeschlossen war. Die Champagnerkübel standen immer noch auf den beiden Tischen, und das Eis war nach wie vor nicht geschmolzen.

Seltsam.

Deliah versuchte, nacheinander die beiden Tabletts hochzuheben, aber sie waren an den Tischen befestigt. »Ich wusste es. Damit muss es etwas auf sich haben.« Sie reichte Sam, Claude und Amity jeweils ein Glas und warf die Faltblätter auf den Boden. »Stellt euch einfach vor, ich hätte sie verteilt.«

Das Tablett auf dem rechten Tisch hatte einen falschen Boden, der sich herausheben ließ wie bei einer Schmuckschatulle. Darauf stand in ordentlicher Schrift das Wort EINS.

»Ha! Mir doch egal, ob du findest, dass ich einen Vogel habe, Sam! Ich habe nämlich gerade unseren ersten Hinweis gefunden.« Unter dem falschen Boden befand sich ein Durcheinander aus Holzformen, die an Bauklötze erinnerten.

»Okay, ein Legespiel. Wir müssen die Formen zusammenlegen. Aber zu was?«

»Hier!«, rief Sam, der sich über das zweite Tablett gebeugt hatte. »Auf dem hier steht auch EINS.«

Deliah brachte ihm die Holzformen, und gemeinsam fügten sie das Parallelogramm, das Quadrat und die Dreiecke so zusammen, dass sie den gesamten Boden des Tabletts bedeckten.

»War das alles?«, fragte Claude, als nichts geschah.

Deliah zuckte mit den Achseln. »*Man muss die Dinge einfach passend machen.*« Das Quadrat ragte ein wenig heraus, also drückte sie es fest, sodass es sich zwischen die anderen fügte.

Die mittlere Tür – die ohne Klinke – gab ein vertrautes Klicken von sich. Mit einem kaum hörbaren Knarren öffnete sie sich einen Spaltbreit.

KAPITEL 11

Endlich draußen

Deliah rannte zur Tür, blieb im letzten Moment aber noch einmal stehen. Ihr Körper wollte nichts dringender, als hindurchzugehen. Trotzdem zögerte sie. Was, wenn sie sich dadurch noch tiefer in das Spiel verstrickten? War es nicht vielleicht besser, hier zu warten, bis Hilfe kam? Der Druck, sich entscheiden zu müssen, lastete schwer auf ihr, und etwas schien sie in Richtung Tür zu drängen. Als würde das Haus unbedingt wollen, dass sie weitergingen.

Mach dich nicht lächerlich. Häuser können nichts wollen.

Sam nahm ihr die Entscheidung ab, indem er die Tür weit aufstieß.

Tageslicht strömte herein. Deliah schloss die Augen und seufzte erleichtert auf.

Dann liefen die vier lachend und jubelnd hinaus in den nebligen Innenhof, der hinter der Tür lag, und sprangen über die Steinplatten und die Rasenfläche.

»Ja! Wir sind draußen!«, quietschte Amity und rannte mit erhobener Siegesfaust im Kreis. »Wir sind draußen und frei, und ich will Pizza und Kartoffelecken und Kokoskuchen!« Ihr Paillettenrucksack hüpfte auf ihrem Rücken.

Sam und Claude hauten sich gegenseitig auf den Rücken und sagten dabei immer wieder »Bro!« und »Alter!«.

Aus Deliahs Schultern wich die Anspannung, und sie erlaubte sich ein breites Grinsen. Wie albern, dass sie gedacht hatten, sie würden in einem Haus festsitzen! Albern und peinlich. »Ich kann nicht glauben, dass wir die ganze Nacht dadrinnen verbracht haben, obwohl wir nur dieses eine einfache Rätsel lösen mussten!«

Amity schlang die Arme um sie. »Wir sind so was von erledigt. Wie sollen wir das unseren Eltern erklären?«

»*Wir?*«, wiederholte Claude. »*Du* musst das erklären. Du bist in den Wald gegangen und dann auch noch in das Haus von fremden Leuten. Die Standpauke nachher darfst du dir allein anhören.«

Amity wippelte auf der Stelle. »Puh, das ist aber heftig! Bestimmt bekomme ich lebenslang Hausarrest. Wenn ich jetzt Hausarrest bekomme, gilt der dann eigentlich auch noch in unserem neuen Haus?«

Claude verdrehte die Augen. »Jetzt lasst uns erst mal von hier verschwinden. Wir können uns auf dem Weg immer noch überlegen, was wir sagen.« Er atmete tief ein. »Ich bin so dankbar für die frische ...« Dann verstummte er.

Die Luft roch nämlich gar nicht frisch. Sie roch noch nicht mal richtig nach draußen. Deliah wurde ganz eng um die Brust. Denn erst jetzt bemerkte sie, dass nichts hier so war, wie sie auf den ersten Blick gedacht hatten.

Der grasbewachsene Innenhof war zu allen Seiten von hohen Mauern und einem überwucherten Steinplattenweg umgeben. Deliah hatte angenommen, dass er zu einer Hintertür oder sonst einem Ausgang führte. Aber das stimmte nicht. Ansonsten gab es hier nur noch eine steinerne Vogeltränke, die inmitten des Hofs in die neblige Luft ragte.

»Wir sind gar nicht draußen, oder?«, fragte Sam.

»Klar sind wir draußen!« Claude lachte und lief los. »Irgendeinen Weg hier raus muss es geben. Vielleicht hier drüben.«

Neugierig näherte sich Deliah der Vogeltränke. Ein Teil von ihr wollte lieber nicht hineinschauen, aber sie konnte einfach nicht anders. In der Schale schwamm mit dem Schnabel nach unten ein toter Vogel im braunen Wasser. Als ihr der Gestank in die Nase stieg, wich sie hastig zurück und sah nach oben.

Obwohl sie im Freien waren, wirkte der Himmel eher wie eine Zimmerdecke. Die Luft war dick und schwer wie graue Suppe. Sie blinzelte. War das da in dem Fenster im oberen Stockwerk gerade ein Gesicht gewesen? Nein, sicherlich hatte ihr die Müdigkeit nur einen Streich gespielt.

Amity rannte hinter Claude her eine Runde durch den Hof. »Es gibt kein Tor, keine Lücke und auch keine Türen.

Hier geht es nicht nach draußen.« Mit jedem Wort zitterte ihre Stimme ein bisschen mehr. »Wir stecken in einer Sackgasse.«

Claude tastete die Wände ab, als wollte er sich versichern, dass sie auch wirklich echt waren. »Können wir hochklettern?«

»Ich wüsste nicht, wie«, sagte Sam. »Die Ziegel sind ziemlich glatt. Wenn ich dir eine Räuberleiter mache, kommst du vielleicht hoch zu dem Fensterbrett da. Aber was dann?«

Er versuchte, mit der Fußspitze Halt in der Mörtelschicht zwischen den Steinen zu finden.

»Und wenn du stürzt, stecken wir immer noch hier fest, und du hast zusätzlich ein gebrochenes Bein.« Auch Deliahs Stimme zitterte. »Der Hof ist nur der nächste grausame Trick. Von hier aus kommen wir nirgendwohin. Wir müssen wieder nach drinnen.«

Amity brach still und leise in Tränen aus, und Claude ging in die Hocke und hielt sich verzweifelt den Kopf.

Sam lief mit verschränkten Armen und wütendem Gesichtsausdruck im Hof herum. »Wenn es sonst keiner ausspricht, sage *ich* es jetzt eben: Ich glaube nicht, dass uns jemand holen kommt. Inzwischen müssten sie längst hier sein. Es ist seit Stunden hell, und wir sind gestern nicht weit gelaufen. Keine Ahnung, wieso, aber wir sind allein und auf uns selbst angewiesen.«

Deliahs Gedanken wanderten zu dem Troll in ihrer Hosentasche.

Allein vielleicht nicht unbedingt.

Sam fuhr aufgebracht herum und sah sie an. »Du hast recht – das hier muss irgendein bescheuertes Spiel sein, das sich irgend so ein irrer Spinner ausgedacht hat!«

»Aber das ist doch nicht meine Schuld!«

»Das hat auch niemand gesagt! Hör endlich mal auf, alles persönlich zu nehmen.« Sam stürmte zum hinteren Rand des Hofs und wieder zurück zu Deliah, aber nur, um ihr ein vertrocknetes Blatt aus dem Haar zu zupfen. »Diese ganze Rätselgeschichte ist *dein* Ding. Es tut mir leid, dass ich dich Deliah Langweilig genannt habe. Eigentlich halte ich dich für ziemlich schlau, und wenn uns irgendwer hier rausholen kann, dann du. Du hast uns geholfen, in den Hof zu gelangen. Also kannst du uns vielleicht auch ins nächste Stockwerk und dann ganz nach draußen bringen.«

Deliah wurde ein winziges bisschen rot. Sam fand sie schlau? »Das hier ist aber keine Schulprüfung. Was, wenn ich nicht auf die Lösung komme? Oder wenn das alles nur ein einziger riesiger Trick ist? Was, wenn wir hier für imm…«

»O Gott, müssen wir etwa hier drinnen sterben?« Amity beugte sich vor, als würde sie sich gleich übergeben.

Claude legte ihr tröstend eine Hand auf den Rücken und warf Deliah einen wütenden Blick zu.

»Nein!«, erklärte Sam entschieden. »Ich für meinen Teil werde hier rauskommen.«

»*Wir*, meinst du wohl«, antwortete Deliah, und Sam zuckte mit den Achseln, als wollte er *Klar doch* sagen. »Okay, also können wir das Spiel jetzt weiterspielen? Ich glaube, mir ist gerade etwas eingefallen, das wir noch probieren könnten. Aber es wird euch nicht gefallen.«

Die anderen musterten sie schicksalsergeben.

»Wir müssen die Tür da schließen.« Deliah warf einen Blick zu dem einzigen Weg zur Eingangshalle und den Teilen des Hauses, die sie bereits ausgekundschaftet hatten. »Das Spiel hat erst angefangen, als wir die Haustür geschlossen haben. Und ich glaube, jetzt müssen wir dasselbe machen, wenn wir weiterkommen wollen.«

Sam schnaubte. »Also, ich mach das bestimmt nicht. Sonst muss ich mir nachher wieder anhören, dass ich offenbar Spaß dran habe, Türen zuzumachen.«

»Wenn wir uns alle einig sind, kann ich das übernehmen«, sagte Claude leise.

Die anderen nickten finster. Es gab keine weiteren Türen, die aus dem Hof führten, und falls sich Deliah irrte … Sie schauderte und versuchte, nicht weiter darüber nachzudenken.

Claude ging zur Tür, zupfte sein Shirt zurecht und fuhr sich über die kurz geschorenen Haare. »Alle bereit?« Er drückte die Tür zu.

Es folgte ein tiefes Klacken.

Deliah spürte ein leichtes Zucken unter ihren Füßen, gefolgt von einem deutlicheren Beben.

Das Wasser in der Vogeltränke riffelte sich um den toten Vogel. Deliah fühlte sich unsicher auf den Beinen und ging in die Knie. Dabei entdeckte sie, dass sich am unteren Sockel der Steintränke ein Ring aus angelaufenem Kupfer befand, der mit römischen Zahlen versehen war. Aus dem Boden stieg der Geruch von brennendem Öl hoch, vermengt mit einer metallischen Note.

Ein durchdringendes, schrilles Quietschen erfüllte die Luft, gefolgt vom Scharren von Metall auf Metall und dem Knarren von Holz. Der Lärm war so gewaltig, dass er Deliah durch Mark und Bein ging, ihr fast das Trommelfell zerfetzte und die Luft aus den Lungen trieb. Es fühlte sich an, als würde sie angehoben werden. Das Kreischen erfüllte die feuchte, kalte Luft, war überall um sie herum, über ihnen, unter ihnen. Die Vogeltränke zitterte, und der Boden bebte.

Amity kreischte.

Und dann war es vorbei.

Der Geruch blieb, aber nun lag Stille in der Luft. Niemandem war etwas passiert. Sie waren unverletzt. Deliah zog sich an der Vogeltränke hoch. »Was war das?«

Claude sah aus, als wollte er etwas sagen. Doch da klickte laut die Tür hinter ihm.

Sie stand wieder offen.

ERSTER STOCK

KAPITEL 12

Bart

Die Tür hatte sich wie schon beim ersten Mal einen Spaltbreit geöffnet, doch jetzt ging sie stückchenweise immer weiter auf.

Etwas stupste von innen dagegen.

Deliah hielt die Luft an und stieß sie ruckartig aus, als die Tür abrupt aufschlug und eine Gestalt auf sie zuschoss. Es war …

Ein Hund?

Jetzt kam Deliah endgültig nicht mehr hinterher. Aber da wurde sie auch schon von einem aufgeregten blonden Labrador über den Haufen gerannt, der mit lautem Bellen feierte, dass er sie gefunden hatte.

Sie kuschelten und streichelten den Hund abwechselnd und wurden dafür mit abgeleckten Gesichtern und einem freundlichen »Wuff« belohnt.

»Du bist ja ein braver Junge«, schwärmte Amity und schmiegte die Wange an sein Fell. Er war zwar ein bisschen schmutzig, aber das interessierte hier niemanden. »Ich hab euch doch gesagt, dass ich einen Hund gehört habe!«, rief sie.

»Warum gehen die Leute eigentlich automatisch davon aus, dass Hunde männlich sein müssen?«, fragte Deliah.

»Tu ich doch gar nicht«, antwortete Amity und deutete auf die Plakette an seinem Halsband. »Aber der hier heißt Bart, und das ist nun mal ein Jungenname. Kennst du den Weg hier raus, mein Braver? Kannst du ihn uns zeigen?«

»Wir sind hier nicht in einem Disney-Film, Ami. Wobei … Kennst du den Weg nach draußen, Bart?« Claude deutete auf die Tür, und Bart rannte los in die Richtung, in die er deutete, setzte sich aber gleich wieder und wartete mit heraushängender Zunge und funkelnden Augen ab.

»Er denkt, du willst Stöckchenwerfen spielen.« Sam kicherte.

Claude wirkte verlegen. Bart leckte Deliah die Hand, dann hörte er plötzlich auf, stellte sein Schwanzwedeln ein, spitzte die Ohren und gab ein leises Winseln von sich.

»Was ist los, mein Junge?«, fragte Amity und legte ihm den Arm um den Hals. »Alles wird gut. Wo bist du denn hergekommen?«

Bart setzte sich aufrecht hin und bellte. Dann rannte er zur Tür und bellte erneut.

»Okay, er will wohl doch nicht Stöckchen holen, sondern dass wir weitergehen. Also los.« Sam marschierte entschlossen zur Tür und zog sie auf. »Vielleicht kam der ganze Krach gerade ja daher, dass die Haustür aufgegangen ist.«

Doch …

… hinter Tür lag nicht mehr die große Eingangshalle, sondern ein schmaler Flur. Die Bodenfliesen hatten dasselbe Schwarz-Weiß-Muster, und links und rechts gingen Zimmertüren ab. Aber es gab keine Pflanzen, keine Champagnereiskübel, keine falsche Marmorbüste und kein Porträt von Dr. Irgendwas dem Dritten.

Vor allem aber gab es keine Haustür.

Wie war das möglich?

»Wo sind wir hier, Bart?«, fragte Amity und schob sich in den düsteren Flur.

Deliah lief zu dem kleinen Fenster an der gegenüberliegenden Wand, aber es war mit einer dicken Schmutzschicht bedeckt, sodass man nicht nach draußen sehen konnte.

Claude betätigte einen Lichtschalter, aber nichts tat sich. Als Nächstes versuchte er es mit einer Lampe, die auf einem kleinen Tischchen stand. Aber auch die funktionierte nicht. »Wie kann hier plötzlich ein anderer Raum sein? Wo sind wir hier? Sind wir im Hof irgendwie umgedreht worden? Aber es gab doch nur eine Tür!«

»Oder hat sich um uns herum alles gedreht?«, grübelte Deliah und rieb sich das Kinn.

»Soll das ein Witz sein?«, fragte Sam.

»Der Boden hat sich bewegt! Was, wenn sich das Haus wie ein riesiger Zauberwürfel um uns gedreht hat?« Deliah hielt ihm das Faltblatt hin. »Dieser Artikel mit der Geschichte über irgendwelche Investitionen ... Das klang so, als hätte Elias irgendwas erfunden. Was, wenn es sich dabei um ein bewegliches Haus gehandelt hat?«

Claude stöhnte auf und drehte sich einmal um die eigene Achse. »Was haben wir nur getan? Jetzt ist der einzige Ausgang weg!«

»Hey, du wolltest auch, dass wir die Tür schließen. Wir hatten abgemacht, dass wir weiterspielen wollen. Jetzt tu also nicht so, als wäre das meine Schuld.« Deliah wühlte in ihrer Tasche nach der Taschenlampe.

»Kannst du mal aufhören, alles auf dich zu beziehen?«, knurrte Sam sie an.

Bart bellte.

»Genau, Bart«, sagte Amity. »Ich finde auch, dass ihr aufhören solltet zu streiten. Ihr macht den ganzen Tag nichts anderes. Das nervt! Ich habe Angst, und ihr seid die Großen. Ihr solltet auf mich aufpassen, statt schon wieder aufeinander rumzuhacken.«

Deliah wappnete sich dafür, dass einer der Jungs sie dafür anschrie, dass sie sie in diese Lage gebracht hatte. Aber beide schwiegen, und zu ihrer Überraschung nahm Sam Amity an der Hand. »Alles klar, du Pimpf. Welche Tür willst du nehmen? Rechts oder links?«

Amity beäugte ihn misstrauisch. »Links«, sagte sie dann leise.

»Dann also links.«

Beeindruckt sahen sie sich in der gigantischen Küche um, in die Sam und Amity sie geführt hatten. Sie hatte ungefähr die Größe der Restaurantküchen, die man manchmal in Filmen sah. Solche, in denen die Bösewichte mit Silbertabletts herumwarfen und Köche über den Haufen rannten. Die Arbeitsflächen waren aus dickem Holz, die Schränke cremefarben. Edel, aber ein bisschen staubig. Hier musste dringend mal wieder jemand putzen. Kupferpfannen und Töpfe hingen von einer Stange, die mit Ketten an der Decke befestigt war, und ein Messerset schimmerte in einer ordentlichen Reihe. Alles schien an seinem Platz zu sein.

Amity stürzte sich auf die Küchenschränke unter der Kücheninsel und wühlte zwischen Schüsseln und Krügen, Schürzen, Besteck und Geschirrhandtüchern herum, bis sie endlich etwas zu essen fand.

»Was ist das für ein Zeug?«, fragte Claude und musterte misstrauisch eine Dose Baked Beans. Sie waren von Heinz, sahen aber ganz anders aus als die, die sie von zu Hause kannten. »Schaut mal auf das Etikett, die sind uralt. So wie alles hier!« Er holte mehrere Dosen Tomatensuppe, Ketchup, Barbecuesoße, Erbsen und Ananas und sogar eine Packung Gummibärchen heraus.

Amity ließ sich mit einer dramatischen Geste gegen einen Küchenschrank sinken. »Neeeeiiiinnn! Sag bitte nicht, dass wir das nicht essen können. Ich bin so hungrig, dass ich sogar Karotten nehmen würde.«

Sam knallte eine Packung Cornflakes auf die Arbeitsfläche und schob sie in bester Cowboy-Manier zu Amity rüber.

Sie schnappte zu und riss den Deckel auf.

Claude, der gerade den Kamin untersucht hatte, sprang auf. »Iss das lieber nicht, Ami. Die müssen hundert Jahre alt sein.«

Aber es war zu spät. Ami hatte sich schon eine Handvoll Cornflakes in den Mund gestopft und mampfte selig vor sich hin. Die anderen warteten ab, ob sie sie wieder ausspuckte, aber stattdessen griff sie erneut in die Packung. »Schmecken die?«, fragte Deliah.

Amity nickte mit vollem Mund, und Deliah nahm die Packung und musterte sie misstrauisch. Dann roch sie daran. Die Cornflakes wirkten frisch und fühlten sich noch knusprig an ... und sie schmeckten fantastisch. Sogar ohne Milch.

»Das sind die besten Cornflakes überhaupt! Und dabei mag ich Cornflakes gar nicht!« Deliah kicherte. »Bestimmt gehört es zum Spiel, dass alles uralt aussieht. Allerdings ...« Sie dachte an den Champagner und die Teller im Ballsaal und dass das Eis in den Kübeln über Nacht nicht geschmolzen war. »Die können doch nicht *wirklich* alt sein, oder?«

Sam nahm eine Handvoll Cornflakes. »Ach, Dee-Dee, was ist nur aus deinem logischen Denkvermögen geworden? Willst du etwa nahelegen, dass wir in die Vergangenheit gereist sind? Das ist unmöglich.«

Deliah bewarf ihn mit einem Cornflake. »Aber bewegliche Häuser schon?«

Sam bewarf sie zurück. »Wenn das zum Spiel gehört, ja. Das ist doch reine Mechanik! Zeitreisen dagegen wären schon etwas komplizierter.«

Seine Argumente waren gut, was Deliah mehr als nur ein bisschen wurmte.

»Ich würde vorschlagen, dass wir so viel Essen einsammeln, wie wir tragen können, und schauen, was es hier sonst noch für Räume gibt. Vielleicht finden wir ja das nächste Stockwerk.« Er war schon dabei, sich Fry's-Schokolade und Kekspackungen in die Taschen zu stopfen.

Deliah fand, dass er recht hatte, und sah sich nach Flaschen um, die sie mit Wasser füllen konnten.

Sam winkte ihr mit einem scharfen Metallgegenstand zu. »Ist das ein Dosenöffner?«

Sie nickte. Das Ding erinnerte zwar eher an ein Folterwerkzeug, aber aus dem Outdoor-Laden wusste sie, worum es sich handelte.

Sie nahm Amity die Cornflakespackung ab und stopfte sie gemeinsam mit ihren Ängsten in ihren Rucksack. Der Troll in ihrer Hosentasche fühlte sich seltsam schwer an. Warum hatte sie den anderen nichts davon erzählt? Und bedeutete er, dass noch jemand hier im Haus war oder zumindest gewesen war? Sie wollte Amity keine Angst machen. Aber Sam und Claude hätte sie es sagen können! Doch die beiden würden sich bestimmt nur wieder über sie lustig machen, weil sie Angst vor einem Troll hatte. Außerdem hatte sich die Person, die ihn dorthin gelegt hatte, nicht wieder gezeigt.

Vielleicht war sie ja schon längst weg. Und wenn die Person, der der Troll gehört, hier rausgekommen war, würde das ihnen ebenfalls gelingen. Sie klopfte Bart aufmunternd das Fell.

»Wir sollten auch nach Hinweisen suchen«, sagte Claude, während er ein Regal voller Konservendosen durchwühlte. »Wenn wir hier rauswollen, müssen wir bestimmt wieder ein Rätsel lösen.«

KAPITEL 13

Neue Runde, neues Glück

Keine Treppe, keine Außentür – auch dieses Stockwerk war ein Ring aus aneinandergrenzenden Zimmern, die durch einen Flur verbunden waren. Aber es gab einen großen Unterschied zum Erdgeschoss. Unten war alles blitzsauber gewesen. Hier oben dagegen konnte man sich leicht vorstellen, dass seit den 1930er Jahren niemand mehr hier gewesen war. Die Böden waren schmutzig, alles war von Staub und Spinnweben und toten Fliegen bedeckt, und in den Zimmerecken waren die Wände grau angelaufen. Es schien keinen Strom zu geben, weswegen sie in dem wenigen Licht, das durch die verdreckten Fenster fiel, nach Hinweisen suchen mussten. Sie hatten zwar auch noch

Deliahs Taschenlampe, aber die spendete nur noch wenig Licht. Sie arbeiteten schnell, vermieden dabei die Schatten, die in den Winkeln lauerten, und versuchten, nicht auf das Wispern der Bäume draußen vor den Fenstern zu achten.

Sie befanden sich jetzt im ersten Stock. Äste kratzten an Wänden und Fenstern, und Deliah musste wieder an das seltsame Gefühl denken, das sie unten im Hof gehabt hatte. Als wäre sie angehoben worden, wie in einem Fahrstuhl. Aber wie sollten sie ohne Treppe wieder nach unten kommen?

Mit zunehmender Besorgnis hatte Deliah bei ihrem ersten Rundgang nach Hinweisen gesucht und nichts gefunden. Auch hier oben entschieden sie sich wieder für ein Schlafzimmer als Basislager. Claude fand ein paar alte Öllampen und zündete sie an. Ihr Licht tanzte über die Wände wie Feuerschein. Während die anderen den Raum nach Hinweisen absuchten, kramte Amity im Kleiderschrank und in den Kommodenschubladen herum und zog Schals und Tücher hervor. Außerdem fand sie eine echte Fuchspelzstola, an der sie nervös schnupperte, einen schokoladenbraunen Filzhut mit grünem Samtband, Perlenketten und juwelenbesetzte Broschen.

»Ta-daaah!«

Sie sah aus, als hätte sie einen Kampf gegen eine Flohmarktbude verloren.

Deliah brach in Gelächter aus, was sich gleichzeitig komplett fehl am Platz und richtig gut anfühlte. Auf Verkleiden hatte sie selbst zwar keine Lust, aber es besserte ihre Laune, das Himmelbett in eine Deckenhöhle zu verwandeln (auch wenn sie eigentlich tatsächlich schon viel zu alt waren für Höhlen, wie Deliah sich zähneknirschend eingestand). Im Inneren nahmen sie ein überraschend leckeres Mittagessen aus Dosenfleisch, kalten Dosenerbsen und Crackern ein, und Bart, der die neue Umgebung schön zu finden schien, döste gemütlich auf dem Teppich vor sich hin. Deliah beobachtete Claude, der wiederum Amity dabei beobachtete, wie sie mit den Fingern durch das goldene Fell des Hundes strich. Auf eine merkwürdige Weise schienen sie sich alle mit ihrer Lage abgefunden zu haben. Als würden sie sich hier langsam … zu Hause fühlen?

Plötzlich fiel ihr auf, dass sie jetzt fast einen Tag lang in diesem Haus waren, auch wenn es sich viel länger anfühlte. So viel zum Thema Abschied von ihrem ältesten Freund. Jetzt wurde sie ihn einfach nicht mehr los.

Sie lief die Wandgemälde ab und untersuchte sie auf Hinweise. Aber bislang waren sie alle so alt und öde wie die im Erdgeschoss. Landschaften, düstere Wege und Bäume. Nur eine kleine Skizze, die einen Ammoniten zeigte, stach heraus. Sie sah fast so aus, als wäre sie von einem Kind gezeichnet worden. Aber auch sie war alt. Der echte Ammonit, der gerade am Boden von Deliahs Rucksack in Keksrkrümeln paniert wurde, sah ihr zum Verwechseln ähnlich.

Nachdem Claude den Stein am Charmouth Beach geknackt hatte, hatte jeder von ihnen eine Hälfte behalten. Seine hatte jahrelang im Regal in seinem Zimmer gelegen, ihre auf ihrem Nachttischchen. Sie hatte vorgehabt, ihm den Stein vor seiner Abreise zurückzugeben. Als Zeichen des Abschieds. Sie gingen getrennter Wege, und sie wollte, dass wenigstens der Stein wieder ganz war.

Doch als sie Claude jetzt musterte, fragte sie sich, ob sie sich wirklich so weit voneinander entfernt hatten. Oder ob man ihre Freundschaft vielleicht wieder kitten konnte, genauso wie das Fossil?

»Such dir eine Zahl aus, Dee.«

Amity hielt ihr etwas unter die Nase, und ihre Gedanken stoben auseinander wie eine Schar Krähen. Es war ein gefaltetes Stück Papier – ein Himmel-und-Hölle-Spiel.

Deliah lächelte matt und nahm die Neun. Sie war ihre Lieblingszahl, denn egal, mit was man sie multiplizierte, wenn man die Ziffern im Ergebnis addierte, kam immer 9 dabei heraus. Zum Beispiel so:

4 x 9 = 36

Und dann:

3 + 6 = 9

Für Deliah war die Neun so etwas wie der sichere Hafen, in den alle Zahlen zurückkehrten. Eine zentrale Sammelstelle. Ein Zahlenzuhause.

Amity schob die Finger in das Spiel und öffnete und schloss die gegenüberliegenden Seiten neunmal.

»Und jetzt noch eine Zahl.«

Deliah setzte sich zu ihr aufs Bett, um nachzusehen, was zur Wahl stand.

»Die Sechs.«

Die Sechs war die perfekte Zahl. Denn sie war die Summe aller Zahlen, durch die sie teilbar war:

1, 2 und 3.

Die Sechs gab ihr das Gefühl, dass alles einen Sinn hatte.

Amity wechselte sechsmal die Seiten. Das Papier raschelte gegeneinander.

»Und noch mal.«

»Echt? Wie oft müssen wir das denn machen?«

»Komm, such dir wieder eine Zahl aus.«

Diesmal war zwar wieder die Neun zu sehen, aber ihr war eher nach einer geraden Zahl. Also entschied sie sich für die Acht, weil sie sie an das Unendlichkeitssymbol erinnerte und damit an die unendlichen Möglichkeiten, die das Leben bot. Amity öffnete wieder die Seiten, diesmal schneller. Dann fragte sie erneut.

Deliah verlor langsam das Interesse. »Keine Ahnung. Fünf«, sagte sie geistesabwesend.

Diesmal öffnete Amity den Spalt ganz und las Deliahs Zukunft ab, die unter der Zahl fünf verborgen war.

»Du wirst für immer hier gefangen sein.«

»Wieso schreibst du so was?« Claude, der gerade ein Bücherregal nach Hinweisen absuchte, sah sich zu ihr um.

Amity zuckte mit den Achseln. »Es konnten ja nicht alle Ergebnisse gut sein.«

Deliah hielt ihr die Hand hin, und Amity faltete das Spiel wieder zusammen. »Lass mich noch mal.«

Doch Amity schüttelte ernst den Kopf. »So funktioniert das aber nicht.«

»Dann will ich es mal versuchen.« Sam riss ihr das Spiel weg und warf es hinter sich. »Das konntest du damit nicht voraussagen, was?«

Die vier beobachteten, wie der gefaltete Zettel durch die Luft flog und unter dem Beistelltisch verschwand. Deliah musste lächeln – doch dann fiel ihr etwas auf. Das Himmel-und-Hölle-Spiel war nicht das einzige Stück Papier auf dem Boden. Bart schnaubte einmal leise und schlief weiter.

Sie sprang vom Bett und hob das vergilbte Papier hoch, das unter einer Schachfigur gesteckt hatte – dem weißen König.

Nachdem sie in die Höhle zurückgekehrt war, faltete sie den Zettel auf dem Bett auseinander. »Ein Zeitungsausschnitt.«

Gemeinsam versammelten sie sich um den Artikel.

MANVERS MANSION – EIN HOHN AUF DIE MECHANIK

Der Erfinder und ehemalige Millionär Elias Manvers Batstone musste Insolvenz anmelden, nachdem er an der Finanzierung seiner fantastischen Narretei scheiterte.

Es ist die Geschichte des Falls eines Mächtigen: Batstone, einst der Liebling der Ingenieurswelt, hat sein gesamtes Familienvermögen in die Entwicklung seines vielverspotteten »beweglichen« Hauses gesteckt – und sich damit in den Ruin getrieben. Ehemalige Kollegen Batstones berichten, der einst angesehene Mathematiker und Erfinder sei ein Sonderling geworden, der seine gesamte Zeit für die Konstruktion seines kuriosen Hotels aufwende. Die Zimmer in dem Gebäude bewegen sich angeblich – an sich ein Spektakel, das durch die Lage tief in den berüchtigten Badwell Woods mit ihrem instabilen Grund und ihrer tragischen Geschichte aber wohl dennoch kaum Besucher anziehen wird.

Nun plant Batstone zur Fertigstellung des Gebäudes angeblich eine verschwenderische Spendengala, über die bislang allerdings keine weiteren Informationen zur Verfügung stehen.

Anlass zur Sorge gibt das Wohl seiner achtjährigen Tochter Hypatia, die seit dem Tod ihrer Mutter vor einigen Jahren gemeinsam mit ihm in dem neuen Gebäude lebt.

Lesen Sie mehr auf S. 14.

Der Artikel stammte aus dem Jahr 1929.

»Wie es aussieht, hat er das Haus am Ende doch fertiggestellt«, bemerkte Sam. »Und es bewegt sich tatsächlich. Aber wie ging es danach weiter? Was ist mit Hypatia und ihm passiert?«

Deliah runzelte die Stirn. »Und wer lässt seine achtjährige Tochter auf einer Baustelle wohnen?«

»Und das auch noch in einem verfluchten Wald«, fügte Sam hinzu. »Was meint ihr, ist der Artikel der erste Hinweis hier im ersten Stock? Was meinst du, Dee-Dee?«

Deliah holte Stift und Zettel aus ihrer Tasche. »Was wissen wir denn? Er will – warum auch immer – ein Hotel mit beweglichen Zimmern bauen. Aber dann geht ihm das Geld aus. Also macht er ein Partyspiel daraus, um Spenden zu sammeln.«

»Außerdem klingt es so, als hätten sich seine Kollegen über ihn lustig gemacht. Der Reporter stellt es so dar, als wäre der ganze Plan die totale Lachnummer gewesen«, fügte Claude hinzu. »Bestimmt wollte er allen beweisen, dass sie ihm unrecht getan hatten.«

»Ohne an die Konsequenzen zu denken«, warf Sam ein.

»Was hast du nur getan, Elias? Wie weit bist du gegangen? Und was ist mit Hypatia passiert?« Deliah öffnete ihr Notizbuch, hielt dann mit dem Stift an den Lippen aber noch einmal inne. »Ich frage mich … Kann es sein, dass wir es hier mit zwei verschiedenen Rätseln zu tun haben? Einmal das Verschwinden von Hypatia Batstone und dann die Aufgaben hier in diesem faszinierenden Haus?«

»*Faszinierendes Haus?*«, wiederholte Claude grimmig. »Eine Menschenfalle ist das, nichts weiter.«

Doch Deliah achtete nicht auf ihn, sondern ließ ihren Stift zwischen den Fingern kreisen und begann, sich Notizen zu machen.

KAPITEL 14

Die Versöhnung

Als Deliah schließlich wieder von ihrem Notizbuch aufsah, wühlten Claude und Amity mit Barts eifriger Hilfe in einem Kleiderschrank herum, während Sam die Nase in ein Buch gesteckt hatte.

»Ich wusste ja gar nicht, dass du gern liest«, sagte Deliah.

Sam blickte finster zu ihr auf. »Wieso? Weil mein Pulli Löcher hat und mein Handy alt ist und ich mich nicht so gewählt ausdrücke wie Monsieur Claude?«

Deliah merkte, wie sie rot anlief.

»Oh, tut mir leid. So war das nicht gemeint. Aber du … du machst es mir nicht gerade leicht, nett über dich zu denken.«

Sam schob den Brieföffner als Lesezeichen in seinen Agatha-Christie-Roman und setzte sich zu ihr. »Ja, da hast du wohl recht.« Er wirkte so, als wäre das Thema damit für ihn erledigt. »Was machst du da eigentlich?«

»Eine Skizze von allen Zimmern in dieser Etage. Ich dachte, vielleicht finden wir so das nächste Rätsel. Aber keine Ahnung, ob es uns weiterhilft. Was meinst du?«

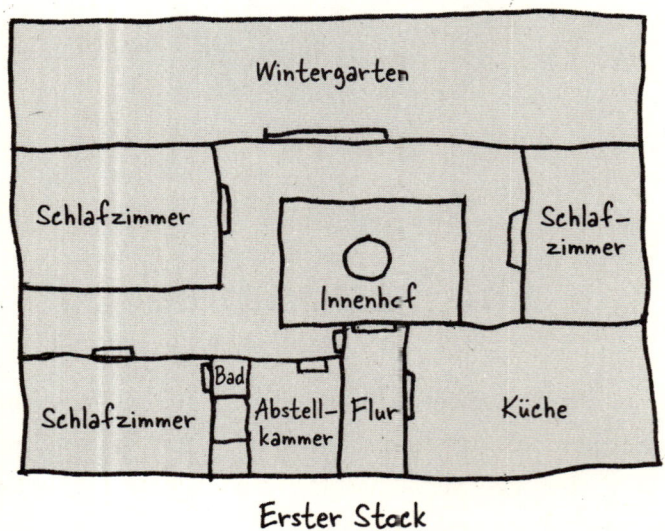

»Deliah, ehrlich, das nervt. Du brauchst meine Bestätigung nicht. Und Claudes auch nicht. Glaub doch mal an dich.«

Als wäre das so einfach.

Sie sah ihm in die Augen. »Dann hör du aber auf, ständig einen auf harter Typ zu machen. Zeig doch mal, wie du wirklich bist! Ich weiß genau, dass du die Leute absichtlich von dir wegstößt.«

Sam sah sie an, als würde er alles abstreiten wollen, überlegte es sich aber anders. Stille senkte sich über sie. Aber es war kein verlegenes Schweigen, sondern ein einhelliges.

Auch Claude verhielt sich merkwürdig ruhig. Er wirkte gedankenverloren, und Deliah spürte, dass mehr dahintersteckte als das Haus.

Du fehlst mir.

»Was ist los, Claude?«, fragte sie. »Ich meine, abgesehen davon, dass wir hier festsitzen. Irgendwas ist doch mit dir, oder?«

Claude warf ihr ein müdes Lächeln zu. »Ich würde es dir ja gern erzählen, Dee. Ehrlich. Aber … Ich hab das Gefühl, eigentlich willst du gar nicht mehr mit mir befreundet sein. Das ist ja Teil des Problems.« Er vergrub die Hände in Barts weichem Fell.

»Ich dachte, du willst nicht mehr mit *mir* befreundet sein. Letztes Schuljahr hast du immer nur mit anderen Jungs rumgehangen, und ich hatte nicht das Gefühl, dass du mich dabeihaben willst.«

»Ich habe versucht, Freunde zu finden, Dee. Meinen Platz. Du musst doch wissen, wie das ist!«

Allerdings. Die Frage war eher, wie es sein konnte, dass sie sein Verhalten so falsch gedeutet hatte.

»Nanny ist gestorben, und dann haben Mum und Dad beschlossen, dass wir umziehen müssen, und das auch noch direkt nachdem wir auf die neue Schule gekommen sind. Das war echt ein Albtraum. Und es ist immer noch einer.«

»Tut mir leid.« Deliah lief zu ihm und drückte ihm die Hand. »Ich weiß noch, dass ihr nach ihrem Tod nicht in der

Schule wart, weil ihr zur Beerdigung musstet«, sagte sie. Zum ersten Mal seit Ewigkeiten fühlte sich ihre Freundschaft zu Claude wieder so an wie früher. »Mir war gar nicht klar, wie wichtig dir deine Oma war.«

»War sie ja auch gar nicht. Ich hab erst nach ihrem Tod gemerkt, dass ich sie gern besser gekannt hätte. Am Tag ihrer Beerdigung saßen Mum und ich zusammen und haben dieses alte Fotoalbum aus Nannys Haus durchgeblättert. Als sie klein war, hat sie Amity so ähnlichgesehen. Und dann waren da all diese Gedichte und Rezepte eingeklebt, wie in einem Scrapbook. Irgendwie hat es sich so angefühlt, als würde sie mit mir sprechen, von dort aus, wo sie nach ihrem Tod hingegangen war. Sie hat an Geister geglaubt, und an ein Leben nach dem Tod. Dadurch hatte ich das Gefühl, ich müsste nur die Hand nach ihr ausstrecken, und ... Na ja, mir ist dadurch klargeworden, dass die Leute an ... an ...« Er schien nach dem richtigen Wort zu suchen, um es diplomatisch auszudrücken. »... an unterschiedliche Dinge glauben. Und nichts davon ist richtig oder falsch. Es ist einfach nur unterschiedlich.« Sein Blick wurde hart. »Ich wollte so gern mir dir darüber reden, aber du machst ja alles nieder, was sich nicht mit Logik erklären lässt. Dabei wollte ich nur reden und dich nicht konvertieren.«

Deliah musterte im flackernden Lampenschein betreten ihre Füße. Auch über Claude hatte sie vorschnell geurteilt. Genauso wie über Sam. »Es tut mir leid. Du hast recht, ich war dir keine gute Freundin. Ich werde mich bemühen, dir in Zukunft besser zuzuhören, okay? Versprochen.«

»Okay. Dann lass uns doch damit anfangen, zumindest in Erwägung zu ziehen, dass es hier nicht mit rechten Dingen zugehen könnte.«

»Ich habe kein Problem damit, zuzugeben, dass es Dinge gibt, die sich nicht wissenschaftlich erklären lassen. Zumindest noch nicht. Dinge an diesem Haus, die ich nicht erklären kann …« Sie warf einen raschen Blick in Amitys Richtung. »Zum Beispiel, warum uns niemand holen kommt. Oder weshalb wir die Fenster nicht öffnen und die Scheiben nicht zertrümmern können.«

Claude nickte. »Und warum draußen alles überwuchert und verlassen wirkt, während hier drinnen alles total ordentlich ist«, fügte er hinzu. »Zumindest im Erdgeschoss.« Er wich einem Tausendfüßler aus, der auf dem Fensterbrett entlangwuselte.

»Und dann sind da noch die Geister in den Wänden«, fügte Amity hinzu.

Niemand reagierte, aber Deliah spielte mit dem Troll in ihrer Hosentasche.

Ob es noch eine andere, spirituellere Sichtweise auf das Problem gab? Würde es ihr gelingen, sich dafür zu öffnen? Mit ihrer eigenen Herangehensweise war sie bisher schließlich nicht sonderlich weit gekommen.

»Wollen wir vielleicht mal in den anderen Räumen nach Hinweisen suchen? Ich habe hier etwas auf meiner Karte, das mir komisch vorkommt – eine Lücke zwischen dem Schlafzimmer unten links und der Abstellkammer. Vielleicht finden wir ja dort den Weg in den zweiten Stock.«

Amity sprang aufs Bett und klammerte sich an ihrem Rucksack fest. »Ich habe Angst. Es ist dunkel. Und was, wenn der nächste Stock noch schlimmer ist als der hier?«

»Der nächste Stock ist der Weg nach draußen«, antwortete Deliah. »So heißt es zumindest in dem Faltblatt.«

»Wobei niemand gesagt hat, dass auf dem Ding die Wahrheit steht«, bemerkte Sam achselzuckend. »Was, wenn auch das ein Trick ist?«

»Wir suchen jetzt schon Ewigkeiten«, warf Claude ein. »Amity hat recht.« Seine kleine Schwester machte vor Überraschung große Augen. »Es ist schon dunkel, und wir sollten uns ausruhen. Bestimmt haben wir irgendetwas übersehen, weil wir müde sind.«

Sam zuckte zustimmend mit den Achseln und vertiefte sich wieder in sein Buch.

Deliah biss sich auf die Zunge. Sie war anderer Meinung. Aber die anderen waren sich einig.

Als die anderen längst schliefen, lag Deliah noch im Dunkeln wach, starrte in die Schatten und dachte über die Hinweise nach.

Was haben wir übersehen?

Irgendwo außer Sichtweite winselte Bart.

Ob er Hilfe braucht?

Sie musste ja nicht weit weg. Selbst in dem unwahrscheinlichen Fall, dass etwas passierte, wäre sie nur ein, zwei Räume weit von ihren Freunden entfernt.

Sie schlich sich in den Flur, schaltete ihre Taschenlampe ein und tappte zu Bart.

»Na, du Feiner? Was ist los?«

Bart schnüffelte an der doppelten Glastür mit den geschwungenen weißen Griffen, die in den Wintergarten führte. Wie der Rest des ersten Stocks war auch dieser Raum altmodisch, ungeputzt und dunkel. Einst elegant, doch jetzt …

Der Wintergarten war zu drei Seiten verglast. Die Fenster waren durch weiße Metallrahmen verbunden. Aber die Scheiben waren so vermoost und schmutzig, dass man selbst bei Tageslicht nicht nach draußen sehen konnte. Überall standen Pflanzen herum, vor allem Farne und Palmen wie die in der Eingangshalle. Die Erde in den Töpfen war mit einer dicken, flauschigen Schimmelschicht bedeckt. Es war ein Wunder, dass die Pflanzen überhaupt noch lebten, so wenig Sonne, wie sie bekamen. Aber sie lebten, anders als der arme tote Hirsch, dessen Kopf hinter ihr an der Wand hing.

Sie hörte ein Rascheln und sprang auf – aber es war nur Bart, dessen Namensplakette leise klimperte, als er durch die Doppeltür trottete.

Er suchte sich eine passende Topfpflanze und hob das Bein, um sie zu wässern – vermutlich zum ersten Mal seit … konnte das wirklich neunzig Jahre her sein? Nein, das war unmöglich. Deliah schüttelte den Gedanken ab und richtete ihre Aufmerksamkeit wieder auf die Gegenwart.

Abgesehen davon, dass der Raum modrig und unordentlich war, erinnerte er sie an den botanischen Garten in London, den sie auf einem Schulausflug besucht hatte.

Dort hatte sie sich genauso in der Zeit zurückversetzt gefühlt wie hier.

Sie setzte sich auf ein Rattansofa, das unter ihrem Gewicht protestierend knarzte und eine Staubwolke auspustete. Hastig stand sie wieder auf.

Na, dann schauen wir mal, ob sich hier irgendwo ein Hinweis befindet.

Inmitten des Raums stand ein Glastisch mit einer Servierhaube aus angelaufenem Silber mit Griff darauf.

War die vorhin auch schon da?

Deliah kannte solche Dinger aus dem Fernsehen. Normalerweise wurden die Kuppeln dann von einem Kellner hochgehoben, und darunter befand sich irgendetwas Aufwendiges zu essen …

Sie zögerte, doch dann hob sie die Haube hoch. Ein Teil von ihr rechnete damit, den nächsten toten Vogel zu finden. Doch nein.

Es war ein Brief.

KAPITEL 15

Ein leises Lied

Etage eins, wir gratulieren!
Ein Hinweis wird euch assistieren.
Nun reimt und denkt, macht euch bereit,
ehe sie verstreicht, die ZEIT!

Der Brief war feucht von all der Zeit, die er im Wintergarten gelegen haben musste, und wellte sich an den Rändern. Die hübsche Handschrift war verschmiert und verblasst, das Papier fühlte sich klebrig an. Und der Inhalt war kompletter Blödsinn.

Was für ein Hinweis soll das bitte sein?

Bart kläffte, als könnte er ihren Frust nachvollziehen.

»Was meinst du, mein Junge? Findest du etwas, das uns wirklich weiterhilft?«

Bart winselte, ließ den Schwanz hängen und tappte unruhig auf der Stelle herum.

»Spürst du etwas?«

Eigentlich wollte sie die Antwort auf diese Frage lieber nicht erfahren, aber sie erhielt trotzdem eine. Ein Flüstern im Wind – vielleicht waren es wieder die Bäume, die wie vorhin raschelten und an den Fenstern kratzten. Nur kam das Geräusch aus der falschen Richtung.

Bart ließ den Kopf auf die Pfoten sinken und winselte wieder sehr leise für einen so großen Hund.

Nein, es waren nicht die Bäume. Und sie waren es auch nie gewesen. Jetzt nicht und vorher nicht. Hinter ihr war ein schwaches, kratziges Geräusch zu hören, das an ein heiseres Husten erinnerte.

Deliah gefror das Blut in den Adern. Was es auch war, es kam aus der Wand, die sie vom Rest des Hauses trennte, und nicht vom Glas, hinter dem sich der Wald befand. Nicht von außen, sondern von innen.

Ihr ganzer Körper bitzelte, als sie sich langsam zu der Wand mit dem Hirschkopf umdrehte. Sie wollte das Ding mit seinem braun gesprenkelten Fell und den starr ins Nichts gerichteten Glasaugen nicht ansehen.

Tote Tiere flüstern nicht.

Deliah streckte die Hand danach aus, zuckte aber zurück. Unter den Augen befanden sich dunkle Flecken, als hätte der Hirsch vor seinem Tod schwarze Tränen geweint.

Die Geräusche gingen nicht von dem Hirsch aus. Aber woher kamen sie dann?

Sie legte die Hand an die Wand und legte das Ohr daran, um zu lauschen. Mit heftig pochendem Herzen stellte sie sich vor, wie sich jenseits der Wand etwas bewegte.

Kinder in den Wänden.

Das hatte Amity gesagt.

Die anderen waren nur einen Raum weiter und kamen ihr gleichzeitig unendlich weit weg vor. Sie fühlte sich so allein.

Aber warum habe ich dann solche Angst, dass jemand hier sein könnte?

Sie schlich weiter in den Flur und sah sich dabei nach dem Ursprung des Geräuschs um. Aber da war nichts. Nur der Korridor mit seinen holzgetäfelten Wänden und einem kleinen, goldgerahmten Spiegel. Ihr Spiegelbild erschreckte sie, und sie gab ein nervöses Kichern von sich. Die Person, die ihr entgegenblickte, wirkte mit ihrem wirren Haar und den dunklen Ringen unter den Augen völlig durcheinander.

Hier ist niemand. Nur deine Fantasie. Und jetzt reiß dich zusammen.

Sie atmete tief durch, kämmte sich mit den Fingern durch die Haare und kehrte in den Wintergarten zurück, um sich zu beweisen, dass er leer war.

»Schschschsch ... wenn das ... chchchch ... nicht singt, Papas ... schchchchch ... diamantenen Ring.«

Delia klopfte das Herz bis zum Hals. Sie atmete tief durch, um sich zu beruhigen, und drückte sich dabei fest gegen die

Wand. Ihre Brust hob und senkte sich heftig, und ihr Kopf drehte sich auf der Suche nach der Ursache des Geräuschs wild hin und her. Nein, nicht einfach ein Geräusch. Ein … Ein Lied war das. Genau, ein Schlaflied. Und es schien irgendwo aus der Nähe ihrer Füße zu kommen.

»*Der diamantene Ring, der wird zu Blech ...*«

Deliah ließ sich auf die Knie fallen und schlug sich die Hand vor den Mund, um einen Schluchzer zu unterdrücken. Im Augenwinkel sah sie halb verdeckt durch einen verrottenden Kaktus etwas Metallenes aufblitzen. Es war ein großer Luftschacht über der Fußleiste, und er hatte überall dort, wo er mit Schrauben an der Wand befestigt sein sollte, Löcher. Sie berührte die Abdeckung mit den Fingerspitzen, aber sie saß fest. Und darin war etwas – das hörte sie. Hörte es … atmen?

»Papa«,

flüsterte es.

»Papa.«

»*PAPA?*«

Deliah schrie auf und rannte zurück zum Schlafzimmer. In der Tür prallte sie gegen Sam.

»Hey!«, protestierte er verschlafen. »Was ist denn hier los?«
»Ich habe Stimmen gehört. Sie singen. In den Wänden! Dadrinnen ist was. Und es hat mich angeschrien!« Sie war kurz davor, zu hyperventilieren.

»Seit wann glaubst du an solchen Schwachsinn?« Sam verdrehte die Augen. »Mann, du hast mich echt erschreckt.«

Deliah wich zurück, bis sie gegen das Fußende vom Bett stieß, und lief panisch auf und ab. Sie biss sich auf die Innenseite ihrer Wange, bis sie Blut schmeckte, um ihre Angst in den Griff zu bekommen, und zog sich fest an den Locken, als könnte sie so die Furcht aus ihrem Kopf vertreiben.

Mit ihrem Geschrei hatte sie auch Amity und Claude geweckt.

»Was ist los, Dee?« Amity krallte sich verängstigt an der Bettdecke fest.

»Ich hab ein Geräusch gehört«, war alles, was Deliah herausbrachte. Amitys besorgter Gesichtsausdruck wich reinem Grauen, aber Deliah konnte nicht so tun, als wäre nichts passiert.

Sam gab ihr mit einem warnenden Blick zu verstehen, dass sie jetzt besser den Mund halten sollte. »Alte Häuser machen Geräusche. Deliah hat nur einen Schreck bekommen, das ist alles. Wir wollten zusammenbleiben, aber sie war trotzdem allein unterwegs. Da kann so was schon mal passieren. Mach dir keine Sorgen, Ami. Alles ist gut.«

»Moment mal. Du hast Geräusche gehört?«, fragte Claude. »Oder waren es Stimmen?«

Deliah schluckte. »Ich … Ich weiß nicht.« Sie sah noch einmal zu Amity, die sich unter der Decke versteckte.

»Das waren die Geister«, drang es erstickt darunter hervor.

Claude zog seine Schwester hervor und nahm ihre Hand. »Sam, Deliah. Könnt ihr mal herkommen?«

Als sie sich zu ihnen aufs Bett gesetzt hatten, nahmen sie sich alle bei den Händen, sodass sie einen Viererkreis bildeten. Er schloss die Augen. »Mit einem Ouija-Brett wäre das leichter, aber so geht es auch. Ich glaube, wenn wir uns alle ganz fest darauf konzentrieren, sagen sie uns vielleicht, was sie wollen. Vielleicht finden wir so ja einen Weg hier raus.«

Deliah zerrte ihre Hand weg, als hätte sie sich verbrannt. »Eine Séance? Claude, ist das dein Ernst? Ich dachte, du willst deine Schwester trösten!«

Claude schlug die Augen auf und warf ihr einen wütenden Blick zu. »Du hast versprochen, dass du mir zuhörst.«

»Ja, dass ich dir *zuhöre!* Aber nicht, dass ich auf meinen Verstand pfeife! Was du hier machst, ist lächerlich!«

»Aber wenn du sowieso nicht daran glaubst – was ist dann so schlimm daran, es einfach zu versuchen?«

Sam löste seine Hand aus Amitys. »Ich sehe das ehrlich gesagt ähnlich wie Deliah, Bro. So weit, dass ich Kontakt zu den Toten aufnehmen will, bin ich noch nicht.«

»Bist du jetzt neuerdings auf ihrer Seite, oder wie? Schön zu wissen, dass man sich null auf deine Rückendeckung verlassen kann! Und ich dachte, wir sind Kumpels.« Claude wirkte tief getroffen.

»Ja, und ich dachte, du wärst normal«, zischte Sam.

Claude wollte etwas erwidern, aber Amity heulte auf, sprang vom Bett und rannte aus dem Schlafzimmer.

»Nicht schon wieder!«, stöhnte Sam, als sie alle drei losrannten, um sie aufzuhalten. »Wie oft wollen wir denn noch deiner kleinen Schwester hinterhe…«

Er wurde von einem schrillen Aufschrei unterbrochen.

KAPITEL 16

Helft uns

Amitys Schrei verhallte zwischen den Wänden, während sie zum gegenüberliegenden Schlafzimmer rannten. Amity war nicht dort – aber dafür etwas anderes. Fassungslos starrte Deliah die Puppen auf dem Kaminsims an. Dieselben Puppen mit ihren unheimlichen Augen, die Amity so aufgereiht hatte – eine Etage tiefer. Nur dass ihre Köpfe nun um hundertachtzig Grad nach hinten gedreht waren, sodass sie auf die Wand starrten.

Claude schwankte auf der Stelle, und Sam schnappte nach Luft.

»Wer war das?« Deliahs Stimme war kaum mehr als ein ersticktes Röcheln.

Claudes Atem ging stockend, und Deliah merkte, dass sie seinen Arm viel zu fest umklammerte. Aber sie konnte nicht anders. Lichtflecken tanzten vor ihren Augen, und sie war ziemlich sicher, dass sie gerade im Begriff war, den Bezug zur Wirklichkeit zu verlieren.

Nein. Es gibt eine Erklärung für all das.

Sie zwang sich, wieder zu klaren Gedanken zu kommen, und näherte sich langsam den Puppen, wobei sie die ganze Zeit über die düsteren Ecken des Zimmers im Blick behielt, falls sich dort etwas regte. Dann fegte sie mit einer raschen Armbewegung und einem Schrei, der an ein verwundetes Tier erinnerte, die Puppen auf den Boden.

»Das kann doch nicht sein.« Sie ließ sich gegen den Kamin sinken. »Das ist ein Hinweis, ein Teil des Rätsels. Genau! Mehr steckt nicht dahinter.«

Claudes Stimme klang dünn und den Tränen nah. »Aber das sind dieselben Puppen wie unten. Wie sind sie hierhergekommen, wenn wir hier ...«

... allein sind. Ja, das ist die Frage.

In einem anderen Raum trippelten Schritte über den Boden, begleitet von einem erstickten Flüstern:

»Claude?«

»Sie wollen dich, Mann.« Sam deutete mit dem Kopf auf die Tür, aber Claude stand da wir zur Salzsäule erstarrt. Hatte er etwa wirklich Geister heraufbeschw...?

Nein! Ich weigere mich, an Geister zu glauben!

Deliah holte ihr Taschenmesser aus dem Rucksack, klappte es auf und hielt es vor sich. Dann schob sie sich langsam durch den Gang und weiter um die Ecke zum dritten Schlafzimmer auf dieser Etage. Dort drückte sie die Klinke nach unten.

Ihr Herz hämmerte wie verrückt, und das Blut rauschte ihr so laut in den Ohren, dass sie sich vorkam wie unter Wasser.

Als die Tür einen Spaltbreit geöffnet war, sah sie sich zu Sam und Claude um, die ihr gefolgt waren. Claude schüttelte entschieden den Kopf, aber sie konnte nicht anders. Sie musste es *sehen*.

Doch ehe sie die Möglichkeit bekam, die Tür zu öffnen, wurde ihr die Klinke aus der Hand gerissen, und ein schluchzendes Gewirr aus Haarknödeln und Glitzerrucksack sprang heraus.

»Amity!«, rief Claude und riss beide Mädchen in seine Arme.

»Geht da nicht rein«, schluchzte Amity und schüttelte verängstigt den Kopf.

Aber die Tür öffnete sich bereits mit einem leisen Knarren und gab preis, was dahinter zu sehen war. Es handelte sich um ein ganz normales Schlafzimmer.

Doch als sich die Tür ganz geöffnet hatte, trieb es Deliah die Luft aus der Lunge.

An der gegenüberliegenden Wand befand sich ein großer Spiegel. Er zeigte aber nicht Deliahs Spiegelbild.

Stattdessen erschienen nach und nach Wörter. Als würde jemand rückwärts schreiben.

TFLEH
SNU

Hinter den Worten bewegte sich etwas – ein Schatten im Glas, nur dass alles umgekehrt war, wie bei dem Negativ eines alten Fotos: Schwarz war Weiß, Weiß war Schwarz. Der Umriss schien zu wabern.

Wie gelähmt stand Deliah da und beobachtete, wie aus der groben Silhouette eine Gestalt wurde, die ungefähr Amitys Größe hatte. Deliah sah sich nach ihr um, aber sie stand noch hinter ihr, also konnte es sich nicht um ihr Spiegelbild handeln.

Die Gestalt verharrte noch einen Moment lang, dann schien sie schlagartig kleiner zu werden, als würde sie in einen tiefen Abgrund stürzen.

Claude packte Deliah und zog sie aus dem Zimmer, ehe sie dazu kam, zu schreien.

Sam knallte die Tür zu und stellte sich davor. »Was *war* das?«

Claudes rechte Augenbraue hob sich fast bis zur Decke. »Vielleicht etwas, das sich wissenschaftlich bisher noch nicht erklären lässt?« Er warf Deliah einen Blick zu. »Können wir es *bitte* mal auf meine Weise versuchen?« Er reichte ihnen erneut die Hände.

Zögernd betrachtete Deliah seinen ausgestreckten Arm. *Konnte* sie das denn überhaupt?

Inzwischen war es keine Frage der Sturheit mehr – sie hatte einfach Angst.

»Bitte«, wiederholte Claude und ließ die Hände fallen, sah erst ihr und dann Sam aber flehend in die Augen. »Versuchen wir es einfach. Vielleicht schaffen wir es so, hier rauszukommen.«

Die Vorstellung, das Haus verlassen zu können, überzeugte sie schließlich. Sie ergriff Sams und Amitys Hand, und sie bildeten erneut einen Kreis.

Dann ergriff Claude das Wort. »Geister von Manvers Hall. Wir rufen euch an, uns zu erhören.«

Alle außer Deliah hatten die Augen geschlossen, sogar Sam. Aber wenn sich wirklich ein Geist zeigen sollte, dann wollte sie ihn sehen.

Amitys Hand fühlte sich ganz klein und zittrig an. »Hoffentlich sind es freundliche Geister«, flüsterte Amity vor sich hin.

Doch sogar jetzt, wo Deliah selbst Angst hatte, fiel es ihr immer noch schwer, an etwas so Fantastisches wie Geister zu glauben. Also versuchte sie, sich zu beruhigen, indem sie zählte … langsam und rhythmisch ab hundert rückwärts.

»Frag sie, ob sie nett sind«, flüsterte Amity.

»Leise jetzt«, zischte Claude. Dann fragte er lauter: »Geister? Seid ihr bei uns?«

Hinter ihm war ein dumpfer Schlag zu hören.

Amity wimmerte auf und umklammerte Deliahs Hand noch fester.

Die Öllampe flackerte.

»Geister des Hauses, seid ihr bereit, uns zu helfen?« Claudes Stimme klang kräftig und entschlossen.

89, 88, 87, 86 …

Links von Deliah unter einem Schreibtisch bewegte sich etwas.

Da ist gar nichts. 85, 84 …

Im Schummerlicht war es schwer, etwas auszumachen, vor allem, weil die Öllampen die ganze Zeit über heftig flackerten und immer nur blitzlichtartig Teile des Raums erhellten. Dinge im Schatten, Schemen der Realität.

Dann sah sie Metall schimmern und erkannte, dass es sich um einen weiteren Luftschacht handelte.

Logik und Verstand. Nicht dieser alberne Unsinn. Sie verschwendeten ihre Zeit, anstatt nach echten Lösungen zu suchen. Versprechen hin oder her, sie würde da nicht länger mitmachen.

Lautlos brachte sie Sams und Amitys Hände zusammen und verschränkte sie miteinander. Die beiden öffneten die Augen, Sam grinsend, Amity unter wildem Kopfschütteln. Aber Deliah bedeutete den beiden, leise zu bleiben.

Claude redete weiter. »Geister, ihr bittet uns um Hilfe. Und wir *wollen* euch helfen. Aber ihr müsst uns sagen, wie. Und ihr könntet uns *auch* helfen. Wir können gemeinsam von hier entkommen.«

Deliah ging auf alle viere und kroch zu dem Luftschacht, ohne darauf zu achten, wie unangenehm sich der Teppich unter ihren nackten Knien anfühlte. Mit dem Taschenmesser löste sie die Abdeckung des Luftschachts von der Wand und lehnte sie vorsichtig gegen die Fußleiste.

»Deliah, nein!«, schrie Amity. »Geh da nicht rein!«

KAPITEL 17

Hallo, Deliah

Amity durchbrach den Kreis, und Claude riss die Augen auf, genau in dem Moment, in dem Deliah ihre Taschenlampe einschaltete.

»Es gibt keine Geister, und ich werde es beweisen.« Sie steckte das Taschenmesser wieder ein und quetschte sich mit den Schultern in den Schacht. »Hier ist ziemlich viel Platz zwischen den Wänden.«

»Nein, Deliah!«, schluchzte Amity.

»Was siehst du dadrinnen?«, fragte Sam.

Er wirkte vollkommen unbeeindruckt.

Langsam leuchtete Deliah mit der Taschenlampe die holzvertäfelten Wände ab. »Holz, Backsteinmauern, Spinnweben … Moment, ich glaube, hier steht etwas auf dem Holz.«

»Komm raus da, Deliah!«, knurrte Claude. »Du weißt nicht, was dadrinnen ist.«

Aber Deliah schob sich mit den Füßen vorwärts und wand sich wie eine Schlange über den Teppich, bis sie zur Hälfte in dem Zwischenraum verschwunden war.

Der Staub im Haus war nichts im Vergleich zu dem hier im Kriechgang. Die Luft war schwer und wirkte im schwachen Strahl der Taschenlampe fast schon wie Nebel. Sie richtete das Licht auf die Schrift. Sie war krakelig und halb unter einer Schmutzschicht verborgen.

Ich hasse Leo

Sie wischte die Spinnweben vom Rest der Botschaft.

Wir können hier nicht raus
Das ist alles seine Schuld

Deliah leuchtete den Boden ab und fand dort einen seltsamen Gegenstand, der ihr ebenso fehl am Platz vorkam wie der Troll: eine graue Beanie, auf die vorn das Wort *Pixies* gestickt war. Sie klopfte den Staub ab und rieb das Fleecefutter zwischen ihren Fingern. Die Mütze fühlte sich echt an. »Hier gibt es keine Geister«, sagte sie in die Dunkelheit.

Aber *etwas* war da.

Sie lauschte angestrengt. War das weit entfernte Musik? Oder das Pfeifen des Windes?

»Deliah?« Der Ruf aus dem Flur klang seltsam weit weg, wie aus einer anderen Welt. Sie musste zurück zu den anderen ... Aber hier *war* etwas ... Wenn sie sich nur richtig konzentrierte ...

Sie hörte so genau hin, dass sie sich vor Schreck die Hüfte am Eingang des Luftschachts anstieß, als das Hämmern einsetzte. Aus dem Inneren der Wand drangen plötzlich Geräusche. Polternde Schritte. Ein hohles Flüstern.

Da war etwas. Und es kam näher.

Das Trappeln wurde lauter. Erneutes Hämmern. Türenknallen ... Die Geräusche waren überall um sie herum. Aber das war unmöglich!

Dann packte sie etwas an den Füßen und zog.

Deliah kreischte auf.

»Beruhig dich, Dee.« Sam zog sie auf die Beine.

Bart leckte ihr Staub und Spinnweben vom Gesicht.

Sie rieb sich die Augen. »Es tut mir leid, Claude. Aber ich konnte das einfach nicht ...«

Claude schüttelte nur wortlos den Kopf.

»Spart euch den Streit, ihr beiden. Wir haben etwas gefunden, und das ist das Einzige, was zählt.« Sam entrollte einen großen Bogen Papier und stellte ein paar Mini-Topfpflanzen darauf, damit er sich nicht wieder zusammenrollte. »Das lag auf dem Tisch über dir. Bei deiner ehrlich gesagt ziemlich witzigen Schlangennummer ist die Zeitung runtergefallen, die es verdeckt hatte.« Er grinste.

Auf dem Papierbogen war ein Grundriss des Hauses zu sehen, der in drei Abschnitte aufgeteilt war, neben denen *Erdgeschoss, 1. Stock* und *2. Stock* stand. Die Skizze des zweiten Stockwerks bestand allerdings nur aus den Umrissen einiger Zimmer ohne irgendwelche Einzelheiten.

Deliah versuchte, sich zu konzentrieren, aber in Gedanken war sie noch halb zwischen den Wänden.

War dadrinnen etwas gewesen? Oder gab es hier im Haus einfach nur jemanden, der ihnen Angst machen wollte und deshalb in schweren Stiefeln herumlief und Türen knallte?

Der Gedanke an die Musik und das Flüstern ließ sie einfach nicht los.

Normalerweise tat sich Deliah schwer mit Entscheidungen, aber diese hier fiel ihr leicht.

Ich gehe da nie wieder rein.

Sie verdrängte den Gedanken vorerst und deutete auf die Mitte der mittleren Skizze. »Das hier ist der Innenhof.« Dann deutete sie auf die nächste Skizze. »Und hier ist der Innenhof im Erdgeschoss.«

»Er ist in jedem Stockwerk eingezeichnet«, sagte Claude. »Wie kann das sein?«

»Vielleicht ist das ja ein Fehler«, schlug Amity vor. »Die Pläne sind schon alt, vielleicht konnten die Leute damals noch nicht so gut zeichnen.«

Deliah lächelte. »Ich glaube, der Plan stimmt so. Das ist noch einer von seinen Ingenieursticks. Elias will, dass jeder sieht, wie schlau er ist. Ich nehme an, der ganze Innenhof ist künstlich angelegt, und zwar auf einer Plattform, die sich Stockwerk für Stockwerk mit uns hochhebt. Schaut mal, hier hat jemand Schienen eingezeichnet.« Sie deutete auf eine Reihe von Linien auf dem Grundriss. »Und das hier ist auch interessant …«

»Was denn?«, fragte Sam.

»Hier steht nicht *Innenhof*, sondern *Uhrenhof*. Und jetzt, wo ich das sehe, fällt mir auch wieder ein, dass unten an der Vogeltränke ein Ring mit Zahlen angebracht war. Wie bei einer Sonnenuhr.« Deliah schnappte nach Luft. Wie hatte sie das vergessen können? Ehe sie die Stimmen gehört und zwischen die Wände gekrochen war, hatte sie im Wintergarten doch ein weiteres Rätsel gefunden! Sie holte es aus ihrer Hosentasche und wedelte damit herum.

»Nun reimt und denkt, macht euch bereit, ehe sie verstreicht, die ZEIT?«, las Claude vor. »Und *Zeit* ist groß geschrieben?«

Deliah nickte. Irgendwo in ihrem Kopf war die Lösung, das spürte sie genau. Wie ein Wort, das ihr auf der Zunge lag. »Hier im ersten Stock dreht sich alles um Zeit.«

»Genau!« Claude winkte Amity zu sich, drehte sie um und öffnete ihren Rucksack. Mit einem ihrer Filzstifte schrieb er ihr etwas in die Handfläche. »Und, Deliah? Wie viel Uhr ist es?«

Sie sah auf ihre Uhr, auch wenn sie schon ahnte, wie die Antwort lauten würde. »Halb acht.«

Claude öffnete seine Hand und zeigte ihnen, was er aufgeschrieben hatte:

1930

»Zeit ist der entscheidende Hinweis! Auf allen Uhren hier drinnen ist es 19 Uhr 30. Und 1930 war das Jahr, in dem Elias' Party stattfand!«

»Und das Jahr, in dem Hypatia Batstone verschwunden ist«, fügte Sam hinzu.

Deliah nickte wild, als in ihrem Kopf alle Puzzlestücke an ihren Platz rückten. »Und nicht nur das Jahr – auch der Tag. Auf internationalen Kalendern wird doch der Monat immer vor dem Tag geschrieben. So steht am 30. Juli oft 7/30.«

»Aber wo sollen wir das einordnen, Dee? Ist das eins von Elias' Rätseln, oder hat es eher mit Hypatia zu tun? Zu welchem der beiden Geheimnisse gehören diese Informationen?«, fragte Sam.

Deliah und Claude antworteten im Chor: »Zu beiden.«

»Okay. Und was jetzt?«, fragte Amity, während sie Claude ihren Stift wieder abnahm.

»Ich würde sagen, wir stocken unsere Vorräte noch einmal auf, und dann gehen wir zurück in den Innenhof. Dann schauen wir, ob wir alles haben, was wir brauchen, und suchen nach irgendeinem Hinweis darauf, was es mit der Vogeltränke auf sich hat. Oder? Was meint ihr?« Deliah hätte sich ohrfeigen können. Das war gar nicht als Frage gemeint gewesen! Wieso suchte sie ständig nach Bestätigung von anderen? Selbst während sie das dachte, sah sie Sam fragend an, weil sie auf seine Zustimmung hoffte.

Sam musterte sie mit einer gehobenen Braue. »Klingt nach einem guten Plan, Deliah.«

Diesmal sickerte ein wenig mehr Sonnenschein in den Innenhof, sodass die Vogeltränke einen Schatten warf. Er war nicht stark genug, um die Uhrzeit zu bestimmen. Aber das war schon in Ordnung so, denn Deliah interessierte sich gar nicht für die Funktion als Sonnenuhr.

Sie lief zu der Tränke hinüber. Ihrer Erinnerung nach verlief um die Basis herum ein Ring, in den Zahlen graviert waren. Auf den Knien schob sie Laub und Unkraut vom Metall, bis sie fand, was sie suchte: einen Zeiger. Auf einmal kam ihr eine Idee. Sie packte die Tränke mit beiden Händen und zog.

Nichts rührte sich.

»Helft mir mal«, sagte sie. Als sie die ratlosen Blicke der anderen bemerkte, fügte sie hinzu: »Das gesamte Ding ist eine Uhr. Vielleicht müssen wir ja dafür sorgen, dass sie auf halb acht zeigt, damit sie zu den anderen passt.«

Ihre Freunde schienen überzeugt und gingen an der runden Schale in Position.

»Moment.« Sam verzog das Gesicht, hob einen Stock vom Boden auf und legte den toten Vogel damit im Gras ab. »Schon besser.«

»Amity, du achtest auf den Zeiger. Er soll genau ... hier stehen.« Deliah deutete auf die Stelle zwischen sieben und acht.

Amity hockte sich hin, und die anderen drei zogen und zerrten an der Schüssel.

Anfangs passierte gar nichts. Aber nachdem sie all den Dreck und die verrotteten Blätter, die sich in den vergangenen neunzig Jahren angesammelt hatten, erst einmal gelockert hatten, ließ sich die Tränke schließlich doch bewegen.

Man brauchte nicht Claudes Sinn fürs Übersinnliche zu haben, um zu merken, dass sich gleichzeitig auch das Haus veränderte. Die Vogeltränke war vorher schon warm gewesen, aber wurde jetzt so heiß, dass sogar Dampf aus dem Wasser in der Schale aufstieg. Der Boden summte. Deliah spürte die Energie in ihren Muskeln, die Aufregung und die Anstrengung. Die vier lächelten einander zu.

»Uuuund … stopp!« Amity sprang auf. »Ihr habt es geschafft!«

»Und steht der Zeiger auch genau auf halb?«, fragte Deliah. »Hast du etwas gespürt?« Die Tür war geschlossen. Sogar Bart verhielt sich ruhig.

Und dann geschah es.

Irgendwo in der Vogeltränke erklang das inzwischen vertraute Klicken eines Mechanismus, der einrastete. Dann begannen wie beim ersten Mal im Erdgeschoss überall um sie herum die Hauswände zu beben.

Deliah umarmte stürmisch Claude und jubelte: »Juhuuu!«

Claude umarmte sie zurück. »Du bist echt ein Genie!«

Vor Deliahs innerem Auge blitzte das Bild auf, wie sie bei Deliah zu Hause auf dem Sofa zusammen ein Entscheide-selbst-Buch gelesen hatten. Es war zur Weihnachtszeit gewesen, und sie hatten gemeinsam überlegt, wie sich die Monster in dem Buch am besten bekämpfen ließen. Damals hatte Claude sie auch als Genie bezeichnet.

Jetzt, wo Deliah wusste, worauf sie achten musste, spürte sie ganz deutlich, wie sich der Boden bewegte. »Ich hatte recht! Wir werden angehoben!«

Claude hielt sich an ihr fest, und sie stützten sich gegenseitig, um durch die ungewohnte Bewegung und den ohrenbetäubenden Krach nicht ins Wanken zu geraten.

»Das wäre echt ein cooles Party-Erlebnis gewesen«, rief Claude.

Deliah wurde schwindelig, und sie hielt sich die Schläfen, bis das Beben langsam nachließ.

Als die Haustür aufsprang, kläffte Bart aufgeregt los.

»Nach dir«, sagte Sam und machte Deliah den Weg zur Tür frei.

Ihr ganzer Körper kribbelte vor Aufregung, als sie die Finger zwischen Tür und Rahmen schob. Ihr Atem ging schnell und flach. So selbstbewusst, wie es ihr unter den Umständen möglich war, zog sie die Tür auf.

»Hallo, Deliah«, sagte eine Stimme auf der anderen Seite.

ZWEITER STOCK

KAPITEL 18

Leo

Deliah machte einen Satz rückwärts, zurück zu den anderen und weg von dem Fremden in der Tür.

Der Junge war groß und trug eine merkwürdige Mischung aus schnöseliger Schuluniform und der Art Sachen, die Amity aus den Schubladen und Schränken in den Schlafzimmern gezerrt hatte.

Unter seiner Lederjacke spähte ein Schulwappen auf einem grauen Pulli hervor, und an der linken Hand trug er einen dicken Goldring.

Er hatte dunkle, in der Mitte gescheitelte Haare, die vorne länger waren und schlaff wie ein Vorhang nach unten hingen. Nachdem er die vier rasch nacheinander gemustert hatte, lächelte er. »Hey, Bart. Ich hab dich vermisst, Großer«, sagte er und ging in die Hocke.

Als der Hund seinen Namen hörte, gab er ein leises »Wuff« von sich und trottete brav zu dem Jungen hinüber.

Der sagte in fast schon entschuldigendem Ton: »Hey, Leute.« Er hielt ihnen die Tür auf. »Kommt rein.«

Sam ging auf den Neuen zu. »Wer bist du?«

»Ich heiße Leo.« Er wirkte freundlich, aber Deliah lief es eiskalt über den Rücken, weil sie an das Graffiti denken musste.

Ich hasse Leo ... Das ist alles seine Schuld.

»Ich wollte euch keinen Schrecken einjagen. Tut mir leid, vermutlich habt ihr sowieso schon ziemliche Angst, was?«

Keiner antwortete.

»Ist schon in Ordnung. Ich hatte auch Angst, als wir hergekommen sind.«

»Wir?« Deliah rieb sich die Arme. *Er und die Person, die an die Wände gekritzelt hat.*

»Ja, ich und mein kleiner Bruder Richard – Ritchie. Aber am Anfang waren noch andere Kinder hier. Sie wollten uns nicht helfen. Sie schienen uns nicht zu mögen. Ritchie und ich waren uns nicht einig, ob das was Gutes oder was Schlechtes ist.«

»Was für andere Kinder?«, fragte Deliah. Ihre Stimme klang schrill. »Wo sind sie jetzt? Haben sie es hier rausgeschafft?« Sie stand immer noch im Innenhof, weil sie sich nicht näher herantraute.

»Nicht wirklich. Kommt doch einfach rein, und ich erkläre euch alles.«

»Oder du gibst uns erst mal eine Kurzzusammenfassung. Sonst gehen wir hier nämlich nirgends hin«, sagte Sam. »Zum Beispiel, seit wann du hier bist und wie die anderen Kinder es rausgeschafft haben.«

»Die anderen waren wie wir. Sie haben sich ins Haus verirrt, aber Jahre vor uns. Manche sogar Jahrzehnte. Ihr seid die ersten Neuen, seit Ritchie und ich gekommen sind. Offenbar geben sich die Leute inzwischen mehr Mühe, die Kinder vom Wald fernzuhalten. Apropos: Wann ist inzwischen?«

»Wann ... Was? Wie lange steckt ihr hier schon fest?« Amity verschränkte die Arme, ließ sie aber gleich wieder sinken, um Bart zu kraulen. »Ist Bart deiner?«

»Er gehört Ritchie. Mein Bruder ist hier auch irgendwo, aber wir haben nicht mehr viel miteinander zu tun. Er bleibt lieber für sich.«

Sam nestelte am Griff des Brieföffners herum, der aus dem Buch in seiner Gesäßtasche ragte. »Wenn du es nicht tust, fasse ich eben zusammen. Hier drinnen waren noch andere Kinder, aber jetzt sind sie nicht mehr da. Sie haben es aber auch ›nicht wirklich‹ hier rausgeschafft.«

Deliah warf Sam einen warnenden Blick zu.

Ihr rauchte der Kopf vor lauter Fragen, und sie wollte zumindest ein paar davon stellen, ehe Sam sich mit ihrem neuen Bekannten anlegte. »Weißt du, wie wir hier rauskommen?«

»Jetzt kommt doch erst mal rein. Ihr habt es ins nächste Stockwerk geschafft, es gibt also keinen Grund, weiter im Hof abzuhängen. Ich beiße auch nicht, versprochen.«

Widerwillig folgten sie Leo in den Raum, der nun hinter der Tür lag. Es handelte sich wieder um ein Schlafzimmer, und es war noch größer und luxuriöser als die unten. Aber der bedeutendere Unterschied zu den anderen Stockwerken sorgte dafür, dass Deliah angewidert das Gesicht verzog: Es stank nach Staub und feuchten Wänden.

Die eine Wand wurde von einem Bogenfenster mit Sitzpolstern auf der breiten Fensterbank eingenommen. An einer anderen standen ein Schreibtisch und ein großer, lederbezogener Lehnstuhl. Auf der linken Zimmerseite ragte ein großer Schrank empor, und das Bett befand sich zur Rechten. Es war wieder ein Himmelbett, und es hatte schwere Samtvorhänge.

Eigentlich war es das bisher schönste Zimmer, nur dass es in einem furchtbaren Zustand war – sogar noch schlimmer als die im ersten Stock. Als sich Deliahs Augen an das Halbdunkel gewöhnt hatten, sah sie, dass sich die Tapete von der Wand löste und die Farbe abblätterte. Und bei dem dunklen Schatten am Bett handelte es sich in Wahrheit um einen Wasserfleck.

Sie riss den Blick von dem Zimmer los und ging zu den anderen, die in einem engen Halbkreis vor Leo standen. Alle hatten die Arme vor der Brust verschränkt.

Leo wirkte ernst, aber nicht eingeschüchtert. »Es tut mir so leid. Genauso wie ihr haben wir die ersten beiden Rätsel lösen können. Aber ... und ich sage das nicht gern ... das nächste werdet ihr unmöglich schaffen. Ritchie und ich haben es versucht. Jahrelang. Und andere Kinder auch, glaube ich.«

Deliah spürte, wie in ihr ein Licht erlosch. »Nein. Das stimmt nicht.« Panisch sah sie die anderen an. »Das kann gar nicht stimmen. Ich glaube dir nicht.«

Als sie Leos mitfühlenden Gesichtsausdruck sah, wurde ihr flau im Magen.

»Ehrlich, wir haben eine Ewigkeit mit Suchen verbracht.«

»Ich glaube dir auch nicht«, sagte Sam. »Was ist mit den anderen Kindern? Hast du dir dieses ganze kranke Spiel hier ausgedacht?«

»Was meinst du mit ›eine Ewigkeit‹? Wie lange seid ihr schon hier?«, fragte Amity, als hätte Sam nichts gesagt.

Leo schien es kein bisschen zu beeindrucken, dass er so ins Kreuzverhör genommen wurde. »Ich bin mir nicht sicher. Aus welchem Jahr seid ihr gekommen?«

Claude sah ihn mit großen Augen an. »Aus … Aus welchem *Jahr?* Es ist 2020.«

Leo schluckte. »Oh. Wow! Dann ist es sogar länger her, als ich dachte. Das ist gar nicht gut. Ganz und gar nicht gut.« Er schlug sich die Hand vor den Mund und wandte sich ab. »Wir sind jetzt seit dreißig Jahren hier. Das heißt, unsere Zeit ist um.«

Leo zog den Stuhl von der Wand heran und setzte sich. Schockiert und ungläubig setzten sich die vier auf die Bettkante und hörten zu, wie Leo seine Geschichte erzählte.

Er war vierzehn und Ritchie elf. Sie waren im Sommer 1990 mit Bart Gassi gewesen, und Ritchie hatte tiefer in die Wälder gehen wollen. Er stand auf Science-Fiction und war überzeugt davon, dass der Grund, aus dem man den Wald nicht betreten sollte, irgendetwas mit Aliens zu tun haben musste. Aber es war Leo gewesen, der gewettet hatte, dass er sich nicht hineintrauen würde.

»Ich weiß noch, dass Bart bellte wie verrückt. Er spürte, dass etwas nicht stimmte. Und er wollte auf keinen Fall durch diese Tür gehen. Weswegen ich umso entschiedener war, Ritchie dazu zu bringen, hineinzugehen.« Leo ließ den Kopf hängen. »Damals war er noch ein nerviger kleiner …« Er verstummte und vergrub die Finger in Barts Fell. »Ich dachte, im Haus wäre irgendein Tier und Bart würde deswegen so ausflippen. Ich wollte Ritchie Angst machen. Ich wollte, dass er endlich erwachsen wird, damit ich nicht mehr ständig auf ihn aufpassen muss. Aber am Ende ist keiner von uns erwachsen geworden. Und das werden wir auch nie. Wir stecken für immer im Jahr 1990 fest. So lange suchen wir jetzt schon nach einem Weg hier raus.«

Deliah konnte und wollte das alles nicht verstehen.

Amity zog Bart näher zu sich und vergrub das Gesicht in seinem Fell.

Kurz senkte sich Stille über das Schlafzimmer, dann schnaubte Sam abfällig. »Na klar. Das heißt, du bist wie alt? Zweiundvierzig? Dreiundvierzig? Dafür hast du dich aber ganz schön gut gehalten, Mann.«

»Ich würde mir ja selbst nicht glauben. Und ich *hab* es den anderen auch erst nicht geglaubt, als sie uns irgendwann verraten haben, was hier los ist. Irgendwann werdet ihr es schon einsehen. Ihr habt jede Menge Zeit, euch an die Vorstellung zu gewöhnen. Dreißig Jahre, um genau zu sein.«

Sam ließ nicht locker. »Das ist echt nicht witzig, Mann.«

»Und vor allem nicht hilfreich«, bemerkte Claude. »Du hast gesagt, die anderen hätten euch nicht geholfen. Aber *du* hast jetzt die Chance, *uns* zu helfen. Vielleicht kommen wir dann alle zusammen hier raus. Vielleicht wäre es ein guter Anfang, wenn du uns verrätst, wie der nächste Hinweis lautet.«

Leo drehte immer wieder den Goldring an seinem Finger. »Klar. Ihr könnt ihn euch anschauen. Aber ehrlich, das wird euch nicht weiterbringen.«

»Hör auf damit. Man darf nicht einfach aufgeben. Mein Bruder und Deliah sind echt schlau. Wenn uns jemand hier rausholen kann, dann die beiden«, sagte Amity.

»Hey!«, rief Sam.

»Das bringt doch nichts«, sagte Leo. Mit einer ruckartigen Bewegung stand er auf. Sein Gesichtsausdruck wirkte ernst. »Wollt ihr wissen, was mit den anderen passiert ist, nachdem ihre dreißig Jahre um waren? Sie sind verschwunden. Erst wurden sie immer blasser, und dann haben sie einfach … aufgehört zu existieren. Ritchie und ich haben nicht mehr viel Zeit. Ein paar Wochen vielleicht. Vielleicht sind es auch nur Tage. Und irgendwann … werdet ihr auch verblassen.«

KAPITEL 19

Liebes Tagebuch

Leo wollte im Nachbarzimmer warten, um ihnen etwas »Zeit zum Verarbeiten« zu geben. Als er weg war, stand Sam auf und schloss die Tür. »Was für ein Schwachsinn.«

Deliah seufzte und reichte ihm eine Öllampe, die er mit den Streichhölzern in seiner Tasche anzündete.

»Bildet der sich ehrlich ein, wir glauben ihm, dass er vierundvierzig ist? Den Mist kann er wem anders erzählen.«

»Ich glaube, er sagt die Wahrheit«, murmelte Claude, während er noch eine zweite Lampe anzündete. »Die anderen Kinder, die hier waren – die, die verblasst sind, wie er sagt ... Ich glaube, sie sind Geister. Diese Gestalt im Spiegel ...«

Deliah unterdrückte ein Schaudern. »Ich traue ihm nicht.« Sie stellte die Lampe auf dem Kaminsims ab, von wo aus sie ihr Licht in den ganzen Raum warf.

Sam untersuchte die wellige Tapete und den Schimmel an den Fensterrahmen. »Es ist, als würde das Haus immer ekliger werden, je weiter wir mit dem Spiel kommen. Hier oben sieht es ja fast genauso schlimm aus wie von außen.« Sam untersuchte die Bücher im Regal, die aufgequollen vor Stockflecken und von einer dicken Staubschicht bedeckt waren. Er zog ein breites Notizbuch aus dunkelgrünem Leder heraus, das weniger schmutzig wirkte als die anderen. Auf der Vorderseite befand sich eine goldene Spirale, und auf einem cremefarbenen Feld stand in derselben geschwungenen Handschrift, die sie schon auf dem Foto von Elias und Hypatia gesehen hatten:

Tagebuch — Elias Batstone — 1930

Sam schlug das Notizbuch auf, und etwas glitt zwischen den Seiten hervor. Ein altes Blatt Papier mit tiefen, neunzig Jahre alten Falzen segelte zu Boden. Er hob es auf, und die anderen versammelten sich um ihn.

Wir, die unterzeichnenden Anwohner von Badwell Village, Long Stonham und Wolfpit, bitten Sie inständig, Ihre Pläne, in den Badwell Woods ein Bauvorhaben zu beginnen, noch einmal zu überdenken. Sie mögen uns

für närrische, abergläubische Hinterwäldler halten. Aber bitte begreifen Sie, dass unsere Familien seit Generationen am Rande dieses Waldes leben. Wir kennen diesen Ort. Wir haben Kinder verloren. Wir wissen um den Fluch, der über den Badwell Woods liegt.
Beiliegend finden Sie Beweise für unsere Behauptungen. Gemeinsam bitten wir Sie in dieser Petition, selbige Beweise unvoreingenommen zu beurteilen.

Mit freundlichen Grüßen ...

Amity schnappte nach Luft. »Der Wald ist verflucht. Ich hab's euch ja gesagt!«

Deliah runzelte die Stirn. In diesem Punkt war sie mit Elias einer Meinung: abergläubische Hinterwäldler. Sie trommelte sich mit den Fingern auf dem Bein herum. »Schade, dass von den angeblichen Beweisen, von denen in ihrem Brief die Rede ist, nichts mehr übrig ist.«

Claude nahm die Petition zur Hand. »Die Beweise sind entfernt worden.« Er strich über die ausgefransten Reste der herausgerissenen Seiten.

»Vielleicht wollte Elias sie ja an einem sicheren Ort aufbewahren?«, schlug Amity vor.

»Oder er hat sie verbrannt, weil er sie für einen riesigen Haufen Unsinn hielt«, brummte Deliah. »Befindet sich in dem Tagebuch sonst noch irgendwas Hilfreiches?«

Sam hielt ihnen das geöffnete Buch hin und blätterte durch die Seiten.

Alle waren über und über mit demselben Satz bedeckt:

Sie werden mich nicht aufhalten.

***

Müde, hungrig und frustriert ließen sie sich aufs Bett und in die Lehnstühle sinken.

»Und was machen wir jetzt mit diesem Leo?«, fragte Amity und drückte sich ihren Paillettenrucksack an die Brust. »Glauben wir ihm?«

Claude trank einen Schluck Wasser und reichte die Flasche an seine kleine Schwester weiter. »Die Gesetze der Physik können nicht erklären, was hier los ist. Früher oder später werden wir uns eingestehen müssen, dass etwas Übernatürliches im Spiel ist. Was bedeutet, dass Leo vielleicht die Wahrheit sagt.« Er musterte Deliah und Sam, als würde er nur darauf warten, dass sie ihm widersprachen.

Deliah verschränkte die Arme vor der Brust und lehnte sich so weit wie möglich in ihrem Stuhl zurück, als könnte sie sich in seinem Schatten vor dem Unausweichlichen verbergen.

Als könnte *ich mich so vor dem Unausweichlichen verbergen!*

Sie seufzte. »Ja, irgendwie verläuft die Zeit an diesem Ort hier merkwürdig. Die Wanduhren, meine Armbanduhr … und dann wird das Haus immer älter und schmutziger … Ich kann es mir auch nicht erklären, aber aus irgendeinem Grund scheint das Haus in der Zeit stehengeblieben zu sein. Und zwar direkt vor Elias' Party. Aber jetzt ist scheinbar irgendetwas passiert, das die Zeit wieder in Gang gesetzt hat.« Sie blinzelte. »Oder so.«

Sam trat ans Fenster, und Amity fragte: »Dann glaubst du also, dass Leo die Wahrheit sagt und wirklich schon seit *1990* hier festsitzt?«

Deliah nickte. »Ja, ich glaube, der Teil könnte stimmen.«

Claude zuckte zustimmend mit den Achseln. »Wie heißt es noch? *Wenn du das Unmögliche ausgeschlossen hast, dann ist das, was übrig bleibt, die Wahrheit, wie unwahrscheinlich sie auch ist.*«

Sam formte seine Hände zu einem Tunnel und spähte aus dem Fenster. »Wir sind ein Stockwerk weiter. Und was du gerade gesagt hast, ist kein Sprichwort, sondern ein Zitat aus Sherlock Hol…«

RUMS!

Alle zuckten zusammen, und Sam machte einen riesigen Satz rückwärts, weil der Lärm von irgendwo direkt vor ihm gekommen war. »Whoa! Was war das?«

Ein weiterer Rums gegen das Fenster ließ sie alle aufspringen und nachsehen.

»Wo denn?« Deliah rieb die modrige Scheibe mit dem Ärmel sauber. »Hey! Hallo! Wir sind hier drinnen!«

»Da! Ich hab es fast erkennen können! Irgendwas Schwarzes und …«

RUMS!

Der schwarze Schatten donnerte erneut gegen die Fensterscheibe.

»Es will hier rein!«, rief Deliah und wich zurück.

»Lass uns raus!«, kreischte Amity.

»Ist das ein Vogel?«, schrie Claude.

»Warum schreien wir eigentlich alle?«, fragte Sam.

»Weiß ich auch nicht!«, antwortete Claude immer noch laut. Es folgte ein weiterer Rums, der aber anders klang als die davor. Irgendwie … knackend.

Deliah schlich vorsichtig zum Fenster. Sie rechnete mit einem weiteren Aufprall, aber das Ding lag reglos auf dem Fensterbrett. Durch eine kleine, saubere Stelle im Glas war es gerade so zu erkennen. Es hatte die Größe einer Pflaume und ledrige Flügel, und über ihm zog sich eine Spur aus Haaren und Rot übers Glas.

»O nein, eine kleine Fledermaus.« Deliah legte ihre Hand an den Fensterrahmen.

»Das kann gar nicht sein. Fledermäuse krachen nicht gegen Sachen«, sagte Claude. »Die haben doch dieses Überschall-Ultraschall-Dingens.«

»Echoortung«, korrigierte Sam. »Aber das ist ganz eindeutig eine Fledermaus. Und aus irgendeinem Grund hat sie nicht gemerkt, dass da ein Haus vor ihr ist.«

»Warum kann sie das Haus nicht sehen?«, fragte Amity mit großen Augen. »Leute? *Warum kann sie das Haus nicht sehen?*«

KAPITEL 20

Spuk in den Badwell Woods

Die Fledermaus zuckte ein letztes Mal, dann starb sie. Im selben Augenblick kam Leo wieder hereingestürmt, und alle fuhren zu ihm herum. »Alles okay? Ich hab euch schreien gehört.« Er musterte die Gruppe. Dann bemerkte er die Blutspur am Fenster. »Oh, ach so, ja. Das passiert manchmal.«

Deliah stemmte die Hände in die Hüften. »Nehmen wir mal an, du bist wirklich über vierzig Jahre alt, wie du behauptest. Ist dich in der ganzen Zeit nie jemand suchen gekommen?« Sie hatte es gar nicht so brutal ausdrücken wollen. Als sie seinen niedergeschlagenen Blick bemerkte, verrauchte ihre Wut.

»Das weiß ich nicht. Vielleicht. Aber gefunden haben sie uns nicht.«

Claude setzte sich aufs Bett. »Die Fledermaus konnte das Haus nicht wahrnehmen. Vielleicht kann das auch sonst niemand. Und deswegen ist auch nie Rettung gekommen.«

»Ich glaube, das Haus ist kein Teil der Realität mehr. Deswegen können es die Fledermäuse nicht wahrnehmen. Und die meisten Leute auch nicht«, erklärte Leo. »Nach den Kindern, die vor uns hier waren, hat wohl ebenfalls nie jemand gesucht. Es kommt überhaupt nie wer vorbei.«

»Dann wird uns nie jemand finden?«, wimmerte Amity.

»Blödsinn«, widersprach Deliah. »Wir haben das Haus doch auch gefunden, oder etwa nicht? Unsichtbar kann es also nicht sein. Die Fledermaus muss … keine Ahnung … verwirrt gewesen sein.« Aber sie hörte selbst, wie wenig überzeugt sie klang.

Leo trat an den Schreibtisch. »Hey, keine Ahnung, ob euch das hilft, aber ehe ihr danach sucht …« Er wühlte in der Schreibtischschublade herum. »Hier, das sind die fehlenden Seiten der Petition. Die, die Elias herausgerissen hat.« Er reichte sie Deliah.

»Nachvollziehbar, wieso er das getan hat. Das ist ja alles reine Spekulation! Genau, wie ich dachte.« Die Unterlagen enthielten größtenteils Zeitschriftenartikel über Kornkreise, merkwürdige Gerüche, tote Vögel und verendetes Vieh. Einer trug den dramatischen Titel *Spuk in den Badwell Woods*. »Seht ihr? Alles alter Aberglaube.«

Sam nahm eine der vergilbten Seiten. »Aber der hier ist interessant. Er handelt von den beiden Kindern von Lord und Lady Gage-Creed aus der Long Stonham Lodge. Sie sind 1905 im Wald verschwunden und wurden nie mehr gesehen. Es wurde davon ausgegangen, dass sie tot sind, und man gab ihrem Kindermädchen die Schuld. Das Kindermädchen wurde dafür gehängt. Aber die Einheimischen glaubten, dass sie nichts damit zu tun hatte. Sondern dass etwas *Dunkles hier in den Wäldern* lauerte.« Er legte den Artikel weg. »Und hier steht, dass sie nicht die einzigen Kinder waren, die in der Gegend verschwunden sind. Ein paar Jahre später verschwanden offenbar mehrere Jungen, aber man unterstellte ihnen, sie hätten gewildert, und der Fall wurde nicht weiter untersucht. Und dann verschwanden direkt nach dem Ersten Weltkrieg mehrere ältere Jungen – Teenager.«

> Ihr Verschwinden wurde als Reaktion auf ihre Kriegserlebnisse gedeutet, aber ihre Familien beharrten darauf, dass sie keine Anzeichen von Depression oder Verzweiflung gezeigt hätten. Sie waren einfach verschwunden.

Selbst Deliah musste zugeben, dass die Anzahl der vermissten Kinder dagegensprach, dass es sich um reinen Zufall handelte.

Vor allem, wenn man Leo, Ritchie und sie vier hinzurechnete.

Claude rieb sich den Nacken. »Ich fasse zusammen: Der Wald ist berüchtigt …«

»Nein, verflucht!«, unterbrach ihn Amity.

»… und schon seit Jahren wird von seltsamen Vorkommnissen berichtet. Dann errichtet Elias Batstone hier sein Rätselhaus«, fuhr Claude fort.

»Und dann verschwindet seine eigene Tochter. Aber wie ging es danach weiter?«, fragte Sam ihren neuen Bekannten Leo.

Deliah ließ ihm keine Zeit zu antworten. »Das ist ja alles schön und gut. Aber wir dürfen nicht vergessen, dass es hier zwei Arten von Rätsel gibt: die Hinweise, die wir entschlüsseln müssen, wenn wir hier rauswollen, und Hypatias Verschwinden. Lasst uns darauf achten, dass wir die beiden nicht miteinander verwechseln. Wir müssen uns auf das Spiel konzentrieren. Wie sollte es laut Elias' Plan für die Gäste weitergehen?« Sie sah Leo an. »Wo befindet sich der nächste Hinweis?«

»Kommt mit. Alle.« Leo hielt Deliah die Hand hin.

Sie ergriff sie zwar nicht, folgte ihm aber trotzdem.

Leo brachte sie in den Raum, in dem er, wie er erzählte, die meiste Zeit verbrachte: Elias' Arbeitszimmer. »Darf ich bitten? Hier hat er gearbeitet, an seinen Erfindungen gebastelt und sein Leben ruiniert. Seins und unseres.« Leo machte eine ausladende Geste, als würde er sie zu einem großen Ereignis einladen.

Okay, es war groß und elegant – aber damit hatte es sich auch schon. Denn ansonsten war es vor allem unordentlich und vollgestopft. Aber nicht so wie die vermüllte Geheimkammer, sondern eher so, wie man sich das chaotische Arbeitszimmer eines verrückten Erfinders eben vorstellte. Stapelweise teils zerrissene Unterlagen bedeckten jede verfügbare Oberfläche, auch den Boden und die Stühle. Deliah bemerkte, dass auf der Samt-Chaiselongue weitere Vermisstenplakate von Hypatia herumlagen. Und an den Wänden gab es neben den nutzlosen Wandlampen weitere Fotos, die das kleine Mädchen gemeinsam mit einer streng wirkenden Frau zeigten.

Leo wühlte in dem Chaos herum und reichte Deliah schließlich eine Karte aus dem festen Papier, das ihr inzwischen schon vertraut war.

> *Fürs Meisterwerk macht euch bereit,*
> *durch eins nur öffnet die Tür sich weit.*
> *Die Lösung erratet womöglich ihr nie,*
> *da ihr euch im Kreis dreht wie die Zahl ...*

»Was soll das denn schon wieder?« Amity verzog das Gesicht, als Deliah den Text auf der Karte vorlas. Claude riss sie ihr aus der Hand, bestimmt, um ihr vorzuwerfen, dass sie den Inhalt falsch vorgelesen haben musste. Aber das hatte sie nicht. Sie wusste genau, was der Inhalt bedeuten sollte.

»Du magst Mathe, oder?«, sagte Leo, als er ihren verstehenden Blick bemerkte.

»Ja.« Sie konnte sich nicht erinnern, das schon einmal so selbstbewusst zugegeben zu haben, ohne gleich eine Rechtfertigung hinterherzustammeln und sich zu schämen. »Allerdings hoffe ich, dass er nicht zu viel verlangt. Im Kopf weiß ich nämlich nur die ersten fünf Stellen.«

»Worüber redet ihr da, verdammt?«, fragte Sam.

Deliah wollte es gerade erklären, da kam ihr Leo zuvor. »Keine Sorge, das reicht. Aber mach dir lieber trotzdem keine Hoffnungen. Ich hab euch ja schon gesagt, dass das Rätsel des zweiten Stockwerks unmöglich zu knacken ist. Sogar wenn man die Lösung kennt. Ihr seid nicht die Ersten hier, die was auf dem Kasten haben.« Er winkte sie zu einem Bild an der Wand. Es zeigte eine dunkle, zerkratzte Szene, in der Frankensteins Monster zum Leben erweckt wurde. Leo hob das Gemälde herunter. Darunter kam ein Tresor mit vier Zahlenrädern aus Messing zum Vorschein. »Gib die Zahl ein, Deliah. Vier Ziffern.«

Die anderen wirkten immer noch verblüfft. »Was denn für eine Zahl?«

»Die Lösung des Rätsels«, antwortete Deliah. »Nämlich die Kreiszahl Pi. Die ersten vier Ziffern lauten 3,142 – das Verhältnis der Länge einer Kreislinie zum Kreisdurchmesser. In der sechsten Klasse hätte ich fast die Mathe-Olympiade verloren, weil ich mir Pi nicht merken konnte.« Sie drehte die Rädchen am Tresor, sodass am Ende die Zahlenkombination 3142 zu sehen war.

Mit anderen Worten: π.

Sam lachte leise auf. »Du bist zwar ein Nerd, aber ein ziemlich genialer.«

»Hört ihr mir denn gar nicht zu?«, warf Leo ein. »Das hilft uns alles nicht weiter.«

Da hatte er recht. Denn der Tresor war leer.

KAPITEL 21

Die Mini-Villa

Deliah wischte einen Haufen alter Unterlagen beiseite und ließ sich auf einen abgenutzten Ledersessel fallen.

»Dann ist das eben unser Hinweis. Ein leerer Tresor«, sagte sie. »Kommt schon, Leute. Wir geben uns nicht geschlagen. Noch lange nicht!«

»Noch *lange* nicht? Ich stecke hier seit *Jahrzehnten* fest! Es gibt keine weiteren Hinweise!« rief Leo aufgebracht.

»Und was ist mit dem Anfang des Rätsels?«, fragte Amity. »Deliah, du entdeckst doch sonst auch immer die versteckten Hinweise in den Rätseln. Was bedeutet der Teil mit *Durch eins nur öffnet die Tür sich weit*? Was schließt

Türen auf? QR-Codes, Augen-Scanner, Sicherheitskarten …«

Überrascht musterte Claude seine Schwester. Vermutlich staunte er wie so oft darüber, was für komplizierte Wege die Gedanken seiner kleinen Schwester wieder einmal nahmen. »Wie wäre es mit einem einfachen Schlüssel?«

Amity zuckte nur mit den Achseln.

Leo sah sie schräg von der Seite an. »Was zum Teufel ist ein QR-Code?«

Claude setzte zu einer Erklärung an, aber Deliah unterbrach ihn. »Das ist gerade nicht wichtig. Wichtig ist: Wo ist der Schlüssel? Er hätte hier im Tresor liegen sollen.«

Leo atmete tief durch. Er schien kurz davor zu sein, die Geduld mit ihnen zu verlieren. »Das ist es doch, was ich euch die ganze Zeit zu sagen versuche. Dieses Stockwerk ist nicht lösbar. Ritchie und ich gehen davon aus, dass Elias den Schlüssel entweder nie dort reingelegt hat oder dass er vor langer Zeit von jemandem geklaut wurde. Vor der Party. Bevor alles durcheinandergeraten ist. Wir haben das ganze Haus durchsucht, von unten bis oben. Jede Ecke und jeden Winkel, jede Zuckerdose und jede Toilettenschüssel. Und ich schwöre euch: Es gibt hier keinen Schlüssel.« Leo schloss den Tresor wieder und hängte das Gemälde zurück an seinen Platz.

Sam ließ sich auf die Chaiselongue fallen. »Das war's dann wohl.«

»Du gibst ja wohl nicht auf!«, rief Deliah. »Wir *dürfen* nicht aufgeben! Du bist einfach nur müde und hungrig.

Kommt, lasst uns was essen, und danach ruhen wir uns aus. Weiß jemand, wie lange wir schon hier drinnen sind? Ist es schon Nacht?«

»Es ist halb acht«, bemerkte Sam bissig.

»Ähm … ist es nicht«, sagte Deliah und hielt den anderen ihre Uhr hin. Die Zeiger bewegten sich langsam rückwärts.

»Was …«, flüsterte Sam.

Dann blieben die Zeiger auf einmal stehen und drehten sich viel zu schnell im Uhrzeigersinn.

Hinter ihnen fiel das Frankensteingemälde mit einem leisen Rums auf den Boden.

Amity schrie auf.

Es knackte laut, dann brach die Wand dort, wo das Gemälde gehangen hatte, auf und hinterließ einen Spalt, der breiter war als Deliahs Daumen. Von dort aus setzte er sich im Zickzack über die ganze Wand fort, zerriss die Blumentapete und ließ eins der Fotos von Hypatia zu Boden gehen. Der Rahmen zersplitterte.

Der Riss verzweigte sich immer weiter. Als er den Lichtschalter erreichte, platzte ein Stück Putz heraus, und alle gingen in Deckung.

Dann war es so plötzlich vorbei, wie es angefangen hatte.

Deliah beugte sich zu dem neuentstandenen Loch in der Wand vor. Es war ungefähr faustgroß. Und im Inneren bewegte sich etwas.

Mit einem Mal quoll ein Strom an Krabbeltieren aus dem Hohlraum. Wie erstarrt beobachtete Deliah das Geschehen. Käfer, Ohrenkneifer, Tausendfüßler, Spinnen purzelten auf den Teppich und stoben auseinander.

Amity sprang mit Sam auf die Chaiselongue, und Claude wich in eine Ecke zurück. Nur Deliah stand weiter da wie angewurzelt.

Sie zwang sich, nicht panisch zu werden, sondern ihren Verstand einzuschalten. »Das sind nur kleine Tierchen, Leute. Insekten und Spinnen. Die können uns nichts tun.«

Auch wenn es Hunderte sein müssen.

Zum Beweis näherte sie sich dem glänzenden Strom aus Schwarz und Braun, der klickte und klackte und schabte und mit Flügeln und Beinchen wuselte. Doch als sie die Hand ausstreckte, um die Tiere von der Wand zu wischen, und sich nach etwas umsah, womit sie das Loch stopfen konnte, erklang ein lautes Brüllen aus dem Inneren der Wände, das an ein verwundetes Tier erinnerte, und Deliah schrie erschrocken auf.

Leo packte sie mit der einen Hand und Amity mit der anderen. »Kommt, raus hier! Zurück in Elias' Schlafzimmer!«

»Was ist das?«, rief Claude, als aus dem Kamin der nächste Schrei drang. Er klang unmenschlich, monströs. Fast schon mechanisch.

Und er klang nach Schmerz.

»Ich weiß nicht, so was ist noch nie passiert«, antwortete Leo, während sie sich keuchend und zitternd in Elias' Schlafzimmer drängten.

Claude knallte die Tür hinter ihnen zu und drückte seine schlotternde Schwester fest an sich.

»Uns ist aufgefallen, dass sich das Haus bei eurer Ankunft verändert hat«, berichtete Leo heftig atmend. »Anfangs war es nur ein bisschen Staub. So wenig, dass wir dachten, der sei vielleicht immer schon dort gewesen. Wisst ihr, seit wir hier angekommen sind, ist alles makellos gewesen. Wenn wir irgendwas umgestellt haben, war es am nächsten Morgen immer wieder an seinem ursprünglichen Ort. Aber dann wurde die Staubschicht dicker, in den Badezimmern bildeten sich plötzlich Schimmelflecken, und die Tapeten lösten sich ab. Und jetzt das hier. Als ob das Haus …«

»… stirbt?«, schlug Sam vor.

»Genau. Mit uns im Inneren.«

»Aber was war das für ein Geräusch?«, piepste Amity aus Claudes Umarmung.

»Das weiß ich auch nicht«, sagte Leo. Er strich sich das Haar aus der Stirn, und Deliah sah etwas durch seinen Blick zucken.

Er verheimlicht uns was.

»Na toll«, seufzte Sam. »Noch ein Rätsel mehr. Geheimkammer, ein verschwundenes Mädchen und jetzt auch noch ein zerfallendes Haus und seltsame Schreie. Echt mega.«

»Was ist mit den anderen Zimmern in diesem Stockwerk?«, fragte Deliah. »Was ist darin? Und fallen sie ebenfalls auseinander?«

Leo nickte. »Sie sind alle betroffen. Sogar der Innenhof.« Er spielte mit seinem Ring herum. »Abgesehen von Elias' Schlafzimmer und dem Arbeitszimmer gibt es noch einen Spielsalon, der ziemlich cool ist. Und gegenüber eine kleine Vorratskammer voller Konservendosen. Außerdem ein winziges Schlafzimmer, in dem früher wahrscheinlich das Dienstmädchen geschlafen hat. Und Hypatias Zimmer sowie ein Gästezimmer. Wir befinden uns hier im letzten Stockwerk. Hier ist das Spiel zu Ende. Und wir glauben, dass nur der Spielsalon und das Arbeitszimmer für die Partygäste freigegeben werden sollten. Alles andere wirkt zu … privat.«

Deliahs Augen leuchteten auf. »Da hast du sicher recht. Aber ich würde Hypatias Zimmer trotzdem gern sehen. Mein Bauchgefühl sagt mir, dass wir dort etwas Nützliches finden könnten.«

Claude verschluckte sich fast. »*Du* … hast ein *Bauchgefühl?*«

Hypatias Zimmer war anders als alle übrigen im Haus. Obwohl sich vor den beiden quadratischen Fenstern armdicke Ranken entlangschlängelten, die den Raum in Dämmerlicht tauchten, wirkte er frisch und luftig. Die Wände waren hellrosa gestrichen und mit hübschen Bildern verziert. Gegenüber vom Bett hing ein großer Spiegel, und vor den Fenstern gab es spitzenverzierte Vorhänge. Das Bett bestand aus weißem Holz und war übersät mit pastellfarbenen Kissen.

Amity warf sich aufs Bett und schnappte sich eine Zeitschrift vom Nachtkästchen. »*Die Schulfreundin*. Das sieht ja furchtbar aus!« Sie kicherte über das altmodische Bild auf dem Cover und die Schlagzeile. »*Was singt Bessie Bun-*

ter?« Sie fand eine kleine Geheimschachtel aus Holz, die fast genauso aussah wie die, die Sam in seiner Hosentasche hatte verschwinden lassen. Sie reichte Deliah die Schachtel und holte eine Puppe mit leerem Gesichtsausdruck unter einer Decke hervor. Fasziniert musterte sie sie. »Das müssen alles Hypatias Puppen gewesen sein – die, die ich unten im Puppenzimmer gefunden habe, meine ich.«

»Hier sind noch mehr von den Dingern«, brummte Sam und deutete auf eine kleine, hölzerne Puppenwiege. »Und schaut mal da.« Er trat einen Schritt beiseite und gab den Blick auf ein Puppenhaus frei. Es war riesig und hatte drei Stockwerke und ein kleines Turmzimmer.

»Aber das ist ja dieses Haus hier!« Amity sprang vom Bett, um sich die Sache genauer anzusehen. Vorsichtig öffnete sie die Scharniere, mit denen die Fassade befestigt war, und zog sie auf. Darin befand sich ein perfekter, puppengroßer Nachbau des Inneren von Manvers Hall.

Im Dämmerlicht wirkten die Ecken des Miniaturhauses genauso dunkel und schattenreich wie die in der echten Villa, und Deliah schnürte sich die Kehle zu. Was würden sie sehen, wenn sie genauer hinschauten? Winzige Puppen mit nach hinten gedrehten Köpfen? Schriftzüge in den Spiegeln? In Gedanken verpasste sie sich einen Tritt dafür, dass sie so albernes Zeug dachte. Dann nahm sie das Puppenhaus bei den Seitenwänden und versuchte, es zu drehen. War doch gut möglich, dass Elias für seine Tochter auch die Funktionen des echten Manvers Hall nachgebaut hatte! Zu seinem sonstigen eigensinnigen Verhalten hätte es jedenfalls gepasst. Aber sie hatte kein Glück. Es war nur eine ganz gewöhnliche Holzkiste, die von einem einsamen kleinen Mädchen wie ein Haus eingerichtet worden war.

Alle Zimmer, die sie bisher kennengelernt hatten, waren da. Eine Puppe, die ein kleines Mädchen darstellte, spielte in einem Kinderzimmer, das genauso aussah wie das, in dem sie gerade saßen. Nur lag darin keine Gruselpuppe, sondern eine winzige Flickenpuppe mit roten Zöpfen. Ein Stockwerk tiefer standen im Wintergarten Topfpflanzen aus Stoff, die gesund und üppig aussahen. Und in der Küche tummelten sich winzige Köche um noch winzigere Töpfe.

»Das hier soll bestimmt Elias sein«, sagte Sam und deutete auf eine bärtige Holzpuppe in einem dunklen Anzug. Die Elias-Puppe stand im ersten Stock in dem Zimmer, das sie für eine Art Wohnzimmer gehalten hatten, neben einer Frauenpuppe, die auf einem Stuhl saß und den Kopf in ihre kleinen Holzhände gestützt hatte. Deliah hob sie hoch, und die kleinen Holzärmchen fielen schlaff an ihren Seiten herab.

Blaue Tintentränen zierten das lackierte Gesicht der Frau.

KAPITEL 22

Dinge, die nachts poltern

Amity gähnte, und gleich darauf gähnten alle Anwesenden mit. »Es ist schon dunkel. Kommt, wir essen was, und dann schlafen wir«, sagte Deliah. »Und morgen durchsuchen wir diese Etage gründlich. Irgendwo hier muss die Lösung verborgen sein. Aber bei so wenig Licht kann ich nicht klar denken.«

»Ihr könnt in Elias' Zimmer schlafen. Es ist größer als das hier, und … Na ja, also, ich für meinen Teil halte mich nicht gern länger hier drinnen auf«, sagte Leo. »Ich nehme dann das Gästezimmer.« Er spielte mit seinen Haaren herum.

»Und was ist mit deinem Bruder? Wo schläft er?«, fragte Claude.

»Oh, das weiß ich inzwischen gar nicht mehr so genau. Er macht, was er will.«

Claude wechselte einen kurzen Blick mit Deliah. Es war schon ein bisschen merkwürdig, dass sie Ritchie immer noch nicht zu sehen bekommen hatten.

»Okay, dann ist Elias' Schlafzimmer ab jetzt unsere neue Basis«, verkündete Deliah. »Da er es neunzig Jahre lang nicht benutzt hat, gehe ich davon aus, dass es ihm nichts ausmacht.«

Sie gingen nacheinander aufs Klo, aßen Cornflakes und Dosenfrüchte und machten es sich anschließend in dem riesigen Bett bequem, in dem sie alle nebeneinander parallel zum Kopfteil liegen konnten.

»Morgen kommen wir hier raus«, sagte Deliah.

Aber niemand antwortete.

»Ich hoffe, ihr schlaft gut«, seufzte Leo und dimmte das Licht, als er den Raum verließ.

Sie war zu drei Seiten von vermoosten grauen Steinen umgeben, die sich in den Himmel türmten. Eine Sackgasse.

Eine Stimme drang an ihr Ohr. »Na? Falsch abgebogen?«, triezte sie Deliah. »Doch nicht so oberschlau, was?«

Es war ihre eigene Stimme. Sie machte kehrt, um auf demselben Weg zurückzugehen, auf dem sie gekommen war. Doch auf dem Weg lag nun ein toter Vogel. Als sie ihn mit einem Stock beiseiteschieben wollte, platzte er auf und gab sein maden- und insektenzerfressenes Inneres preis.

Wie komme ich hier raus?

Wieder die Stimme: »Gib es auf. Besser, du triffst gar keine Entscheidungen mehr als wieder eine falsche.«

Sie sah den Pfad entlang, der sich vor ihren Augen auszudehnen und immer länger zu werden schien. Hoffte darauf, dass er wieder zu seiner alten Form zurückkehrte. Doch das tat er nicht, also rannte sie los, schneller und schneller, aber der Pfad wurde immer länger. Es war unmöglich, das Ende zu erreichen. Sie stolperte über etwas, das aus dem Boden ragte – nein, nicht herausragte, sondern darin verschwand. Eine Sinkhöhle. Sie verschlang den Weg vor Deliah, wurde breiter und tiefer. Glänzende schwarze Käfer ergossen sich in den Abgrund. Und auch Deliah würde hineinstürzen.

Aber dann tauchte Sam neben ihr auf und stemmte die Hände in die Hüften. »Du bist so ein Mädchen.«

Sie sah auf, wollte ihn um Hilfe bitten, aber er war schon wieder fort. Dort, wo er gestanden hatte, befand sich nun eine runde Vogeltränke mit einem ringförmigen Ziffernblatt. Darauf lag ein rotes Samtkissen – und auf dem Kissen ruhte ein kleiner Kupferschlüssel.

Deliah wachte auf. Ihre Lider öffneten sich flatternd und ließen schummriges Lampenlicht herein. Ein unangenehmes Prickeln breitete sich auf Deliahs Haut aus. Ihr Zimmer fühlte sich falsch an. Und es roch auch falsch. Das war doch nicht ihr Bett! Und was war das für ein seltsames Geräusch? Der Wind? Das Meer?

Sie setzte sich auf. Erst jetzt wurde sie langsam richtig wach. Wie leise rieselnder Schnee kehrten die Erinnerungen zurück. Das Haus, die Rätsel ... Sie strich über die glatte Seidenoberfläche der Bettdecke und fand langsam in die Realität zurück. Neben ihr schnarchten Amity und Claude.

Aber das war nicht das Geräusch, das sie geweckt hatte. *Vermutlich war das nur ein Traum. Das Rascheln der Käfer.* Da war es wieder. Ein Kratzen und Schleifen.

Papa?

Nicht schon wieder diese Stimme!
Hilfesuchend sah sie Sam an, aber auch der schlief. Er wirkte friedlich wie ein Engel. Und kein bisschen wie Sam.

Also musste Leo das Geräusch verursachen. Oder der mysteriöse Ritchie.

Deliah kroch ungeschickt aus dem Bett. Neben ihr flatterte Amity mit den Lidern, drehte sich um und füllte die Lücke, die Deliah im Bett hinterlassen hatte.

Deliah schnalzte missbilligend mit der Zunge, streifte ihren Hoodie über, nahm die Lampe und schlich aus dem Zimmer.

»Leo?«, flüsterte sie. »Ritchie?«

Sie drehte das Licht ein bisschen heller, und ein orangefarbener Schimmer erfüllte den Flur. Nur in den Ecken blieb es finster. Der muffige Geruch war stärker geworden, und Deliah bemerkte, dass sie vergessen hatte, ihre Schuhe anzuziehen. Das hier war nicht die Art Haus, in der man entspannt auf Strümpfen durch die Gegend laufen konnte. Der Teppich war feucht, und ihre Füße wurden kalt.

»Leo«, flüsterte sie erneut, diesmal etwas lauter.

»Deliah«

Ihr Herz setzte einen Schlag lang aus, und sie packte die Lampe mit beiden Händen.

Die Stimme war aus Hypatias Zimmer gekommen.

Das muss Leo gewesen sein. Oder dieser Ritchie, der irgendwelche kindischen Spielchen mit mir spielt.

Sie konnte es gar nicht abwarten, die beiden dabei zu erwischen.

Als sie die Tür zu dem Mädchenzimmer erreichte, öffnete diese sich knarrend, ohne dass Deliah sie angerührt hatte. Auf einmal hatte sie einen dicken Kloß im Hals. »Ich weiß, dass du dadrinnen bist«, krächzte sie. »Wenn du mir Angst machen willst, wirst du dir schon mehr Mühe geben müssen.«

Das Lampenlicht wurde schwächer, bis es fast erloschen war. Dann erwachte es grell flackernd zum Leben, als die Tür direkt vor Deliahs Nase zuflog, nur um sich gleich darauf wieder einen Spaltbreit zu öffnen.

»Komm spielen, Deliah.«

Nein.

Nein, das will ich nicht.

Lauf!

Aber das war nur der kleine Teil von ihr, der nicht glauben wollte, dass es sich bloß um einen gemeinen Streich von ein paar Kindern handelte.

Ich werde herausfinden, was das ist, und morgen holen wir uns den Schlüssel und verschwinden von hier. Ich verbringe nicht einen weiteren Tag hier!

Doch da war noch ein Gedanke, der ihr nicht aus dem Kopf ging: dass sie nämlich gar nicht sicher sagen konnte, wie lange sie sich bereits in diesem Haus befanden. In dem ständigen Dämmerlicht war es schwer, sich das Zeitgefühl zu bewahren.

Entschlossen schob sie die Tür auf, um zu verhindern, dass sie ihr ins Gesicht flog, und trat ein.

Das Kinderzimmer war in tiefe Dunkelheit gehüllt – mit einer Ausnahme. Das Puppenhaus wurde durch winzige Scheinwerfer beleuchtet, die jeweils etwa die Größe eines Reißnagelkopfes hatten. Sie sahen aus wie uralte Lichterketten. Deliah kauerte sich hin, um besser sehen zu können, und bemerkte, dass die kleinen Figuren bewegt worden waren. Die Frau und Hypatia waren fort. Das Arbeitszimmer war dunkel.

Und dann auf einmal nicht mehr.

Ein elektrisches Knistern erfüllte die Luft. Funken flogen, und die kleinen Lichter im Puppenhaus flammten grell auf. Dann explodierten sie eins nach dem anderen. Winzige Glasscherben flogen durch die Luft und gruben sich in Deliahs Haut wie Insektenstiche. Als die letzte Glühbirne zersprang, ging im Puppenhausarbeitszimmer ein weiteres Licht an, das das unordentliche Zimmerchen in einen silbernen Schimmer hüllte. Auf der geblümten Tapete stand nun ein Schriftzug, der mit schwarzem Stift über die winzigen Fenster und Bilderrahmen und Vorhänge geschmiert war. Wieder und wieder.

Töte das Mädchen töte das Mädchen
töte das Mädchen töte das Mädchen

KAPITEL 23

Zwei Seiten

Deliah schrie, bis sie heiser war.

Die Tür flog auf, und Deliah fuhr mit hämmerndem Herzen zu den anderen herum, die ins Zimmer gerannt kamen.

Zu ihrer Überraschung zog Leo sie in eine feste Umarmung.

»Hey, schon okay, es hat aufgehört«, sagte er in beruhigendem Tonfall.

Deliah schubste ihn weg. »Lass mich los! Wieso hab ich dir nur geglaubt? Steckst du dahinter? Das ist echt ein grausamer und ganz schrecklich gemeiner Streich!«

Sie schluchzte.

Amity wand sich aus Claudes Armen und schnappte nach Luft, als sie sah, dass das Puppenhaus umdekoriert worden war.

»Das ist kein Witz, Deliah«, sagte Claude mit fester Stimme. »Ich kann es spüren. Irgendwas ist hier. Und es ist stark.«

»Das ist ja wohl nicht dein Ernst! Du glaubst, das war ein Geist?«, rief Deliah und fuhr sich mit den Fingern durchs Haar. »*Sie* waren das!« Sie fuhr zu Leo herum und pikte ihm mit dem Zeigefinger in die Brust. »Wo ist Ritchie? Gibt es ihn überhaupt? Oder bist du ihn irgendwie losgeworden?«

Leo sah nur auf den Boden.

»Mir reicht's. Tut mir leid, dass ich euch alle aufgeweckt habe. Was ich vorhin gesagt habe, war mein Ernst: Morgen kommen wir hier raus.« Sie pikte Leo erneut in die Brust. »Wir finden diesen Schlüssel. Ganz gleich, was du dir noch alles einfallen lässt, um uns davon abzuhalten.«

Deliah wurde von fahlem Sonnenlicht geweckt, das durch die verdreckten kleinen Fenster fiel, stützte sich auf die Ellenbogen hoch und stellte fest, dass die Jungs bereits wach waren und Cracker knabberten. Die Nacht war so ereignisreich gewesen, dass sie sich kein bisschen ausgeruht fühlte. Ihre Haut spannte, ihre Kleidung roch muffig, und sie fühlte sich ganz fiebrig vor Angst. Ein Teil von ihr hätte am liebsten weitergeschlafen, aber schon die Vorstellung fühlte sich nach Niederlage an. Sie war hier nicht zu Hause, und deswegen würde sie es sich auch nicht gemütlich machen.

Jedenfalls noch nicht.

Sie war müde und schlecht gelaunt, aber wild entschlossen, das Versprechen zu halten, das sie gestern gegeben hatte.

»Ich finde, wir sollten das Spielzimmer genauer unter die Lupe nehmen«, sagte sie, während sie sanft Amity weckte. »Alles auf den Kopf stellen und nach dem nächsten Hinweis suchen. Mit etwas Glück finden wir ja vielleicht sogar diesen geheimnisvollen Schlüssel! Das ganze Haus ist doch ein einziges Spiel, oder? Ich wette, irgendwas verbirgt sich dadrin.« Sie steckte sich ein Stück Zartbitterschokolade in den Mund und schnappte sich ihren Rucksack. »Kommt, wir gehen.«

Aber Claude schüttelte den Kopf. »Ich finde, wir sollten uns eher auf Hypatias Zimmer konzentrieren. Irgendetwas lebt in diesem Haus. Und nach gestern Nacht bin ich mir ziemlich sicher, dass es sich in der Nähe dieses Raums aufhält. Vielleicht ist es ja sogar Hypatia selbst. Und ich habe auch schon eine Idee, wie wir Kontakt zu ihr aufnehmen können.« Claude warf Deliah ein selbstgefälliges Grinsen zu und stellte sich neben ihr auf. »Und? Wofür bist du, Sam?«

Deliah schnappte nach Luft. Sie hätte gedacht, dass er ihr verziehen hatte, wie sie sich während der Séance verhalten hatte. Schließlich hatten sie es inzwischen mit größeren Problemen zu tun. Aber Claude war offensichtlich immer noch sauer auf sie!

»Oha, muss ich mich jetzt für eine Seite entscheiden?«, fragte Sam, während er ihr Teppichfrühstück wegräumte. »Hm. Team Geistergrusel oder Team Supernerd – was für eine Wahl.«

»Ich dachte, wir wollten uns nicht trennen!«, piepste Amity unglücklich. »Ich hasse es, wenn ihr streitet. Können wir nicht einfach zusammenhalten?«

Claude ging nicht weiter auf ihre Frage ein. »Amity, du bleibst bei mir.«

Amity tänzelte auf der Stelle herum, dann stellte sie sich neben ihren Bruder. »Tut mir leid, Dee.«

Deliah rutschte das Herz in die Hose. Sam würde sich natürlich auch für Claude entscheiden. Und das bedeutete, dass sie sich allein auf die Suche machen musste. Oder – noch schlimmer – gemeinsam mit Leo, dem sie nicht über den Weg traute.

»Ich entscheide mich für Team Nerd«, sagte Sam und bedeutete Deliah, vorauszugehen.

Sie versuchte, sich ihre Überraschung nicht anmerken zu lassen. Geschweige denn ihre Freude.

Claude biss die Zähne zusammen. »Wie du meinst. Bis später dann.«

Deliah und Sam ließen Amity und Claude allein in dem gruseligen Schlafzimmer zurück und gingen zum Spielzimmer. Deliah musterte Sam dabei immer wieder von der Seite. Wenn man ihn erst mal ein bisschen besser kannte, war er eigentlich ganz in Ordnung. Und jetzt, wo sich Claude für die dunkle Seite entschieden hatte, hatte sie das Gefühl, Sam mehr trauen zu können als irgendwem sonst hier.

Deliah hatte sich den Spielsalon als Kuschelhöhle mit Sofa und Xbox vorgestellt. Aber die Wahrheit sah natürlich ganz anders aus.

Inmitten des Raums befand sich ein großer Billardtisch mit zwei Queues und drei Kugeln darauf. Unter dem Fenster stand ein Schachbrett, daneben gab es noch Backgammon, Dame und ein Spiel mit Glasmurmeln auf einem Holzbrett. Alle waren von einer dicken Staubschicht überzogen.

Sam wischte mit dem Ärmel den Staub vom Schachbrett und stellte die Figuren auf. Doch als er bemerkte, dass der weiße König fehlte, hörte er wieder auf.

»Ich glaube, ohne dieses Zimmer wären wir verrückt geworden.« Leo war in der Tür erschienen und hatte die Hände zu einer versöhnlichen Geste ausgestreckt. »Können wir reden?«

»Nur wenn du diesmal die Wahrheit sagst.« Deliah ließ eine Billardkugel in ein Loch rollen.

»Versprochen. Und ich habe jemanden mitgebracht, der mir dabei helfen soll, alles wieder geradezubiegen.«

Hinter Leos Beinen spähte eine goldene Schnauze hervor, und Deliah konnte nicht anders, als zu grinsen. Da kam Bart auch schon angesprungen, um sich kraulen und streicheln zu lassen.

Es war, als würde Leo genau wissen, wie er sie auf seine Seite ziehen konnte. Aber dieses Spiel beherrschte sie genauso wie er.

»Ach, Bart, bist du etwa auch dreißig Jahre lang hier eingesperrt gewesen?« Deliah kraulte ihn hinter den Ohren.

»Ja, das war er, der arme Kerl.« Leo wischte den Staub von einem Queue und spielte die weiße Kugel gegen die Banden.

Deliah streckte die Hand nach dem Queue aus. Jetzt war sie am Zug. Sie richtete die rote und die weiße Kugel auf einer Linie aus und berechnete den geeigneten Winkel – für die Kugeln und für ihre nächste Frage.

»Tut mir leid, dass ich dir nicht geglaubt habe.« Sie schoss, verpasste das Loch aber um ein paar Millimeter. »Macht Ritchie dir Vorwürfe, weil ihr hier festsitzt? Das muss schlimm sein.«

Leo hatte offenbar viel Zeit zum Üben gehabt. Er nahm den Queue und lochte erst die rote, dann die gelbe Kugel ein. »Er ist seit dreißig Jahren wütend auf mich. Das war nicht leicht.«

Deliah hatte sich fest vorgenommen, ihn nicht zu bemitleiden. »Wo sind die übrigen Kugeln?«

»Das hier ist eine alte und ziemlich langweilige Version von Snooker, die man mit nur drei Kugeln spielt.« Er holte die Kugeln wieder aus den Löchern. »Irgendwo liegt eine Anleitung herum, aber wir haben unsere eigenen Regeln erfunden.« Er zuckte mit den Achseln. »Man staunt, woran man sich so gewöhnen kann. Kein Fernseher, kein Game Boy, kein Kassettenspieler. Nur ein Billardtisch mit drei Kugeln.«

»Und jetzt sag mal die Wahrheit: Gibt es einen Zusammenhang zwischen dem Geheimnis um Hypatias Verschwinden und unserer Gefangenschaft hier im Haus?« Sie legte ihm die gelbe Kugel zurecht.

Leo beugte sich weit über den Tisch. »Ja. Weißt du, ich mag dich, und ich glaube, wir haben eine Menge gemeinsam. Ich habe ewig gebraucht, um glauben zu können, was hier los ist. Aber …« Er lochte den Ball ein. »Irgendwann begreift jeder die Wahrheit über Manvers Hall. Hier leben Geister. Und zwar die von Elias und Hypatia Batstone.«

»Jetzt fang du nicht auch noch damit an!« Deliah warf den Queue auf die grüne Filzoberfläche des Billardtischs. »Sam … hast du schon irgendwelche *brauchbaren* Hinweise gefunden?«

Sam hatte das Schachbrett stehen lassen und widmete sich einer seiner üblichen Suchaktionen im Bücherregal. »Schau mal.« Er hielt ein ledergebundenes Buch hoch. »Das ist so was wie ein Scrapbook.« Es war schwer, und die Seiten waren aus dickem Papier wie in einem alten Fotoalbum.

Leo kam angelaufen und nahm Sam das Buch aus der Hand. »Komm, ich zeig's euch.« Er setzte sich auf den abgenutzten Schreibtischstuhl und schlug das Buch in seinem Schoß auf. »In dem Buch haben wir alles gesammelt, was wir über das Haus und das Rätsel herausgefunden haben. Die Zeichnungen hier sind von einem Jungen, der vor uns hier war.« Er blätterte durch die Seiten, die voller Notizen und Bilder waren. Außerdem gab es einen Zeitstrahl zu Hypatias Verschwinden. »Er gehörte zu einer Pfadfindergruppe, die das Haus auf einem Orientierungsmarsch gefunden haben. Die meisten von ihnen haben uns ignoriert und uns deutlich spüren lassen, dass wir nicht dazugehören. Aber Alan – der Junge mit den Zeichnungen – war echt cool und hatte einen total schrägen Sinn für Humor. Wir haben uns ziemlich gut verstanden.« Leo schien auf einmal einen Frosch im Hals zu haben und wandte sich kurz ab. Dann drehte er sich wieder zu ihnen und strich langsam über eins der Bilder. Es zeigte eine Skizze von einem traurigen kleinen Mädchen mit einer Flickenpuppe und einem winzigen Ammoniten im Schoß. »Hier drinnen steht jedenfalls alles, was wir uns zusammengereimt haben.«

Auf der Seite mit dem Zeitstrahl hielt Sam Leo auf. »Woher wisst ihr, dass Hypatia genau um halb acht verschwunden ist?«, fragte Sam.

Leos Hand wanderte zu seinem Goldring. »Ähm, das ... das weiß ich nicht mehr so genau. Steht es vielleicht in dem Zeitungsartikel?« Er blätterte zurück zu den ersten Seiten, dann klappte er das Buch wieder zu und steckte es sich unter den Arm. »Na ja, ich schätze mal, das meiste, was hier drinnen steht, habt ihr selbst schon herausgefunden.«

Gerissen.

»Aber wir haben noch jede Menge Fragen«, bemerkte Sam. »Zum Beispiel, wie es funktioniert, dass sich die Räume bewegen. Wie wird das Haus betrieben?«

»Das hat keiner hier bisher gesehen. Es wird wohl enthüllt, wenn man das letzte Rätsel gelöst hat und den verschwundenen Schlüssel benutzt. Ihr dürft nicht vergessen, dass Elias das Haus gebaut hat, um seine reichen Möchtegernfreunde zu beeindrucken. Deswegen hat er sich ›das Beste‹ zum Schluss aufgehoben. Und ›das Beste‹ ist in seinem Fall das, was sie dazu bewegen wird, ihm Geld zu leihen. Ich gehe davon aus, dabei handelt es sich um den Mechanismus, mit dem das Haus betrieben wird. Jedenfalls denke ich mal, dass es irgendein Mechanismus sein muss.«

Deliah nickte. Sie musste an die letzte Zeile des Gedichts an der Eingangstür denken. Leo mochte verflixt gerissen sein, aber wo er recht hatte, hatte er recht. »Wenn wir den Mechanismus finden, finden wir also auch den Weg nach draußen«, murmelte sie. »Aber wo ist der Schlüssel?«

KAPITEL 24

Merkwürdige Erscheinungen

Während sie das Spielzimmer von oben bis unten durchsuchten – mit Unterstützung von Leo, der sich beteiligte, obwohl er es für zwecklos hielt –, machte sich immer tiefere Hoffnungslosigkeit in Deliah breit. Tief in ihrem Inneren wusste sie, dass Leo recht hatte, was Elias' letzten Hinweis betraf. Im Tresor hätte ein Schlüssel liegen sollen, daran ließ das Rätsel keinen Zweifel. Also musste jemand den Schlüssel von dort entfernt haben. Und bei diesem Jemand handelte es sich weder um sie noch um Sam, Amity oder Claude. Blieb also nur noch Leo übrig, der aber kein erkennbares Motiv hatte, oder … die einzige andere Person, die sich ihres Wissens nach im Haus aufhielt. Ruckartig hielt sie inne, legte den Puzzle-Stapel beiseite, den sie gerade durchsuchte, und wandte sich an Leo. »So. Diesmal lasse ich mich nicht abwimmeln. Wo ist dein Bruder?«

Leo krabbelte unter dem Billardtisch hervor. »Wie gesagt, er macht, was er will.«

»Das reicht mir nicht als Antwort. Jemand hat den Schlüssel aus dem Tresor genommen, und ich will wissen, ob das er war.«

Sam hatte sich mit einem Buch in einen Sessel verkrochen. Offenbar hatte er die Nase voll vom Suchen. Nun aber sah er neugierig auf.

Leo wirkte fast schon mitleidig. »Aber Deliah. Das hätte während der vergangenen neunzig Jahre doch jed…«

»Dann macht es dir sicher nichts aus, wenn ich ihn direkt frage«, unterbrach sie ihn.

Leo schob sich das Haar aus der Stirn. »Gut, in Ordnung. Ich geh ihn suchen. Aber … ihr wartet einfach hier, okay?«

Als Leo das Spielzimmer verlassen hatte, musterte Sam sie mit einer gehobenen Braue. »Was war das denn?«

»Irgendwas ist faul an dieser ganzen Nummer mit Leo und Ritchie.« Sie setzte sich zu ihm auf die Armlehne. »Nicht nur wegen des verschwundenen Schlüssels. Es gefällt mir nicht, dass wir Ritchie nie zu Gesicht bekommen. Und dann war da noch die Schmiererei zwischen den Wänden: *Ich hasse Leo*. Und findest du nicht, dass Leo … na ja … ein bisschen *zu* nett ist?«

Sam zuckte mit den Achseln. »Vielleicht hat er ja einen kleinen Sprung in der Schüssel.« Er blätterte in seinem

Roman. »Hätten wir bestimmt auch, wenn wir seit dreißig Jahren hier festsitzen würden.«

Deliah schauderte. »Schreckliche Vorstellung. Und jetzt komm, Team Nerd. Ich brauche Hilfe.«

»Brauchst du nicht. Jedenfalls nicht meine. Amity hatte recht. Claude und du, ihr seid schlau. Und was bin ich? Sonderlich schlau jedenfalls nicht. Ich hab nichts zur Lösung beizutragen.«

»Aber das stimmt nicht!«, protestierte Deliah. »Du bist viel schlauer, als du glaubst, und …«

»Hör auf damit. Ehrlich gesagt wäre es mir gerade lieber, wenn ich in Ruhe wütend und gekränkt sein und mein Buch lesen dürfte. Zumindest gibt's hier drinnen massenweise Lektüre, mit der ich mir die Zeit bis zu unserem Tod vertreiben kann.«

Deliah wollte widersprechen, doch eine Stimme hinter ihr hielt sie davon ab.

»Guter Plan, Mann.« Das musste Ritchie sein.

Er wirkte jünger, als Leo gesagt hatte, und hatte kurzes, dunkles Haar, das über der Stirn nach oben frisiert war, und eins von diesen Gesichtern mit niedlichem Lächeln und kleinem Grübchen, bei denen alte Damen ins Schwärmen gerieten.

Allerdings sah es nicht so aus, als würde man sein Lächeln sonderlich häufig zu Gesicht bekommen.

»Es bringt nichts, sich hier drinnen abzuplacken. Die nächsten dreißig Jahre lang habt ihr nicht viel zu tun. Also hebt euch noch was auf.« Er nahm eine Billardkugel und warf sie quer durchs Zimmer, wo sie von einer modrigen

Fußleiste abprallte. Deliah bemerkte an der Stelle, wo die Kugel aufgekommen war, einen dünnen Pilzbewuchs. »Wobei sich hier einiges geändert hat, seit ihr da seid. Vielleicht kommen wir ja auch früher raus, als wir dachten.«

»Du bist also der berühmte Ritchie. Wo warst du die ganze Zeit?« Sie verschränkte die Arme.

»Geht dich nichts an.«

Leo stupste seinen Bruder von der Seite an. »Versuch, nett zu sein. Sie haben Angst. Weißt du nicht mehr, wie wir uns am Anfang gefühlt haben?«

Ritchies Gesichtsausdruck verfinsterte sich, und er warf seinem Bruder einen vernichtenden Blick zu. »Klar weiß ich das noch.« Dann fuhr er an Deliah gewandt fort: »Hat er dir erzählt, dass es seine Schuld ist, dass wir hier feststecken? Dass es keinen Ausweg gibt und wir irgendwann einfach verblassen werden? Ja? Gut. Also. Was willst du von mir?«

Deliah hielt ihm die ausgestreckte Hand hin. »Den Schlüssel. Ich weiß, dass du ihn hast.«

Ritchie schnaubte. »Ich dachte, du bist hier die Intelligenzbestie, Deliah Langweilig.«

Deliah verzog das Gesicht. Ob er merkte, dass sie nur bluffte? Aber dann fiel ihr noch etwas auf. »Moment mal. Woher kennst du meinen Spitznamen?«

Sam klappte sein Buch zu. »So nennt sie niemand außer mir. Und ich weiß, dass ich das nicht ein einziges Mal gemacht habe, seit wir hier oben im zweiten Stock sind. Weil ich mir fest vorgenommen habe, sie nie wieder so zu nennen. Weil sie nämlich gar nicht langweilig ist.«

Deliah wandte sich an Leo. »Was verheimlicht ihr uns?«

Sam zückte den Brieföffner. »Raus mit der Sprache. Sofort.«

Ritchie und Leo wechselten einen Blick, antworteten aber nicht, und Sam machte einen Schritt auf Ritchie zu.

»Oder was? Willst du mich mit dem Ding da fertigmachen?« Ritchie schnaubte. »Mir doch egal. Leo hat mir erzählt, dass da draußen inzwischen das Jahr 2020 ist. Noch ein paar Tage, dann verschwinden wir sowieso für immer. Und ich freu mich, wenn ich die nicht mit euch verbringen muss.«

Leo legte ihm besänftigend die Hand auf den Arm. »Vielleicht wäre es besser, wenn wir uns alle ein bisschen entsp…«

Aber er kam nicht dazu, seinen Satz zu beenden.

Denn aus dem Nebenraum gellte ein ohrenbetäubender Schrei, und der Boden begann zu beben.

Stolpernd rannten sie durch den Flur in Hypatias Zimmer. Wände und Boden wackelten wie bei einem heftigen Erdbeben.

Deliah platzte in den Raum und sah Amity weinend in Claudes Armen liegen. Der Boden war übersät mit Spielkarten, und das Puppenhaus war vom Dach bis zum Boden gespalten wie mit einer Axt.

»Sie war hier«, flüsterte Claude halb verängstigt, halb aufgeregt. »Ich hab es geschafft. Ich hab sie heraufbeschworen.« Er berührte die Karten zu seinen Füßen mit den Fingerspitzen.

Zögernd strich Sam über das zerstörte Dach der Miniversion von Manvers Hall. »Was ist passiert?«

Claude räusperte sich. »Ich habe gefragt, ob sie hier ist. Dann habe ich sie gefragt, ob sie sich zeigen will. Ich habe die Spielkarten benutzt. Nach jeder Frage habe ich eine umgedreht. Schwarz hieß nein, Rot hieß ja. Sie sagte Ja, und dann kam plötzlich Wind im Zimmer auf, und einen Moment lang war es eiskalt. Der Boden begann zu beben, die Deckenlampe hat wild geschaukelt, und auf einmal ist das Puppenhaus einfach …«

»… explodiert«, beendete Amity seinen Satz schniefend.

Claude drückte sie an sich. »Tut mir leid. Das war ganz schön unheimlich.«

»Aber euch ist nichts passiert?«, fragte Deliah.

Claude sammelte die Karten ein und mischte sie auf der Hand. Dann legte er sie vor sich auf dem Boden ab und legte seine rechte Hand auf Hypatias Flickenpuppe. »Ich sorge dafür, dass es vorbei ist.« Seine linke Hand wanderte zu den Karten. »Hypatia, bist du noch bei uns?«

Amity wieselte zu Deliah und versteckte sich unter ihrer Achsel.

Claude drehte die oberste Karte um. Es war die Herz-Königin.

»Das bedeutet ›ja‹.« Amity schluckte vernehmlich.

»Bist du hier bei uns in diesem Zimmer?«

Karo-Ass.

Ja.

Amity wimmerte auf. »Claude, hör auf. Mach, dass sie hier weggeht.«

»Nur noch kurz! Wir haben sie doch heraufbeschworen, damit sie uns hilft. Hypatia, wirst du uns helfen?«

Herz-Drei. Amity schnappte nach Luft. »Sie sagt Ja. Claude, bitte hör auf damit.«

Gegenüber von Hypatias Bett ertönte ein seltsames Summen. Als würde in weiter Ferne Musik laufen.

Alle Blicke schossen zum Ursprung des Summens – dem Spiegel.

»Spürt ihr das?«, fragte Claude. »Sie ist hier.«

Deliah spürte nur eins: dass ihr Herz kurz vor dem Kollaps stand.

Es sind nur Karten. Die Wahrscheinlichkeit, eine rote zu ziehen, liegt bei eins zu zwei. Das hat nichts zu bed...

Auf einmal bewegte sich etwas im Spiegel. Wabernder weißer Nebel erschien und ballte sich nach und nach zu einem Bild zusammen.

Was sie darin sahen, war nicht das Spiegelbild dieses Raums und auch keine umgekehrte Schrift. Sondern das Bild eines kleinen Mädchens ungefähr in Amitys Alter, das einen Flur entlangrannte und dabei lautlos schrie.

»Das ist der Gang mit dem toten Fuchs«, sagte Amity und versteckte sich hinter Claude.

»Und das ist das Rüstungszimmer!«, rief Claude, als das Mädchen an der riesigen Metallrüstung vorbeitänzelte und dabei mehrmals mit einem winzigen Hammer gegen das Metall schlug. Wie es aussah, schrie sie gar nicht, sondern spielte und rief dabei laut durch die Gegend.

Es war Hypatia.

»Was passiert hier?«, fragte Deliah.

Claude schob sich näher zum Spiegel. »Nanny hätte das als *gefangene Erinnerung* bezeichnet – etwas, das ein Geist nicht in Vergessenheit geraten lassen will. Auch wenn er vielleicht schon lange weg ist. Spiegel sind Kanäle für so was.«

Deliah musterte ihn verblüfft. Er hatte die ganze Zeit über richtiggelegen.

Hypatia rannte im Spiegel von Raum zu Raum und machte dabei einen Krach, der sich für ein Mädchen in den 1930er Jahren sicherlich nicht gehört hatte. Sie klopfte mit Holzlöffeln gegen die Geländer und sprang auf den Betten herum. Aber wo war Elias? Warum schimpfte er nicht mit ihr? War sie etwa ganz allein?

Das Bild veränderte sich, und Claude gab einen leicht hysterischen Lacher von sich. »Das ist er! Das ist Batstone!«

Die anderen drängten sich um den Spiegel, um ebenfalls einen Blick auf den Mann erhaschen zu können, der daran schuld war, dass sie hier festsaßen.

Elias stand unter einer riesigen Maschine aus Metall. Motoröl klebte ihm im Bart. Die Maschine hatte einen zylinderförmigen Körper, der an einen Schmelzofen erinnerte. Rohre gingen davon ab wie Käferbeine, dazu gab es jede Menge Hebel und runde Messuhren.

Elias betrachtete die Maschine bewundernd, fast schon liebevoll. Dann rückte er sich die Brille zurecht und sah Hypatia am anderen Ende des Zimmers stehen – eines Zimmers, das Deliah nicht erkannte. Hypatia hielt ihrem Vater etwas hin – ein Himmel-und-Hölle-Spiel! Es sah genauso aus wie das, das Amity gefaltet hatte. Elias sollte sich eine Zahl aussuchen. Aber er schickte seine Tochter missmutig weg. Hypatia verschwand in den Schatten, und Elias machte sich wieder an die Arbeit.

»Die arme Hypatia«, sagte Amity. »Sie wollte doch nur ein bisschen Aufmerksamkeit.«

Eine neue Szene. Elias wies Personal in makellosen Uniformen an, die Champagnergläser aufzustellen – und die Hinweise. Da waren die Tabletts und die Faltblätter! Es war der Tag der Party, und Elias bereitete das Eintreffen seiner Gäste vor! Auch Hypatia war wieder dabei. Diesmal trug sie ein kleines Notizbuch in der Hand. Sie zeigte es Elias, und Deliah konnte verschwommen eine Zeichnung ausmachen … ein Haifischzahn vielleicht? Doch wieder achtete Elias nicht auf seine Tochter. Sie kam näher und hielt ihm das Buch unter die Nase. Elias fuhr zu ihr herum, riss ihr das Buch aus der Hand und warf es quer durchs Zimmer. Man brauchte seine Worte nicht zu hören, um zu merken, dass er wütend war. Aber Hypatia weinte nicht. Eigentlich reagierte sie gar nicht richtig. Sie sah nur ihr Buch an, das aufgeschlagen auf dem Boden lag, und ging wortlos davon.

Das Bild verblasste, und der gespenstische Nebel löste sich auf wie Dampf auf einer Fensterscheibe, bis sie nur noch sich selbst im Spiegel sehen konnten.

»Okay. Ich wage mal zu behaupten, das war der Tag, an dem Hypatia verschwunden ist.« Sam wandte sich an Claude. »Du hast gesagt, solche gefangenen Erinnerungen sind besonders wichtig für die Person, der sie gehören. War das der Grund, aus dem Hypatia weggelaufen ist? Bestimmt hatte sie es satt, dass ihr Vater sie nicht beachtet.« Er seufzte.

Amity berührte den Spiegel, um sicherzugehen, dass auch wirklich alles wieder normal war. »Aber wo ist sie hin?«

KAPITEL 25

Irgendwas stimmt nicht

»Habt ihr so was vorher schon mal gesehen?«, fragte Deliah Leo und Ritchie.

Die beiden schüttelten den Kopf.

»Seit ihr das Haus betreten habt, wird es hier immer merkwürdiger. Plötzlich verfällt alles, und jetzt auch noch das Beben und die Risse ... Und so was hier?« Leo deutete auf den Spiegel. »Das hat es noch nie gegeben.« Er wechselte einen Blick mit Ritchie. »Die Bilder weisen darauf hin, dass Hypatias Verschwinden etwas mit dem Rätsel zu tun hat und sie den Schlüssel hat ...«

Deliah musste sich ein Grinsen verkneifen. Hatte er sich gerade etwa verraten?

»Also … Ich meinte das natürlich nicht wörtlich. Sie ist ja schon ewig tot. Aber irgendwas ist an dem Tag damals passiert, und dadurch ist der letzte Teil des Rätsels … na ja, kaputtgegangen.« Er schlug Claude auf den Rücken. »So viel haben wir noch nie erfahren. Und das haben wir alles dir zu verdanken! Gut gemacht, Mann.«

Deliah spürte, wie ihr das Blut aus dem Gesicht wich. Leo hatte recht – das hatte allein Claude erreicht. Er hatte die ganze Zeit über recht gehabt. Ja, es gab Geister in diesem Haus. Und sie interessierten sich nicht für Zahlen, Physik, Naturgesetze und Logik. Ihr blieb ein Schluchzer in der Brust stecken. Aber nicht, weil sie sauer war, dass Claude recht hatte. Und auch nicht, weil sie sich eingestehen musste, dass es Dinge gab, die sich nicht mit Logik erklären ließen. Der Schluchzer steckte da wegen eines einzelnen, einfachen Gedankens: *Ich vermisse dich.*

»Claude? Es tut mir leid. Ich war egoistisch und unfreundlich und rücksichtslos. Können wir wieder Freunde sein? Und diesmal richtig?«

Er warf ihr ein zurückhaltendes Lächeln zu. »Und du nimmst mich auch wirklich ernst und tust nicht wieder nur so?«

Deliah vergrub ihre Hand in Barts weichem Fell.

Dann fasste sie mit ihrer anderen nach Claudes Hand und drückte sie. Zum ersten Mal seit einer Ewigkeit war es zwischen ihnen wieder so wie früher. »Ja. Du hattest recht – es gibt hier etwas, das sich mit Logik allein nicht erklären lässt und das sich nicht einfach so in eine der vielen kleinen Schubladen in meinem Kopf stopfen lässt.«

»Kein Wunder, so durchgeknallt, wie das Haus ist«, brummte Ritchie finster vor sich hin.

Doch Deliah achtete gar nicht auf ihn. »Ich weiß deine Meinung ehrlich zu schätzen, und ich bin gern bereit, dir auf halbem Weg entgegenzukommen. Ich verspreche, dass ich versuche, von jetzt an offener für andere Ansichten zu sein, okay?«

Claude grinste. »Und ich lasse mich auf die Vorstellung ein, dass meine Gruselmethoden eines Tages vielleicht wissenschaftlich erklärbar sein werden.«

Amity kam angesprungen, um die beiden in eine Dreierumarmung zu ziehen. »Yay, meine Lieblingsmenschen vertragen sich wieder! Ihr seid soooo süüüüß!«

»Hör auf, du klingst ja schon wie Mum.« Claude schüttelte zwar den Kopf, drückte Deliah und seine Schwester aber fest an sich.

Deliah winkte Sam zu ihrer kleinen Gruppe, aber er wich einen Schritt zurück. »Danke, passt schon.«

Seine Abfuhr fühlte sich an, als wäre auf ihrer Gruppenparty ein Ballon zerplatzt.

»Hast du hier noch andere Geister gespürt? Die übrigen Kinder, die verblasst sind?« Sie warf Sam einen kurzen Blick zu, doch der hatte sich mit Ritchie in eine dunkle Ecke verzogen, wo sie die Köpfe zusammensteckten.

Claude schüttelte den Kopf. »Andere Geister habe ich nicht wahrgenommen. Aber …«

Leo beugte sich gespannt vor. »Aber was? Wenn du weißt, was mit uns passiert, nachdem wir verblassen, dann musst du es mir sagen. Es geht los, das merke ich. Werden wir für immer hier festsitzen und durchs Haus spuken müssen? Bitte sag, dass wir endlich freikommen.«

Claude rieb sich die kurz rasierten Schläfen. »Ich weiß es auch nicht, tut mir leid. Ich habe keine Antworten für dich. Außer dass ich neben Hypatia keine weiteren Geister spüren konnte. Vielleicht kommt ihr also wirklich hier weg.«

»Was verheimlichst du uns?«, fragte Deliah. »Was auch immer es ist, du musst es uns sagen. Egal, wie unheimlich oder übel es ist. Wir sitzen hier alle in einem Boot – alle! Also müssen wir hundert Prozent ehrlich zueinander sein.«

Claude nickte langsam. »Okay. Hier ist noch irgendwas anderes. Irgendwas … stimmt nicht. Es ist kein richtiger Geist. Aber was auch immer es ist, es steckt hier ebenfalls fest. Es leidet, und es ist auf der Suche nach etwas. Es hat einen schweren Verlust erlitten und große Sehnsucht.« Er atmete so stockend ein, als würde er die Gefühle selbst empfinden.

Amity wich vom Spiegel zurück, als könnte jeden Moment etwas herauskommen. »Und war das ein gutes Nicht-Geist-Dings … oder ein schlechtes?«

»Das weiß ich auch nicht«, antwortete Claude leise.

Aber Deliah kannte ihren besten Freund zu gut. Er log, um Amity keine Angst zu machen. Und das konnte nur eins bedeuten.

Sie kehrten ins Arbeitszimmer zurück.

Alle waren ruhig und hingen ihren Gedanken nach, lasen, suchten nach Hinweisen, lauschten nach Geistern. Bart schnarchte auf dem Teppich vor sich hin.

Deliah hatte ein seltsames Kribbeln im Nacken. Schatten krochen unter dem Schreibtisch hervor, und überall schienen dunkle Winkel zu entstehen.

Sie betrachtete die Bilder an den Wänden. Hier oben gab es keine düsteren Landschaften oder Porträts von streng dreinblickenden weißen Leuten. Stattdessen hingen überall mathematische Drucke und Diagramme herum. Ein paar erkannte sie aus der Mathe-Abteilung im British Museum wieder. Ein früher Escher aus der Zeit vor seiner Mosaikphase. Die Zeichnung von Leonardo da Vinci, die den Mann mit den ausgestreckten Armen und Beinen zeigte. Und eine Skizze von einer Kathedrale in Spanien, die ihre Mum letztes Jahr mit ihren »Mädels« besucht hatte. Deliah sah genauer hin, um die Worte darunter erkennen zu können: *Entwurf von Gaudí – die Sagrada Família.*

Daneben befanden sich zwei Kopien von Gemälden mit Frauen darauf, einmal die *Mona Lisa* und einmal Hypatia – aber die echte, die im 5. Jahrhundert gelebt hatte. Elias war sein Leben lang von Mathematik besessen gewesen. Und hatte sogar seiner Tochter einen entsprechenden Namen gegeben.

»Was hast du getan, Elias?«, murmelte sie vor sich hin. »Was ist schiefgelaufen?«

Amity war die Einzige, die nicht vor sich hin brütete. Stattdessen fütterte sie Leo mit Gummibärchen und löcherte dabei ihren Bruder mit einem endlosen Strom an Fragen. Wer würde in einem Kampf gewinnen – Tom Holland oder Andrew Garfield? Ihre Mum oder Tante Nora? The Rock in *Jumanji* oder The Rock in *Jungle Cruise*?

Claude gab sich alle Mühe, geduldig zu bleiben, aber Deliah spürte, dass die Stimmung immer angespannter wurde. Und zwar nicht nur bei Claude. Auch Leo wirkte nervös, vielleicht weil Sam und Ritchie wieder flüsternd die Köpfe zusammensteckten.

Sie wandte sich von den Bildern ab und sah Leos Notizbuch herumliegen. Vorhin hatte er es keine Sekunde aus den Augen gelassen, aber jetzt lag es unbewacht auf Elias' Schreibtisch herum.

Sie stellte sich so hin, dass sie Leo den Blick auf das Buch versperrte, dann schnappte sie es sich heimlich und verkroch sich damit in eine dunkle Ecke.

Das Licht reichte kaum, um etwas zu sehen, und sie musste die Augen anstrengen, um die Zeichnungen richtig erkennen zu können. Sie waren fantastisch. Aber etwa nach der Hälfte des Buchs hörten sie auf. Das musste der Zeitpunkt gewesen sein, zu dem dieser Alan verblasst war. Von da an war das Buch voll mit dem Gekritzel und den Aufzeichnungen von Leo und Ritchie.

Was macht das mit einem Menschen?

Sie musste daran denken, was Sam vorhin gesagt hatte – *Vielleicht hat er einen kleinen Sprung in der Schüssel*. Vermutlich hatte er recht. Deliah jedenfalls war inzwischen ziemlich sicher, dass sie an seiner Stelle den Verstand verloren hätte.

Deswegen war sie auch nicht sonderlich überrascht, als sie immer mehr grobe Skizzen von Totenschädeln und Grabsteinen entdeckte.

RIP Ritchie

Auf einer Seite war ein Stück Papier festgeklebt, das Deliah wiedererkannte. Es war das Schild, das Amity unten im Erdgeschoss ins Fenster geklebt hatte.

Ö e
Hallo ~~wir sind~~ hier drinnen

War es das, was Leo vor ihr hatte verstecken wollen? Sie sah auf, um sich zu versichern, dass niemand sie beobachtete. Barts Ohren zuckten, und er wachte schnüffelnd auf und streckte den Rücken durch. Auf der anderen Büroseite kicherte Amity vor sich hin und kam in ihre Richtung getappt. Aber dann bog sie zu Sam ab, der ihr etwas in einem Buch zeigte. Bestimmt irgendwas Ekliges. Deliah verdrehte die Augen und widmete ihre Aufmerksamkeit wieder dem Buch.

Sie blätterte auf die nächste Seite.

Vier seid ihr, nun werdet drei.
Tötet das Mädchen, und ihr seid frei.
Für Freundlichkeit ist dies kein Ort.
Rettet sie, und ihr selbst seid fort.

Sie schnappte nach Luft und ließ das Buch fallen.

Leo hatte gesehen, was sie las, und schnappte ebenfalls nach Luft. Er hechtete nach dem Buch, aber Deliah hatte es schon wieder aufgehoben. Mit zitternden Händen nahm sie eine Öllampe und hielt das Buch im Licht hoch, sodass es jeder sehen konnte. »Was ist das hier? Leo? Ritchie? Einer von euch beiden hat das geschrieben. Wer? *Tötet das*

Mädchen – was soll das heißen?« Sie hörte selbst, wie schrill und unsicher ihre Stimme klang. »Das sind die Worte aus dem Puppenhaus: *Tötet das Mädchen!* Wart das auch ihr? Und ihr habt uns glauben lassen, das wäre Hypatia gewesen! Aus vier werden drei ... damit sind wir gemeint, oder?«

KAPITEL 26

Zu viele Geheimnisse

Und dann geschah alles auf einmal.
Ritchie und Sam sprangen aus ihrer dunklen Ecke neben dem Bücherregal hervor.

Sam packte Amity um die Taille.

Leo rief seinem Bruder ein gequältes »Nein!« zu.

Und Bart begann zu bellen.

Es folgte eine Pause, die sich wie eine Ewigkeit anfühlte, auch wenn sie vermutlich nur einen Sekundenbruchteil dauerte.

Ritchie, Sam und Amity, die vor Schreck die Augen aufgerissen hatte, standen auf der einen Seite des Zimmers. Claude, Leo und Deliah auf der anderen. Bark bellte zwischen ihnen hin und her, als wüsste er nicht, für welche Gruppe er sich entscheiden sollte.

Was geschieht hier?

In Ritchies Augen funkelte eine grausame Freude auf. »Wenn sich die Tür schließt, fängt das Spiel erst richtig an.«

»Sam? Alter?« Claude blieb keine Zeit, noch mehr zu sagen. Sam zog ein Buch aus dem Regal, und einen kurzen, verrückten Moment lang fragte sich Deliah, ob er ihnen eine Gute-Nacht-Geschichte vorlesen wollte. Aber dann klappte der gesamte Abschnitt des Bücherregals auf, und Ritchie und Sam, der Amity brutal mitzog, verschwanden rückwärts im Dunkeln.

»Was macht ihr denn?«, rief Deliah. Ihre Stimme klang roboterhaft und gequetscht.

Sam sah ihr in die Augen. Sein Blick war stechend. »Tut mir leid, Deliah *Langweilig*. Aber es heißt ihr oder wir, und ich will hier unbedingt raus. Du bist schlau, du wirst schon einen anderen Weg finden.« Und dann besaß er allen Ernstes die Frechheit, ihr zuzuzwinkern. Das war der Moment, in dem Deliah begriff, wie dumm es gewesen war, ihm zu trauen.

Claude warf sich gegen das zufallende Bücherregal, während Bart sich im letzten Moment durch die Lücke quetschte, ehe sie sich ganz schloss.

»Jeder hier spielt, Claude«, rief Sam ihnen noch zu, dann hörten sie, wie auf der anderen Seite ein Riegel vorgeschoben wurde.

Hinter dem Regal schrie Amity laut auf.

»Es war das da!«, rief Deliah und deutete auf die Bücher. »Das Schwarze mit dem Gold...«

Ehe Claude es erreicht hatte, bebte der Boden einmal heftig, und sie wurden alle drei von den Füßen gefegt. Deliah stieß sich den Ellenbogen am Schreibtisch an, und Claude knallte mit dem Gesicht voran gegen das Bücherregal, ließ sich dadurch aber nicht davon abhalten, weiter an dem Buch zu ziehen. Doch es tat sich nichts.

Leo lag auf dem Boden, hielt mit beiden Armen seinen Kopf umschlungen und wiederholte wieder und wieder das Wort »Nein«.

Deliah rannte zu ihm und wälzte ihn auf den Rücken. »Was habt ihr getan? Wo sind sie hin?«

Wieder bebte der Raum, und Bücher, Bilder und Nippes flogen durch die Luft. Deliah bekam im letzten Moment die zweite Öllampe, die noch auf dem Tisch stand, zu fassen, ehe sie herunterfallen konnte, und stellte sie sicher auf dem Boden ab. Das schleifende Kreischen, das sie schon einmal gehört hatten, setzte wieder ein, und Deliah hielt sich die Ohren zu.

»Sie sind zwischen die Wände gegangen«, schluchzte Leo. »Es tut mir so leid ... Ich hätte es euch sagen müssen. Aber er ist doch mein Bruder! Es tut mir so leid.«

Auf einmal geriet der gesamte Raum in Bewegung und glitt seitwärts weg. Deliah fiel auf alle viere und presste auf der Suche nach Halt die Hände in den schäbigen Teppich. Claude versuchte dasselbe, indem er sich an den Regalen hinter ihm festhielt. Dann legte der Raum eine Vollbremsung ein, und sie wurden ein weiteres Mal durchgeschüttelt.

Und dann fielen sie.

Der Boden schien unter ihnen wegzustürzen, als befänden sie sich in einem Fahrstuhl, der ungebremst in die Tiefe rauschte.

Deliah konnte sich nicht erinnern, wann sie zuletzt etwas gegessen hatten, aber als ihr Magen gegen den Sog der Schwerkraft ankämpfte, kam ihr der Geschmack von Frühstücksfleisch und Dosenbirnen hoch.

Als sie unten ankamen, gab es einen gehörigen Ruck. Der Aufprall ging Deliah durch Mark und Bein, und alle drei schrien auf vor Schmerz.

Das Haus hatte sich wieder beruhigt.

Langsam standen sie auf. Deliah zog sich mühsam am Schreibtisch hoch und rieb sich stöhnend die schmerzenden Arme und Beine. Claude hielt sich beim Aufstehen am Bücherregal fest, woraufhin die Geheimtür wieder aufschwang.

Ein erleichterter Ausdruck breitete sich auf seinem Gesicht aus – verschwand aber gleich wieder, als er einen Schritt zurückwich und den Blick auf eine massive Backsteinmauer freigab.

»Amity ... Sam ... Sie sind weg«, sagte er.

»Und Ritchie auch«, knurrte Deliah. Sie zerrte Leo auf die Beine und baute sich vor ihm auf. »Und jetzt erzählst du uns, was hier wirklich los ist.«

Leo sackte unter ihrem Griff in sich zusammen wie eine Flickenpuppe in einer Lederjacke, aber er nickte. »Ich werde euch alles erzählen. Aber ... sollten wir nicht erst nachsehen, wo wir hier sind? Und versuchen, die anderen zu finden?«

»Ja«, sagte Claude und ging zur Tür.

»Nein«, widersprach Deliah und packte Leo fester am Kragen. »Es ist an der Zeit für Antworten.« Sie warf Claude einen mitfühlenden Blick zu. »Sam wird ihr nichts tun. Er mag eine hinterhältige kleine Ratte sein, aber ein Monster ist er nicht.« Blieb nur zu hoffen, dass sie sich zumindest in diesem Punkt nicht irrte.

Was alles andere betraf, hatte sie komplett falschgelegen. Claude hatte sie unterschätzt – und von Sam viel zu viel gehalten. Sie hatte geglaubt, sie wären auf dem besten Weg, echte Freunde zu werden. Und das hatte sich schön angefühlt. Ein stechender Schmerz in ihrem Ellenbogen erinnerte sie daran, wie sehr Sam ihr wehgetan hatte.

Leo stand auf und fuhr sich mit der Hand durch seine schlaffen Haare. »Darf ich mich hinsetzen?«

Deliah nickte. »Und dann erzählst du uns alles, und zwar schnell.«

Leo saß stocksteif auf dem Stuhl vor dem Schreibtisch. »Alles fing kurz nach unserer Ankunft an«, begann er. »Da war dieser Junge, Thomas. Er war ungefähr in meinem Alter, vielleicht ein bisschen älter. Er hat Ritchie unter seine Fittiche genommen und mich ausgeschlossen. Ritchie war ja der Meinung, dass unsere Gefangenschaft hier meine Schuld war. Und dieser Thomas wollte der Bruder sein, der ich für Ritchie nicht gewesen war. Aber er war schon ewig hier drinnen. Seit Ende der 1960er Jahre, glaube ich. Und er war ziemlich ... gestört, versteht ihr?«

»Traumatisiert nennt man das«, bemerkte Deliah. »Aber was hat das mit Amity zu tun?«

»Laut Ritchie war Thomas absichtlich hergekommen. In seiner Schule gab es Gerüchte über ein Hexenhaus im Wald, und er wollte es finden, um sich wichtig zu machen. Er hat Ritchie einen riesigen Haufen gestört… traumatisches Zeug in den Kopf gesetzt. Bei ihm drehte sich alles um Hypatia. Den Gerüchten zufolge war sie die Hexe aus den Legenden und suchte nach einem Ersatzkörper für ihre Seele. Aber dafür brauchte sie ein kleines Mädchen. Doch es kam nie eins ins Haus. Bis jetzt.«

Claude gab einen erschrockenen Laut von sich. »Amity!«

»Seit eurer Ankunft verändert sich das Haus. Deswegen ist Ritchie überzeugt davon, dass Hypatia Amitys Anwesenheit spüren kann. Dass sie nach ihr sucht und das Haus auseinandernimmt, um sie zu finden.«

»Und jetzt denkt Ritchie, wenn er Amity zu Hypatia bringt, bekommt sie endlich den Körper, den sie wollte, und er kann gehen.« Deliah schloss die Augen. Auf einmal ergab alles Sinn. »Sie wäre nie freiwillig mit ihm gegangen – er hat einen von uns gebraucht, um sie mitschleppen zu können.«

Wie konntest du nur, Sam?

»Du wusstest, dass sich hinter dem Regal ein Weg zwischen die Wände verbirgt«, sagte Claude. Seine Stimme hatte wieder diesen autoritären Ton angenommen. Doch auf einmal klang er dabei nicht mehr wie der nervige Bestimmer-Claude, sondern wie ein entschlossener Erwachsener. »Aber du hast es für dich behalten.«

Leo nickte. »Ich hatte vorher mit Ritchie geredet. Er hat mich überzeugt, dass er nichts versuchen wird und nie einem kleinen Mädchen etwas antun würde. Im Gegenzug durfte ich euch nicht erzählen, was er ursprünglich mal geplant hatte. Es war dumm von mir, ihm zu trauen … Ich hätte nie gedacht, dass es so weit mit ihm gekommen ist. Oder ich wollte es einfach nicht wahrhaben. Er ist doch immer noch mein kleiner Bruder.« Ihm versagte die Stimme.

Claude blieb ganz ruhig, und Deliah fragte sich, ob er wohl dasselbe für Amity getan hätte. »Und wie können wir die drei jetzt finden?«

Leo überlegte kurz, dann blähte er die Backen auf und sagte: »Zwischen den Wänden.«

KAPITEL 27

Die Wände

Leo schlug den Teppich zurück und hob eine lose Bodendiele an, unter der er die echten Blaupausen für das Haus aufbewahrte – die architektonischen Zeichnungen mit allen Details über die Mechanismen, mit deren Hilfe sich die Stockwerke bewegten: Schienen und Räder, Hebel, Zahnräder und Kabel. Aber es gab auch andere interessante Besonderheiten. Wie zum Beispiel die Kriechgänge, die miteinander zu einem Netzwerk verbunden waren, durch das sich Leo und Ritchie durchs ganze Haus bewegt hatten.

Die ganze Zeit über.

»Ihr habt uns von Anfang an ausspioniert«, stellte Deliah fest. »Amity hatte recht mit den Kindern in der Wand!

Das wart ihr, die sie gehört hat, als sie das Haus zum ersten Mal betreten hat.« Dann kam ihr ein fürchterlicher Gedanke. »Habt ihr die Haustür zugemacht?«

»Nein! Als ich gehört habe, wie ihr alle hereinkommt, bin ich sofort losgelaufen, um nachzusehen, ob die Tür offen ist. Aber sie war schon zu.« Leo schien die Vorstellung so schockierend zu finden, dass Deliah ihm glaubte.

»Wenn die Tür noch offen gewesen wäre, hättest du sofort die Flucht ergriffen, oder?«, fragte sie.

»Klar. Und wir haben euch zwar ausspioniert, aber wir ... also, zumindest *ich* wollte euch nichts Böses. Ich musste euch doch im Auge behalten, damit Ritchie keinen Mist baut. Ich wusste, sobald er Amity zu Gesicht bekommt, wird er anfangen, Pläne zu schmieden, wie er sie sich schnappen kann.« Er zwirbelte an seinem Pony herum. »Bitte versucht, ihn nicht zu hassen. Ich weiß, das ist viel verlangt. Er hat deine kleine Schwester, Claude. Aber er ist mein Bruder, und eigentlich kann er doch nichts dafür.«

Deliah konzentrierte sich wieder auf die Blaupausen. »Also, damit ich alles richtig verstehe: Wir können uns frei durchs ganze Haus bewegen? Durch alle Etagen? Aber alle Kriechgänge führen in Räume, die wir schon kennen?« Sie studierte die Pläne und beantwortete sich die Frage dabei selbst. Es waren keine ihr unbekannten Räume eingezeichnet. Nichts, bei dem es sich um das Zimmer aus der Erinnerung im Spiegel handeln konnte. Den Maschinenraum.

Außer ...

»Moment mal, was ist das?« Deliah deutete auf etwas, bei dem es sich vermutlich um einen Tunnel handelte. Die

Kabel neben den Schienen, auf denen sich das Haus bewegte, liefen alle an einer Stelle zusammen und brachen vor einem Pfeil ab, unter dem *Kellereingang* stand.

»Was ist im Keller?«

»Bestimmt die Maschine«, sagte Leo. »Dieses spinnenartige Ding, an dem Elias in der gefangenen Erinnerung gearbeitet hat.«

Claude nickte. »Dass die Kabel zu ihren ›Beinen‹ führen, könnte bedeuten, dass mit ihrer Hilfe alle Mechanismen im Haus betrieben werden.«

»Der Pfeil deutet also auf den Maschinenraum und damit zu unserem Weg hier raus!« Deliahs Stimme bebte vor Hoffnung. »Nur dass wir immer noch nicht wissen, wie wir dort hinkommen.«

»Und selbst wenn, verlassen wir das Haus nicht ohne Amity! Erst müssen wir die anderen finden, dann holen wir den Schlüssel, und anschließend suchen wir den Weg in den Keller«, verkündete Claude. »Leo, wo ist der nächste Eingang zwischen die Wände? Und hast du eine Ahnung, wohin Ritchie meine Schwester gebracht haben könnte?«

Deliah wurde flau im Magen. »Ich will aber nicht wieder zwischen die Wände.«

»Wieso nicht?«, fragte Claude ungeduldig.

»Weil dadrinnen irgendwas ist.«

»Das waren doch nur Leo und Ritchie«, widersprach Claude. »Oder?«

Papa.

Leo drehte an seinem Ring herum.

Claude rieb sich den Nacken. »Moment – das Flüstern zwischen den Wänden war gar nicht Ritchie?«

Leo schüttelte langsam den Kopf.

Deliah lief es eiskalt den Rücken hinunter. »Aber sie kann es nicht sein, sie ist tot – verblasst, oder? Nur ein Geist im Spiegel. Es kann nicht Hypatia sein.«

Leo zuckte kaum merklich mit den Achseln. »Ja, sie ist tot. Aber wir glauben nicht, dass sie wie die anderen verblasst ist. Keine Ahnung, wieso. Sie singt Lieder für ihn. Für Elias, meine ich. Ich glaube, sie will, dass er nach ihr sucht, also geistert sie in den Kriechgängen zwischen den Wänden herum und ruft nach ihm. Ich vermute, sie hat noch gar nicht gemerkt, dass sie tot ist.«

Deliahs Gedanken rasten. Offenbar war ihr anzusehen, wie verängstigt sie war, denn Claude drückte ihre Hand. »Erinnert du dich noch an die Pupser?«

Deliah nickte langsam. Klar erinnerte sie sich! So was vergaß man nicht. Nur verstand sie den Zusammenhang nicht. In der Grundschule waren sie gemeinsam gemobbt worden. Sogar das hatten sie zusammen durchgestanden. Zwei Kinder aus der Fünften hatten im ersten Halbjahr der vierten Klasse versucht, sie fertigzumachen. Damals hatten Claude und sie den beiden einen Spitznamen gegeben, damit sie weniger angsteinflößend wirkten: Pupser, wie Poser, nur mit Pups.

»Wir haben ihnen gemeinsam die Stirn geboten. Seite an Seite. Richtig mutig waren sie nur, wenn sie jemanden von uns allein erwischt haben. Und genauso machen wir es auch jetzt.«

Deliah atmete tief durch. »Ich will nicht zwischen die Wände, Claude. Nicht mal mit dir. Es geht nicht nur um Hypatia – dadrinnen ist noch was anderes. Das, was auch du gespürt hast. Das Ding, das ›kein richtiger Geist‹ ist. Ich weiß, dass du es für böse hältst. Ich kann nicht glauben, dass ich das sage ... Aber was, wenn es sich um die Hexe aus den Geschichten handelt, die sich die Leute in der Gegend erzählen? Die, von der Thomas deinem Bruder erzählt hat, Leo?«

Claude machte ein grimmiges Gesicht. »Lasst uns Schritt für Schritt überlegen und logisch vorgehen. Was müssen wir zuerst tun? Herausfinden, wo wir gerade sind. Und dann überlegen wir, wie es von hier aus weitergeht.«

»Also Team Geistergrusel-Supernerd?«, fragte Deliah. »Das bekomme ich hin.« Nach kurzem Zögern hielt sie Leo die andere Hand hin. »Wir ziehen das gemeinsam durch.«

Ein warmes, dankbares Lächeln erschien auf Leos Gesicht. »Klingt gut.« Er schüttelte ihr die Hand und zog die Tür des Arbeitszimmers auf. Deliah und Claude gingen durch und fanden sich im Rüstungszimmer wieder.

»Oh!« Deliah strich mit dem Finger über die Rüstung. Inzwischen war sie verrostet. Die Vorhänge hingen in mottenzerfressenen Fetzen herab, und es roch so stark nach Moder und Verfall, dass sie würgen musste. Schützend zog sie sich ihr T-Shirt über Mund und Nase.

»Wir sind im Erdgeschoss«, sagte Leo. »Auch wenn es nicht mehr so aussieht wie früher.«

»Was ist passiert?« Deliah zog sich die Ärmel über die Hände, weil sie mit nichts in Berührung kommen wollte.

»Das Haus hat sich noch nie von selbst bewegt. Immer nur, wenn jemand die Mechanismen aktiviert hat«, sagte Leo. »Wirklich nie. Und schaut mal ...« Er winkte sie zum Fenster. Man konnte kaum hindurchsehen, weil sich auf dem Glas eine fingerdicke Schimmelschicht ausgebreitet hatte. Und um das Haus herum hatte sich dichter Nebel gebildet ... War es draußen überhaupt noch Sommer?

Doch Leo hatte ihnen etwas anderes zeigen wollen: Trotz allem war eindeutig zu erkennen, dass sie auf Baumwipfel hinabsahen.

»Wir sind immer noch im zweiten Stock? Das ergibt doch keinen Sinn!«, rief Claude.

»Passiert das, weil Ritchie Amity entführt hat?«, fragte Deliah. *Zusammen mit Sam. Vergiss Sam nicht.* »Oder haben sie vielleicht irgendwas getan, um ... Claude?«

Claude hatte die Augen geschlossen und lauschte. Er zitterte.

Da hörte Deliah es auch, anfangs nur leise. Es kam aus der Wand hinter ihnen. Ein leises Klopf-klopf-klopf. Dann ein Kratzen. Wie Fingernägel auf Holz. Gefolgt von Gesang.

Eins, zwei, Papa kommt herbei.
Drei, vier, such die geheime Tür ...

»Sie ist hier«, sagte Claude.

KAPITEL 23

Die Sinkhöhle

Wieder begann der Boden zu beben.

»Fünf, sechs, Finger verletzt.
Sieben, acht, Schicksalsnacht.«

An einer Wand erschien ein Riss und verzweigte sich bis zur nächsten. Dann setzte das mechanische Kreischen wieder ein. Deliah glaubte, etwas aus dem Geräusch herauszuhören. Es klang ganz ähnlich wie das Haus, wenn es sich bewegte, nur in die Länge gezogen – irgendwie verdreht.

»Lauft!«, brüllte Leo. Sie hechteten durch den Flur und platzten durch die Tür, hinter der der Ballsaal lag. Aber stattdessen fanden sie sich in der Küche wieder. »Die sollte hier gar nicht sein! Sie befindet sich doch eigentlich im ersten Stock!«

»Stimmt. Aber wir hätten vorhin auch nicht vom Rüstungs- ins Arbeitszimmer gelangen sollen.« Deliah rümpfte die Nase über den Geruch.

Das Essen in den Küchenschränken vergammelte. Die Dosen waren inzwischen so verrostet, dass sich Löcher gebildet hatten, und aus den Cornflakes- und Crackerpackungen wuselten Ameisen. »Toll. Das bedeutet, wir verhungern, wenn wir nicht bald einen Weg nach draußen finden.«

»Das Haus ist verrückt geworden«, bemerkte Claude und sah dabei den Flur auf und ab. »Da ist wieder Hypatias Zimmer und daneben der Wintergarten.«

Das Haus stöhnte auf, als würde es unter seinem eigenen Gewicht ächzen, und das Holz der Türrahmen verzog sich unter lautem Knarren.

Auch der Boden unter ihren Füßen knackte. Dann brach er in einer plötzlichen Explosion aus Holzsplittern zu einem spitzen Berg auf. Die Dielenbretter zerborsten wie Eisstiele.

Deliah schrie auf und machte einen Satz rückwärts, der sie aus der unmittelbaren Gefahrenzone beförderte.

Claude holte tief Luft und brüllte: »STOPP!«

Das Haus hielt inne.

»Warst du das?«, fragte Deliah verblüfft.

»Weiß ich auch nicht.« Claude sah zwischen Leo und ihr hin und her. »Vielleicht hören die Geister ja auf mich.«

Ein Knall ertönte – und Claude fiel.

Im Boden unter ihm hatte sich ein Spalt geöffnet, und Claude wurde von der Dunkelheit verschlungen.

Deliah stürzte zum Rand des Abgrunds.

Unter ihr lag auf einem Steinbrocken der Rehkopf mit den schwarzen Augen. Eine Geweihhälfte fehlte ganz, die andere war teilweise abgebrochen und verdreht. Weiter unten konnte sie die zerborstenen schwarz-weißen Kacheln der Eingangshalle ausmachen.

Und war das da die Haustür?

»CLAUDE!«

»Deliah!« Das war Leo, der sich mit den Fingern auf der gegenüberliegenden Seite der Grube am Rand des Abgrunds festklammerte.

»Warte, ich helfe dir!« Sie rappelte sich auf und machte sich bereit für den Sprung über das Loch.

Doch das Haus buckelte wieder. Kupferpfannen und Teller fielen klappernd und klirrend auf den Boden. Scharfe Messer schlitterten über die Fliesen, Gläser zersprangen in Tausende Scherben.

»Du musst zwischen die Wände, Deliah. Du musst Hypatia finden. Sie muss damit aufhören, sie muss ...« Leo verlor den Halt an dem zerklüfteten Holz, und dann war er auch weg.

Deliah ging inmitten des Chaos in die Knie. »NEIN!« Wieder beugte sie sich über den Rand. »CLAUDE? LEO?«

Das Haus kreischte nicht mehr ganz so laut, sodass sie von unten ein schwaches Geräusch hören konnte. »Deliah! Wir sind hier! Wir sind noch im Haus! Es ist dunkel, aber wir kommen klar. Glaube ich jedenfalls«, rief Leo.

»Claude? Ist Claude bei dir? Ich darf dich nicht verlieren, Claude!«

»Ich bin da.« Seine Stimme klang ganz leise und weit weg. »Es dreht sich alles nur um sie, Dee! Dass wir gefangen sind, dass das Haus zerfällt – es ist so viel Schmerz in diesem Haus. Du musst Hypatia finden. Hilf ihr! Das ist unsere einzige Chance!«

Deliah legte die Hände an den Mund. »Nein! Ich komme jetzt runter und hole euch. Leo, ist da irgendwo eine Leiter oder ein Seil?«

»Bei uns ist alles in Ordnung, Deliah! Wir sind in den Überresten der Eingangshalle gelandet. Hier unten ist ein riesiges Loch!«, rief Claude. »Wir wollen uns auf die Suche nach Amity machen. Und nach Sam und Ritchie. Ich suche meine Schwester, und du suchst Hypatia.«

Deliah setzte sich auf und fuhr sich mit den Fingern durchs Haar.

Hypatia finden – klar. Hypatia und alles, was sonst noch zwischen den Wänden lauern mochte. Aber Claude hatte recht. Etwas im Haus weinte vor Schmerz und Verlust. Und bei diesem Etwas musste es sich um Hypatia handeln, die zwischen den Wänden umherirrte. Vielleicht konnte sie ihr ja helfen, einen Weg hier raus zu finden ... War das die Lösung? Musste Hypatia genauso befreit werden wie Deliah und ihre Freunde? Steckte sie hier ebenso fest wie alle anderen auch?

»Okay!«, rief sie in die Dunkelheit unter ihr. »Das mache ich! Ich geh sie suchen!«

Auf ins Herz des Hauses.

Claude hatte gesagt, der Wintergarten würde sich jetzt neben Hypatias Zimmer befinden. Also machte sich Deliah auf den Weg dorthin – zu dem Luftschacht, der zwischen die Wände führte.

Beim Anblick der Öffnung stieg Panik in Deliah auf, und einen Moment lang war sie kurz davor, sich von der Angst überwältigen zu lassen. Schluchzend zusammenzubrechen und einfach aufzugeben.

Doch stattdessen atmete sie tief durch, klemmte sich die immer schwächer leuchtende Taschenlampe zwischen die Zähne und kroch mit dem Kopf voran in den Schacht. Langsam und unsicher kroch sie auf nackten Knien los über den dreckigen Boden. Hoffentlich begegnete sie keinen Spinnen und Tausendfüßlern!

Schließlich gelangte sie zu einem deutlich kälteren Wandabschnitt. Eine Außenwand?

Der Stein war hier feucht, hier und da liefen Rinnsale aus schleimigem Wasser herunter.

Der Wald war nur eine Backsteinbreite weit entfernt, und Deliah glaubte fast, die frische Luft riechen zu können, so modrig und dick sie hier drinnen auch war. Dort draußen war die Natur. Sie lebte und atmete und wuchs weiter, auch wenn sie für Deliah gerade unerreichbar war.

Alles, was ihr etwas bedeutete, war dort draußen: ihre Mum. Und ihre Freundinnen. Die *echten*, die sie schon vor dem Schulwechsel gehabt hatte. Sie dachte an Sally und Marisa. Was, wenn sie nie die Chance bekam, sich bei ihnen dafür zu entschuldigen, dass sie sich in letzter Zeit nur noch so selten gemeldet hatte?

Sie hämmerte mit den Fäusten gegen die Wand und schürfte sich dabei die Knöchel auf. Sie versuchte sogar, an einem losen Stückchen Zement zwischen den Backsteinen zu kratzen.

Sie würde nie wieder etwas Neues erleben. Sie würde nie wieder den Himmel sehen, oder Tageslicht, oder den Wind auf ihrer Haut spüren …

Es war zwecklos. Sie wollte sich über den Mund wischen, aber stattdessen schluchzte sie verzweifelt in ihre Hand. »Ich bin hier drinnen.« Ihre Worte waren kaum mehr ein Flüstern, eine Geisterstimme.

Dann hörte sie zwischen ihren abgehackten Atemzügen ein Geräusch. Es kam von vorn. Sie kroch los, zurück zwischen die Innenwände des Hauses. Und da war er, der Klang, den sie vorher schon einmal gehört hatte: Musik. Alte Musik, solche, zu der die Leute in den Lieblingsfilmen ihrer Großtante immer tanzten. Sie konzentrierte sich und konnte über die Klaviermusik hinweg leises Stimmengewirr vieler Menschen und Gläserklirren ausmachen. Dann gab es einen Knall, aber gleich darauf war Jubel zu hören.

Ein Flaschenkorken?

Sie musste an den Ballsaal und den Klang der Kristallgläser denken, als sie dagegengeschlagen hatte. Hörte sie gerade den Anfang von Elias' Party?

Deliah legte die flache Hand auf die gegenüberliegende Wand. Irgendwo im Haus befanden sich Claude, Leo, Amity, Sam und Ritchie. Trotzdem konnte sie Stimmen von vor fast hundert Jahren hören. Wo also war sie?

Und da begriff Deliah plötzlich.

Ich stecke zwischendrin.

Sie konzentrierte sich darauf, die Ruhe zu bewahren, und kroch auf Händen und Knien weiter voran. Bildete sie sich das nur ein, oder war da ein Licht? War ihr Gehirn so verzweifelt, dass es sich etwas vormachte? So wie bei Verdurstenden, die in der Wüste eine Fata Morgana sahen? Sie schaltete die Taschenlampe aus – und ja! Dort in der Ferne war ein blasser Schimmer zu sehen! Ihre Hand berührte eine dicke Decke. Oder war das eine dicke Matratze? Dann eine Puppe – Deliah strich mit den Fingern über das kalte Porzellangesicht und die spinnenbeinartigen Wimpern. Daneben lag eine Haarbürste mit weichen Borsten, die sich wie Fell anfühlten.

Hypatia.

Über ihr hingen schwere Spinnweben wie abgetragene Kleider von der niedrigen Decke, und Deliah merkte, dass auch an ihren Händen überall welche klebten. Sie gab einen angeekelten Laut von sich und wischte sich ruppig die Handflächen an ihren kurzen Jeans sauber.

Angestrengt versuchte sie, ihre Umgebung zu erkennen. Ein Teil von ihr wollte lieber wegschauen, weil er gar nicht wissen wollte, was die Dunkelheit noch für sie bereithielt.

Sie konnte ihre eigenen Atemzüge hören und fing an, im Kopf erst ihren Stundenplan, dann den Busfahrplan durchzugehen, um sich zu beruhigen.

Ja, das ist es! Fakten. Kalte, harte, verlässliche Fakten. Unveränderlich und unzerstörbar.

Das Licht bewegte sich.

Reine Einbildung.

Es flackerte, dann wurde es heller. Kam näher.

Deliah gefror das Blut in den Adern.

Das Licht strahlte nun die Wände hoch. Es war kein sanfter, weit entfernter Schimmer mehr, sondern überall um sie herum. Deliah drückte sich gegen die Wand, spürte die Holzverkleidung in ihrem Rücken. Kitt und Staub kitzelten sie in der Nase.

Das Licht stammte von einer Kerze. Die Kerze befand sich in einer Hand, die zu einem ausgestreckten Arm gehörte.

Jetzt sah Deliah auch die Person, zu der diese Hand gehörte.

Sie hatte Hypatia Batstone gefunden.

KAPITEL 29

Das Verschwinden der Hypatia Archimedes Batstone

Hypatia sah genauso aus wie auf den Fotos. Sie trug die Haare zu einem kurzen, gelockten Bob geschnitten, der auf beiden Seiten von Blumenhaarspangen zurückgehalten wurde. Dazu hatte sie ein niedliches Kleid mit Bubikragen an, das bis ganz oben zugeknöpft war. Vorne hatte es eine weiße Bordüre, ansonsten war es mit kleinen, grünen Blumen bedruckt. An den Füßen trug sie weiße Söckchen und braune Riemchenschuhe aus Leder.

Hypatia kauerte sich umweht von einem kalten Luftzug neben Deliah. »Bist du eine Freundin von Papa?«, fragte sie.

»N…nein«, stammelte Deliah. »Ich heiße Deliah. Und du bist Hypatia?«

»Genau, Hypatia Batstone. Freut mich sehr, dich kennenzulernen. Weißt du, wo Papa ist? Ich suche nach ihm. Er hat mich nicht gefunden. Sonst findet er mich immer.«

»Spielt ihr Verstecken?«, fragte Deliah. Sie musste daran denken, wie verspielt Hypatia in der gefangenen Erinnerung gewirkt hatte.

Das kleine Mädchen setzte sich, stellte die Kerze auf dem Boden ab und blickte in die Flamme. »Nein. Also, ich verstecke mich zwar. Aber er sucht nicht. Jedenfalls nicht diesmal. Er kommt nicht. Er KOMMT einfach nicht! NIE!« Sie schluchzte.

»Ist in Ordnung, Hypatia. Jetzt bin ich doch da. Kannst du mir sagen, wie wir hier rauskommen?«

»Wo raus?« Sie wirkte traurig und schien mit den Gedanken weit weg zu sein.

»Aus dem Haus. Ich möchte meine Freunde finden, und dann müssen wir gehen. Du kannst mitkommen.«

»Aber ich habe keine Freunde. Papa erlaubt es nicht. Weil niemand das Haus sehen darf, bis es fertig ist. Die Leute im Dorf sagen, wir sind verflucht. Aber das ist alberner Aberglaube. Papa macht sein Projekt fertig, und dann sind wir reich und berühmt und können endlich Zeit miteinander verbringen. Aber dafür muss das Haus fertig werden.«

»Und warum bist du hier zwischen den Wänden? Wieso bist du nicht drinnen bei den anderen?« Deliah musterte sie. Hypatia sah gar nicht so aus, wie sie sich einen Geist oder jemanden, der »verblasst« war, vorgestellt hätte. Sie wirkte wie ein ganz normaler Mensch aus Fleisch und Blut. Aber wie konnte das sein? Sie hatte neunzig Jahre in den Wänden dieses Hauses verbracht!

»Hier bin ich nun mal. Hier bin ich hingegangen.« Sie kicherte hinter vorgehaltener Hand. »Ich mag die Party nicht. Und ich mag auch keine Erwachsenen im Haus. Die schreien rum und machen Papa wütend. Es sollten nur wir hier sein – Mama, Papa und ich. Aber Mama ist weggegangen, und dann ist Papa in seinem Arbeitszimmer verschwunden, und … gefällt dir meine Haarbürste? Ist die nicht schön? Magst du meinen Spiegel? In dem bewahre ich alles auf.«

»Im … im Spiegel?«

»Willst du es mal sehen?« Hypatia hielt ihr den Spiegel hin.

Deliahs Herz setzte einen Schlag lang aus, aber sie nickte.

»Ich finde dich nett. Wollen wir Freundinnen sein?«, fragte Hypatia.

Klar, wieso nicht? Es spricht nichts dagegen, sich mit einem hundert Jahre alten Kind anzufreunden. Kein Problem.

Deliah kam sich vor, als hätte sich ihr Verstand von ihrem Körper abgelöst und würde das Geschehen von außen betrachten. »W…was willst du mir zeigen?«, fragte sie stotternd.

Hypatia klatschte vor Freude in die Hände und kuschelte sich neben Deliah auf ihr »Bett«. In der einen Hand hatte sie die Kerze, in der anderen den Spiegel. Deliah starrte hinein, bis ein unscharfes Bild entstand.

Elias' Maschine. Durch Hypatias Augen wirkte sie riesig und bedrohlich. Die Spiegelerinnerung flackerte, als könnte sie sich nicht festlegen, und schreckte immer wieder zurück wie ein Kind, das zwischen Angst und Neugierde schwankte.

Eine Männerstimme. »*Sie beißt nicht, Hypatia. Und jetzt denk dran, in deinem Zimmer zu bleiben. Ich habe mit den Gästen zu tun. Kleine Mädchen wie dich sollte man heute Abend weder sehen noch hören. Dazu ist die Party zu wichtig. Hast du das verstanden?*«

Die Erinnerung schwenkte wieder zurück in die Außenperspektive. Als würde Hypatia sich nicht selbst erinnern wollen. Und da war sie, halb versteckt hinter einem der Lehnsessel ihres Vaters. Sie trug dasselbe Kleid wie jetzt. Es wirkte verwaschen, aber das konnte auch daran liegen, dass die Farben in der Erinnerung alle blass wirkten.

Hypatia kroch zur Maschine. »*Aber du hast doch gesagt, dass wir noch Schach spielen.*«

»*Später.*« Elias klang angespannt. »*Vor der Party gibt es noch viel zu tun.*«

»*Ich mag die Maschine nicht*«, sagte Hypatia. »*Ich habe gehört, wie sie flüstert.*«

»*So ein Unsinn. Es ist nur eine Maschine. Sie ist nicht lebendig.*«

»*Aber in Frankenstein ...*«

»*Dr. Frankenstein war ein Wahnsinniger. Außerdem ist das nur eine alberne Geschichte. Deine Mutter hätte sie dir nie vorlesen dürfen. Diesem Buch fehlt es an jeglicher wissenschaftlicher Grundlage, Hypatia. Außer lächerlichen Fantasien gibt es dort nichts zu lesen. Logik, Hypatia! Verstand! Grundgütiger, Mädchen, habe ich dir denn gar nichts beigebracht?«*

Die Hypatia in der Erinnerung warf der Maschine einen misstrauischen Blick zu.

Die Hypatia, die neben Delia kauerte, flüsterte ihr ins Ohr: »Aber ich habe sie gehört. Wie sie nachts geklopft hat. Klopf, klopf, klopf. Als würde sie versuchen, zum Leben zu erwachen.«

»Aber wie konnte sie lebendig werden?«, fragte Deliah. »Dein Vater hat doch recht – sie ist nur ein Haufen Metall.«

»Aber sie wurde auf verfluchtem Land errichtet, und der Ofen wird mit dem Holz von den Bäumen hier betrieben. Den dunklen Bäumen, meine ich. Hast du sie gesehen?«

Deliah dachte daran, wie sie sich im Wald gefühlt hatte. Wie verkehrt er ihr vorgekommen war.

Sie wünschte sich nicht zum ersten Mal zurück auf die Wiese. Wieso nur hatte sie sich von Sam so provozieren lassen, dass sie Amity aus den Augen gelassen hatte?

Danach verschwamm die Erinnerung im Spiegel. Deliah ging davon aus, dass Hypatia sich entweder nicht weiter erinnern konnte oder wollte. Das Letzte, was man sah, war Hypatia, wie sie ihre Matratze, die Puppe, den Spiegel und die Haarbürste zusammenpackte. Dann noch eine Kerze aus dem Flur … dieselbe Kerze, die Hypatia jetzt in Händen hielt. Und sie brannte noch. Hier zwischen den Wänden tickte die Zeit scheinbar anders. Deliah schauderte.

Hypatia hob sich den Spiegel vors Gesicht und kämmte sich die Haare. »Ich habe dich beobachtet, Deliah. Dich und diesen Claude. Und Leo und Ritchie. Und all die anderen, die vorher hier waren. Alles Jungen. Langweilige, laute Jungen. Aber dann habt ihr uns Amity gebracht. Sie ist auch niedlich. Ich hoffe, Papa mag sie.«

»Was soll das heißen?« Deliah packte sie am Arm. Er war fest und menschlich und genauso echt wie ihr eigener.

»Neun und zehn, die Freiheit werden wir seh'n.«

»Sag es mir!« Deliah schüttele Hypatia wie eine Stoffpuppe. »Wie können wir es aufhalten? Wie kommen wir hier raus?«

Hypatia brach in Tränen aus.

»Es tut mir leid, das war nicht so gemeint. Ich … Ich … Was meinst du damit, dass dein Papa Amity hoffentlich mag? Er ist doch tot – seit vielen Jahren schon.«

Hypatia kämmte ruppig weiter an ihren Haaren herum.

»Komm, lass mich das machen.« Deliah streckte die Hand nach der Bürste aus, und nach kurzem Zögern legte Hypatia sie hinein. »Du bist hübsch«, sagte Deliah, während sie Hypatias Locken bearbeitete. »Schau mal, ich hab was für dich.« Deliah kramte in ihren Taschen herum. Im Dämmerlicht war es schwer, etwas zu erkennen, also holte sie all ihren Krimskrams heraus und legte ihn auf der Matratze aus. »Da ist er ja.« Sie hielt Hypatia den Troll hin. Doch das Mädchen hatte etwas anderes im Blick.

»Meine Rätselkiste!« Sie schnappte sich die kleine Holzschachtel, die Amity Deliah in Hypatias Zimmer gegeben hatte. Wann war das noch gewesen? Seitdem schien eine Ewigkeit vergangen zu sein. »Die hat Papa gemacht.

Drei Stück insgesamt. Nur für mich. In dieser hier ist eine Spieluhr. Dann gibt es noch eine mit einem Haifischzahn … die trage ich immer bei mir …« Sie klopfte auf die Taschen an ihrem Kleid. »Und in der Besten … ist ein Geheimnis versteckt.«

»Was für ein Geheimnis?« Deliah toupierte mit der Bürste Hypatias Pony hoch.

Hypatia beugte sich vor und flüsterte Delia ins Ohr: »Ein Schlüssel. Papa braucht ihn für sein doofes Spiel.« Sie kicherte. »Jetzt muss er mich suchen, oder? Aber …« Sie runzelte die Stirn. »Ich habe ihn verlegt. Hast du ihn gesehen?«

Deliah nickte. Sie wusste genau, wo sich die Schachtel befand. Sie konnte praktisch vor sich sehen, wie Sam sie in dem Schlafzimmer mit der Rüstung grinsend in seine Hosentasche gesteckt hatte.

KAPITEL 30

Die Uhren ticken anders

Deliah rieb sich die Stirn. Sie hatte stechende Kopfschmerzen. Wann hatte sie eigentlich zuletzt etwas gegessen und getrunken? Sie musste sich konzentrieren. Sie musste Amity, Sam und Ritchie finden, den Schlüssel holen und endlich einen Weg nach draußen finden. »Hypatia, kannst du mich zu Amity bringen?«

Hypatia dachte kurz nach, dann nickte sie. »Kann ich die kleine Puppe mit den rosa Haaren haben? Die gefällt mir.«

Deliah gab ihr den Troll, und Hypatia steckte ihn sich rasch in die Tasche.

»Komm mit«, sagte die Kleine dann. »Ich weiß, wohin sie Amity gebracht haben.«

»Und wohin?«

»Na, zu Papa natürlich.«

Ehe Deliah fragen konnte, was sie damit meinte, kauerte sich Hypatia zusammen und hob den Finger an die Lippen. »Psst, dein Freund ruft nach mir.« Sie strich über die Holzvertäfelung an der Wand, bis sie eine lose Latte gefunden hatte. Unter leisen Klopf- und Kratzgeräuschen löste sie das Brett von der Wand und legte dadurch ein Guckloch frei.

Deliah sah hindurch. »Claude!«

In Hypatias Zimmer auf der anderen Seite der Wand zuckte Claude vor Schreck zusammen. »Sie ist hier! Ich kann sie hören!«

Er saß mit Leo auf dem Boden. Und sie hatten etwas zwischen sich. Einen ... Holztisch? Nein, das war ...

Das Ouija-Brett!

»Claude, du Dödel, du sprichst nicht mit den Toten. Ich bin's!« Sie hämmerte gegen die Wand, und Leo nickte begeistert.

»Mach weiter, es funktioniert!«

Deliah nahm Hypatias kalte Hand. »Wie kommen wir hier raus? Ich muss ihnen von dem Schlüssel erzählen. Und von allem anderen auch.«

Hypatia brachte Deliah zu einem Luftschacht und hielt die Kerze dicht an den Boden, um ihr zu leuchten. Deliah zögerte. Sie wollte Hypatia versprechen, dass sie kommen würden, um sie zu holen. Dass alles gut werden würde. Aber ihr Körper wollte nur noch eins: raus hier. Sie quetschte sich durch die Öffnung wie eine Motte aus ihrem Kokon. Staub und uralte Spinnennetze rieselten auf den Boden.

Als sie auf den dicken Teppich in Hypatias Zimmer gekrabbelt war, fiel ihr plötzlich etwas ein. Wie hatte sie etwas so Wichtiges vergessen können? »Hypatia, warte noch!«, rief sie eilig. »Wo ist Elias? Wo ist dein Papa? Ist er dadrinnen bei dir?« Aber im Kriechgang war es dunkel. Hypatia war fort.

Seufzend drehte sich Deliah zu Claude, um ihn stürmisch zu umarmen.

Doch das Zimmer war leer.

Er war doch gerade noch hier!

Aber in den Kriechgängen machte die Zeit offenbar, was sie wollte.

Deliah betrachtete ihre Hände, dann ihr Gesicht im Wandspiegel. Ein Teil von ihr rechnete damit, sich als verrunzelte, abgemagerte alte Frau zu sehen. Aber sie wirkte ganz normal. »Claude?«, rief sie in die Stille.

Nichts.

Sie ließ sich aufs Bett fallen, drückte sich eins der vielen Kissen an die Brust und schnupperte daran. Aber es roch nicht so süß wie Hypatia, sondern stank nach altem Handtuch.

Ich werde mich nicht von diesem Haus fertigmachen lassen. Dass es sich nicht an die Regel hält, heißt noch lange nicht, dass ich es genauso machen muss. Ich bin immer noch ich. Langweilig oder nicht, ich bin, was ich bin.

Deliah konzentrierte sich wieder auf das, wovon sie am meisten verstand: Logik. Das Haus wurde von einer Maschine im Keller kontrolliert. Sam hatte den Schlüssel zum Keller. Also musste sie Sam finden. Als sie diesen Plan gefasst hatte, fühlte sie sich gleich viel besser … nur dass sie keine Ahnung hatte, wo sie anfangen sollte.

Wütend warf sie ein Kissen quer durchs Zimmer, wo es von den beiden Hälften des zerbrochenen Puppenhauses abprallte und die kleinen Figuren darin umwarf.

Deliah kam ein Gedanke. Als sie zuletzt hineingesehen hatten, waren die Frauenpuppe – vermutlich Hypatias Mutter – und Elias nicht da gewesen. Hypatias Mum war gestorben. Aber wo war Elias? Die Kleine hatte gesagt, er sei ins Arbeitszimmer gegangen. Aber die Puppe war vorhin nicht dort gewesen. Vorsichtig zog Deliah die beiden Bruchteile des Puppenhauses auseinander. Darunter kam ein Loch im Boden zum Vorschein. Sie spähte hinein. Es war dunkel, aber sie konnte die Elias-Puppe und ein zylinderförmiges Metallstück ausmachen, an dem sich Nadeln und Ziffernblätter aus Papier befanden. Sie griff in das Loch, um die Gegenstände herauszuholen, und pikte sich dabei mit dem Finger an einem der nadeldünnen Hebel. Ein dicker, glänzender Blutstropfen fiel auf den kleinen Nachbau der Maschine.

Deliah schob die beiden Haushälften wieder zusammen, um zu sehen, welcher Raum sich über der Spielzeugversion des Kellers befand. Es war die Geheimkammer im Erdgeschoss. Deliah sog an ihrem blutenden Finger, und auf einmal fügten sich all die Puzzleteile zu einem vollständigen Bild zusammen.

Eins, zwei, Papa kommt herbei.
Drei, vier, such die geheime Tür …

*Fünf, sechs, Finger verletzt.
Sieben, acht, Schicksalsnacht.
Neun und zehn, die Freiheit werden wir seh'n.*

Deliah war sauer auf sich selbst. Wie hatte sie nur so unaufmerksam sein können? Sie hatte weder Hypatia noch Claude richtig zugehört. Er hatte gleich begriffen, dass sie versuchte, ihnen etwas zu sagen. Ihnen zu helfen! Aber Deliah war zu stur gewesen, um hinzuhören.

Such die geheime Tür. Das bedeutete, dass sich im Boden der Geheimkammer eine Falltür befand, die in einen weiteren geheimen Raum führte!

KAPITEL 31

Allein im Dunkeln

Es wurde wieder Nacht – oder das Haus hüllte sich in eine Wolke aus Dunkelheit. Deliah hatte keine Lampe, und das Licht ihrer Taschenlampe war inzwischen sehr schwach.

Mit der Dunkelheit kam die Einsamkeit und legte sich um Deliah wie ein nasser Lappen. Trotzdem machte sie sich auf die Suche nach der Bibliothek, die zu der Geheimkammer führte. Sie lief durch ein Zimmer nach dem nächsten. Überall stieß sie auf Käfer und seltsame, wuchernde Pilze. Doch von der Bibliothek keine Spur.

Natürlich nicht. Deliah befand sich ja auch gar nicht im Erdgeschoss. Oder doch?

Sie war in einer Sackgasse gelandet.

Ihre Kräfte verließen sie. Sie kam sich dünn vor, fast schon durchsichtig.

Vermutlich waren es nur die Müdigkeit und der Hunger, aber Deliah wurde das Gefühl nicht los, dass sie langsam selbst zu einem Schatten wurde. Sie versuchte, sich mit dem Stundenplan und den Busfahrplänen zu beruhigen, um sich besser konzentrieren zu können. Aber sie war machtlos gegen das lähmende Gefühl tiefer Einsamkeit, das sie befallen hatte.

In der wahren Welt klang *Für immer und ewig* so cool. Wer für immer und ewig lebte, würde mit ansehen, wie die Menschheit den Mars besiedelte, wie sich neue Arten entwickelten und ganz neue Technologien entstanden. Aber hier drinnen?

Keine Filme, keine TikToks. Oder neue Bücher. Und auch kein Escape Room III: Underground.

Wobei sie bezweifelte, dass sie jemals wieder Lust auf dieses spezielle Spiel haben würde.

Bei dem Gedanken fiel ihr wieder Sams hinterlistiges Verhalten ein. Wie hatte sie sich so in ihm irren können? Wieso fiel es ihr häufig so schwer, Menschen richtig einzuschätzen? Amity war nervig, aber auch positiv und optimistisch. Claude war immer noch ihr Claude. Er hatte sich nicht verändert, jedenfalls nicht stärker als sie. Und dann waren da noch ihre neuen Freundinnen, die eigentlich ziemlich langweilig und durchschnittlich waren.

Wenn ich hier rauskomme, werde ich besser auf mein Herz hören.

Graue Schatten füllten den Raum und brachten eine so tiefe Stille mit sich, dass es sich anfühlte, als wäre Deliah plötzlich gehörlos geworden.

Aber am Ende erwies sich die Ruhe als ihre Verbündete. Denn sie trug einen gedämpften Laut heran. Es war ein Geräusch wie kein anderes – unverwechselbar und fröhlich. Deliah lächelte.

Denn es war Bellen.

Erfüllt von neuer Hoffnung zwang sich Deliah, wieder aufzustehen. Bart schien nicht weit weg zu sein, aber als sie ihn rief, kam er nicht. Mit ihrer flackernden Taschenlampe lief sie erneut das gesamte Stockwerk ab und kehrte anschließend in den Flur zurück.

Die Schlange mit der papierartigen Haut starrte sie aus toten Augen an.

»Ich hasse dich«, sagte Deliah und schnipste gegen das Glas.

Wo war Bart? Er hatte aufgehört zu bellen. Nun herrschte wieder totale Stille.

Dann fiel Deliah plötzlich etwas auf.

Die Stockwerke hier im Haus waren alle in sich geschlossen. Man sollte ein Stockwerk nach dem nächsten spielen und rotierte dabei um den Innenhof-Schrägstrich-Uhrenhof. Aber jetzt befand sie sich ganz oben. Und auch wenn dieses Haus anders war als jedes andere, in dem sie sich je aufgehalten hatte, voller Geister und Sinkhöhlen und zeitloser Winkel, war es doch ursprünglich als ganz normales Haus gebaut worden. Es bestand immer noch aus Holz und Ziegeln – und sicherlich musste es sich zumindest an das ein oder andere Naturgesetz halten.

Genau! Bestimmt hatte Elias es so eingerichtet, dass sich das Haus nicht jedes Mal verschieben musste, wenn er beispielsweise vom Arbeitszimmer in die Küche wollte. Und sicherlich hatte er auch nicht jedes Mal in den dunklen Gängen zwischen den Wänden herumkriechen wollen, wenn es mal klingelte. Irgendwo musste eine normale Treppe versteckt sein.

Deliah tastete sich durch die Dunkelheit ins Arbeitszimmer, wo sie eine Lampe fand, die noch nicht erloschen war und noch etwas Öl hatte.

Sie ärgerte sich, dass sie nicht früher darauf gekommen war, als sie zumindest noch ein bisschen Tageslicht gehabt hatte.

Die Treppe musste so gut versteckt sein, dass die Gäste nicht schummeln konnten.

Gut genug versteckt, dass weder wir noch sonst jemand sie je gefunden haben.

Aber sicher war sie im Bauplan eingezeichnet.

Im Schummerlicht holte sie die Blaupausen hervor und rollte sie auseinander. Wie konnte es sein, dass sie die Treppe bisher übersehen hatte?

Der Grund war ganz einfach: Da war keine.

Wütend hämmerte Deliah mit den Fäusten auf den Schreibtisch ein. »Elias!«

Wie konnte jemand ohne korrekten Plan ein Haus bauen? Das war doch Unsinn. Und es sah Elias überhaupt nicht ähnlich. Ob es noch weitere geheime Baupläne gab?

Oder etwas mit unsichtbarer Tinte eingezeichnet war? Das war alles einfach zu frustrierend.

Mir läuft die Zeit davon.

Die Versagensangst strich Deliah mit ihren eiskalten Fingern über den Rücken, und sie schauderte.

Du bist zu spät, es ist zu dunkel, sie sind längst weg, du bist nicht klug genug …

Deliah war kurz davor, zu verzweifeln und aufzugeben. Doch dann hörte sie Bart wieder bellen.

Im selben Moment gab flackernd die Lampe den Geist auf. Deliah schloss die Augen. Sie wusste, dass sie jetzt von Dunkelheit umgeben war. Aber sie wusste auch, dass sie nicht allein war.

KAPITEL 32

Leb wohl!

»Bart!«, rief Deliah. Ihre Stimme ließ die Stille zerbersten wie Glas. »Wo bist du? Sag ihnen, dass ich komme.«

Bitte mach, dass Ami nichts passiert ist. Ich würde alles dafür tun, dass sie und Claude in Sicherheit sind.

Eine leise Stimme in ihrem Kopf meldete sich zu Wort. Deliah wollte sie ersticken, aber es gelang ihr nicht. *Du würdest alles dafür tun?*, fragte die Stimme. *Auch akzeptieren, dass Claude mit den Toten gesprochen hat?*

»Wenn ich es versuche, und es funktioniert, dann gibt es dafür eine logische Erklärung. Ich kenne sie nur noch nicht«, sagte sie sich, während sie im Dunkeln auf Elias'

Schreibtisch nach Stift und Papier tastete. Außerdem musste sie Claude ja nicht unbedingt davon erzählen.

Sie fand einen Streifen Mondlicht, der durchs Fenster fiel. Er war fahl, aber er reichte, um das Nötigste erkennen zu können. Sie schrieb das Alphabet in zwei Halbkreisen, darunter die Zahlen von null bis eins und dazu ein Ja, ein Nein und ein Lebwohl, wie sie es auf dem hölzernen Ouija-Brett gesehen hatte.

Dann holte sie ihren Ammoniten aus der Tasche und legte ihn auf das Blatt Papier. Wenn Claude Kontakt zu den Geistern aufgenommen hatte, war immer jemand da gewesen, den er bei der Hand nehmen konnte. Sie konnte nur hoffen, dass sie es auch allein schaffen würde.

Bitte lass es mich schaffen.

Sie legte die Fingerspitzen auf den Ammoniten. »Geister in den Wänden von Manvers Hall, sagt mir, wo die

Treppe ist. Bitte«, fügte sie vorsichtshalber hinzu. Schließlich konnte Höflichkeit nicht schaden, wenn man etwas beschwor, bei dem es sich vielleicht, vielleicht aber auch nicht um einen Geist handelte.

Die Luft um sie herum geriet in Bewegung, aber der Ammonit blieb reglos.

»Ähhhhm.« Sie war nicht sicher, was sie als Nächstes tun sollte.

Aber das war nur halb so schlimm, da es die Geister offenbar umso besser wussten.

Ein starker Wind kam im Arbeitszimmer auf, Papiere segelten vom Tisch und wirbelten herum wie in einem Staubteufel. Einige flatterten Deliah gegen das Gesicht, aber sie schlug sie weg, ohne dabei den Finger vom Ammoniten zu nehmen, vor allem, damit das selbstgebastelte Ouijabrett nicht davonflog.

Und dann bewegte er sich.

NEIN.

Delia schnappte nach Luft. Sie spürte, wie sich der Ammonit unter ihrem Finger bewegte. Sie spürte aber auch, dass sich etwas durchs Zimmer bewegte. Es war, als würde etwas ihre Hand führen – etwas Physikalisches oder Elektrisches oder … Sie konnte es deutlich wahrnehmen, aber es war so schwach, dass sie sich problemlos dagegen hätte wehren können.

»Nein, du willst mir nicht sagen, wo die Treppe ist? Oder einfach insgesamt nein? Magst du das Spiel nicht … oder mich? Tut mir leid, ich stelle mich dumm an.« Deliah duckte sich, als ein Wirbelsturm aus Zeitungsbogen gegen ihren Kopf flatterte. »Wo ist die Treppe? Falls ich das fragen darf. Bitte.«

Wieder das Ziehen an ihrer Hand. Ein starkes Kribbeln, das nur aufhörte, wenn sie die Hand mit dem Elektrizitätsfluss bewegte.

L
I
F
T

»Lift?«

Der Tisch ratterte. Stifte rollten herum und fielen klappernd zu Boden. Hinter Deliah war das Splittern und Krachen von Mörtel und Holz zu hören, das ihr inzwischen schon so vertraut war. In der Wand hatte sich ein weiterer Riss gebildet.

Deliah kniff die Augen zusammen. Nach und nach gewöhnten sie sich an die Dunkelheit, und sie konnte den Riss ungefähr erkennen. Er schoss um den Türrahmen und weiter über die Wand und ließ Bilder und eine Wandleuchte zu Boden gehen. Je länger er wurde, desto lauter wurde der Krach – ein Stöhnen und Kreischen und Mahlen. War das ein Geist oder die Maschine?

Ich habe keine Angst.

Deliah konnte kaum einen klaren Gedanken fassen, so viel Kraft kostete sie der Versuch, ihr Zittern zu kontrollieren.

Das Kribbeln in ihren Fingern setzte wieder ein, und sie riss ihre Aufmerksamkeit von der Wand los und richtete sie auf den Ammoniten. Er bewegte sich wieder und kam unten auf dem Papier zum Ruhen:

LEB WOHL!

Deliah blieb kaum Zeit zum Durchatmen, da hatte der ächzende, stöhnende Riss in der Wand auch schon den nächsten wandhohen Spiegel erreicht. Das Glas zersprang mit einem ohrenbetäubenden Lärm, und die Scherben flogen durch den ganzen Raum. Deliah hechtete auf den Boden und verkroch sich unter dem Schreibtisch, damit sie nicht durchbohrt wurde.

Danach senkte sich wieder Stille über den Raum.

Instinktiv hatte sie ihr Gesicht mit den Armen bedeckt, und als sie sich aufzusehen traute, um das Ausmaß der Zerstörung zu begutachten, entdeckte sie etwas Neues im Zimmer, dort, wo der Spiegel gewesen war.

Eine Tür.

Deliah krabbelte wieder unter dem Tisch hervor, klopfte sich den Staub von der Kleidung, schnappte sich ihren Ammoniten und arbeitete sich vorsichtig zu der Tür vor. Sie sah anders aus als alle sonst im Haus. Trotzdem erkannte Deliah sofort, worum es sich handelte. Es war eine Fahrstuhltür.

Aber klar! Keine Treppe, sondern ein Lift!

Deliah drückte auf den Pfeil, der nach unten wies, und die Tür glitt auf. Dahinter kam eine altmodische Kabine aus Metall mit dunkler Holzvertäfelung zutage. Einen Moment lang konnte sie es nicht glauben – wie sollte das Ding bloß funktionieren? Dann fiel ihr wieder ein, dass sie sich in einem ganzen Haus befand, das sich auf und ab bewegen konnte, und sie hätte fast laut aufgelacht.

An der Kabinendecke war eine orangefarbene Glaslampe angebracht, die aus unerklärlichen Gründen noch funktionierte. Gierig sog Deliah das Licht in sich auf.

Die Tür schloss sich hinter ihr, und sie wandte sich zu der Knopfleiste, um nach unten zu fahren.

Es waren 35 Knöpfe, die mit den Zahlen von null bis 34 versehen waren.

Deliah drückte in der Hoffnung, ins Erdgeschoss zu gelangen, auf die 0, aber nichts geschah. Dann versuchte sie es mit der 1. Der erste Stock war ihr auch recht – Hauptsache, das Ding setzte sich in Bewegung.

Immer noch nichts.

Deliah gab einen Wutschrei von sich. »Elias, du fieser Mistkerl! Ich hab deine Spielchen satt!« Sie hämmerte mit der Faust auf die Knopfleiste ein, erreichte damit aber nur, dass ihr die Hände wehtaten. »Lass mich hier raus!«, brüllte sie. Doch der Aufzug reagierte nicht.

Seufzend steckte sie das Fossil zurück in ihre Tasche. Sie hatte inzwischen entschieden, dass sie es Claude nicht geben würde. Es war etwas Besonderes, und sie würde es für immer behalten. Als Erinnerung an ihn und den Tag, an dem er mit seinem kleinen Hammer auf Steinjagd gegangen war. Einem Hammer wie Hypatias. Und … einen Ammoniten besaß Hypatia auch. Und dann all die Ammonitenzeichnungen im Haus … Und auch andere Kunstwerke an den Wänden folgten dem Goldenen Schnitt. Deliah zeichnete die Spirale mit dem Finger vom winzigen Zentrum bis nach außen nach, und in ihrem Kopf trat dabei Stück für Stück die Lösung für das neue Rätsel hervor.

Irgendwann hatte sie angefangen, es zu hassen, dass sie so viel mit Elias gemeinsam hatte. Dass sie beide Mathe und Rätsel liebten, löste ein unangenehmes Gefühl in ihr aus. Und jetzt hatte er ihr auch noch ihren geliebten Goldenen Schnitt kaputtgemacht. Sie liebte ihn, weil er bewies, wie schön Mathematik sein konnte. Er brachte Wissenschaft und Kunst zusammen, Mathe und die Natur. Die Schale des Ammoniten, die Kathedrale in Spanien, die *Mona Lisa* und die Zeichnung auf dem Einband von Elias' Tagebuch – alles lief wie in einer Spirale zu einem einzigen, geordneten mathematischen Muster zusammen.

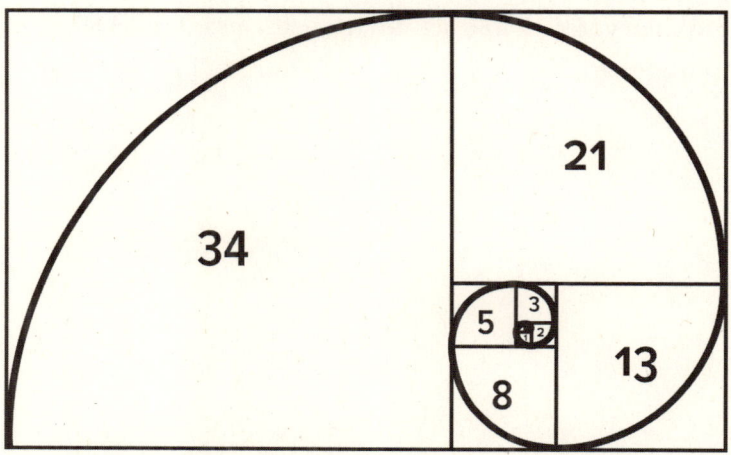

Deliah hätte sich am liebsten selbst einen Tritt in den Hintern verpasst. Wäre sie nicht so damit beschäftigt gewesen, verärgert zu sein, hätte sie es bestimmt gleich bemerkt. Allein schon die Zahlen auf den Fahrstuhlknöpfen, die von null bis 34 reichten. Deutlicher konnte ein Hinweis ja wohl nicht sein!

Dumme Delia Dödelhirn!

Die Zahlen entsprachen der Fibonacci-Folge – einer Art Darstellung des Goldenen Schnitts in Form von Zahlen.

Sie drückte die Knöpfe in der richtigen Reihenfolge:

0, 1, 1, 2, 3, 5, 8, 13 … Jede Zahl ergab sich aus der Summe der beiden vorigen Zahlen … acht plus dreizehn ergab … 21. Und die letzte Zahl war die 34. Mit dem sicheren Gefühl, das Rätsel gelöst zu haben, nahm sie den Finger von der Knopfleiste.

Sie lag richtig. Der Fahrstuhl gab ein neunzig Jahre altes Stöhnen von sich und setzte sich gemeinsam mit Deliah in Bewegung.

KAPITEL 33

Falltür

Ehe sie in Panik darüber geraten konnte, dass der Fahrstuhlschacht vielleicht durch die Sinkhöhle in Mitleidenschaft gezogen worden war oder sie womöglich gerade in eine andere Zeit fuhr, hatte die enge Art-déco-Kabine schon wieder angehalten. Die Tür gab ein *Ping!* von sich, dann glitt sie langsam auf.

Panik flutete Deliahs Körper. Was erwartete sie dort draußen?

Wie sich herausstellte, war es ein Wirbelwind aus flauschigem Fell und tapsigen Beinen und einem wild wedelnden Schwanz. »Bart – du kleiner Held! Fein hast du gebellt! Ich hab dich da oben gehört!« Sie schlang ihm die Arme um den Bauch und schluchzte ihm vor Erleichterung ins Fell.

Aber sein Fell war nicht das einzig Weiche, was sie spürte. Der Fahrstuhl mündete hinter dem Pelzmantel in dem kleinen Nebenraum der Eingangshalle!

Bart freute sich, sie zu sehen. Aber er schien ihr auch dringend etwas zeigen zu wollen. Sie malte ein riesiges X auf die Garderobenwand, denn die Fahrstuhltür war perfekt in die Holzvertäfelung eingepasst und fast unsichtbar. Dann lief sie Bart hinterher in die Bibliothek ... wo sie ein zweites Mal begeistert begrüßt wurde.

Sie wischte sich die Augen an ihren schmuddeligen Ärmeln trocken. »Ich kann nicht glauben, dass ich euch gefunden habe – also, ich meine, dass wir *uns* gefunden haben! Ich war zwischen den Wänden, und ihr habt mit mir geredet, aber ihr dachtet, dass ihr über das Ouija-Brett mit einem Geist sprecht. Dabei war das ich!« Sie merkte selbst, wie zusammenhanglos ihre Erzählung wirkte, aber gerade war ihr das egal. »Und dann ging das Licht aus, und ich war allein im Dunkeln, und ihr glaubt nicht, was ich dann gemacht habe.« Claude wirkte besorgt, aber sie warf ihm ein grimmiges Lächeln zu. »Ich habe es herbeigerufen ... das Ding in den Wänden. Es hat mich zu einem Fahrstuhl geführt ... und damit zu Bart und euch.« Sie atmete tief durch, bereute es aber noch im selben Moment, weil es in der Bibliothek so faulig stank. Durch die Bewegungen und Schäden im Haus war offenbar ein Wasserrohr geplatzt. Die Bücher waren durchnässt und unbrauchbar. Deliah verdrängte den Gedanken, wie traurig Sam darüber wäre. War ihr doch egal!

»Und die anderen habt ihr nicht gefunden?«, fragte sie.

Claude schüttelte betreten den Kopf. »Nein, aber dafür haben wir die Urmutter aller Sinkhöhlen gesehen.«

Leo zog Bart von der Wasserpfütze unter dem Rohrbruch weg. »Wir hatten Glück mit der Stelle, auf der wir gelandet sind. Das Loch ist sehr tief. Und so dunkel, dass man den Grund nicht sehen kann. Als ob es unten in eine Erdspalte mündet.« Dann fügte er hinzu: »Meine Mum hat immer gesagt, dass wir wegen der Sinkhöhlen nicht in den Wald dürfen.«

»Sie hätte sich bestimmt gut mit meinem Dad verstanden«, sagte Claude. Dann fuhr er an Deliah gerichtet fort: »Es ist nicht nur einfach dunkel. Es ist auch klirrend kalt. Man spürt an der Luft, dass da unten irgendwo Eis ist.« Er nahm Deliah bei der Hand. »Ich bin mir ziemlich sicher, dass dieser Spalt der Ursprung von allem ist, was hier nicht stimmt. Das verfluchte Land ... dass jeder, der sich hierher verirrt, verschwindet ...«

Leo nickte. »Irgendwas ist da unten, so viel kann ich sagen.«

Deliah schauderte, und Claude rieb ihr aufmunternd den Arm. »Aber wir sind zusammen, und das ist das Einzige, was zählt. Wir sind nicht verschwunden.«

Deliah nickte. »Und ich kenne den Eingang zum Keller. In der Geheimkammer gibt es eine Falltür.«

»Genial!«, rief Leo, und Bart bellte zustimmend.

»Aber ...« Deliah zog eine Grimasse. »Wir haben noch ein Problem. Als Sam verschwunden ist, hat er nicht nur Amity mitgenommen – sondern auch den Schlüssel, der eigentlich im Tresor liegen sollte. Der Schlüssel, von dem in dem Hinweis auf den letzten Raum die Rede ist, steckt in seiner Hosentasche.«

»Aber wie konnte er das wissen?«

Deliah lachte freudlos auf. »Reines Glück. Das ist ja bekanntlich mit den Dummen. Glück und sein Hang, Sachen aus dem Haus mitgehen zu lassen.«

Leo kraulte Bart hinter den Ohren. »Um dieses Problem kümmern wir uns, wenn es so weit ist. Lasst uns erst mal nachsehen, was sich unter der Geheimkammer befindet. Und dann überlegen wir uns, wie es weitergeht.«

Deliah nickte. Es fühlte sich gut an, einen Plan zu haben. Aber ihre Freunde bei sich zu haben, noch viel mehr.

Gemeinsam quetschten sie sich in die chaotische Geheimkammer.

»Wusste ich doch, dass der Tisch hier irgendwie nicht richtig reinpasst. Er ist viel zu groß für das Zimmer, weil er die Falltür verdecken soll. Kommt, helft mir mal.«

Deliah wollte die Tarotkarten und Kerzen ordentlich wegräumen, aber Claude schien sich mit so etwas nicht mehr aufhalten zu wollen.

»Ist doch egal, weg mit dem Ding.« Zu dritt kippten sie mit vereinten Kräften den Tisch auf die Seite. Im letzten Moment schnappte Deliah nach Hypatias Haarsträhne, damit sie nicht ebenfalls auf dem Boden landete, und steckte sie ein.

Auf der Unterseite des Tischs kam ein Mechanismus aus Zahnrädern und Schienen zutage. Leo legte einen kleinen Schalter an einem Tischbein um, und das gesamte Ding klappte sich zusammen und wurde an die Wand eingefahren.

»Hübsch«, brummte Deliah verärgert. Sie hatte all die kleinen Spielereien, die Elias sich ausgedacht hatte, um seine Gäste zu beeindrucken, inzwischen gründlich satt.

Die Falltür im Boden klappte automatisch nach unten weg und gab den Blick auf eine Treppe frei.

»Wer will zuerst gehen?«, fragte Claude.

Deliah hatte mit verlegenem Schweigen gerechnet. Aber Leo meldete sich auf der Stelle freiwillig.

»Falls mein Bruder da unten ist, sollte ich als Erster gehen.« Er blickte hinab ins Dunkel. »Sitz und bleib, Bart. Braver Junge.« Dann wechselte er einen Blick mit Deliah und Claude. »Ihr wartet hier auf mich, bis ich sicher bin, dass alles in Ordnung ist, okay?«

Also blieben Deliah und Claude am Eingang zur Treppe stehen und warteten schweigend und mit angehaltenem Atem ab. Eine gefühlte Ewigkeit später rief Leo mit unterdrückter Stimme von unten: »Hier alles okay, kommt runter!«

»Gehst du als Zweites? Damit du am Ende nicht noch mal allein irgendwo landest?«, schlug Claude vor.

Deliah legte ihm die Hand auf den Arm und sah ihn an. »Und was, wenn das alles nur gespielt ist?«, fragte sie. »Sie sind Brüder. Vielleicht stecken sie unter einer Decke.«

Claude nahm ihre Hand. »Du kannst Leo vertrauen, das verspreche ich dir. Inzwischen haben wir viel Zeit miteinander verbracht. Und wir haben viel gemeinsam, besonders, was unsere nervtötenden Geschwister betrifft. Er ist ein super Typ, und er versucht, das Richtige zu tun. Ich vertraue ihm. Vertraust du *mir?*«

Darüber brauchte Deliah nicht zweimal nachzudenken. »Ja, hundertprozentig.« Sie setzte den Fuß auf die oberste Stufe. »Es tut mir leid, Claude. Alles. Ich werde dich wahnsinnig vermissen, wenn ihr umzieht. Wir bleiben doch in Kontakt, oder?«

Claude setzte sich gegenüber von ihr an den Rand der Falltür. »Mich wirst du nicht so schnell los.« Er lächelte, aber nur kurz. Dann nahm er ihre Hand. »Ich werd dich auch vermissen. Bitte pass auf dich auf, Dee.«

Sie drückte seine Hand und wagte den ersten Schritt in die Dunkelheit.

KAPITEL 34

Der Abstieg

»Hallo?« Deliah stieg in die fast vollkommene Dunkelheit hinab. Doch dann kam ihr Leo mit der Lampe entgegen, um ihr den Weg zu leuchten. Als sie ins Stolpern geriet, fing er sie auf.

»Tut mir leid, ich war noch nie hier unten. Ich hab ein bisschen …«

Deliah nahm seine freie Hand. »Ich weiß. Wir haben doch alle Angst. Ist schon okay.«

Nun kam auch Claude hinterher. »Und wohin jetzt?«

Leo hob die Lampe. Vor ihnen kam eine Tür zum Vorschein.

»Spürst du irgendwas?«, fragte Deliah.

»Nur, wie heftig mein Herz pocht.«

Deliah knabberte auf ihren Lippen herum. »Kommt, lasst uns einfach reingehen.«

»Moment …«, sagte Claude. »Jetzt spüre ich et…«

Hinter der Tür ertönte ein schmerzerfülltes Kreischen, dann rieselten Putz und winzige Ziegel- und Mörtelstückchen auf sie herab.

»Ich glaube, das Haus bewegt sich wieder … Was, wenn wir nicht mehr hier unten rauskommen?«, fragte Leo.

»Dann können wir es nicht mehr ändern … und gehen sowieso durch die Tür.« Deliah schob sie mühsam auf – und fand in dem Raum dahinter das, wonach sie gesucht hatten.

Sie befanden sich unter der Erde, das merkte Deliah an den kühlen, grob gehauenen Wänden. Sie wünschte, Leo hätte das Licht etwas weiter aufgedreht, denn ihre Fantasie ging mit ihr durch und ließ überall riesige Spinnen, geisterhafte Umrisse und eingekratzte Hexenflüche auf den rauen Wänden erscheinen. Dabei war da in Wahrheit nichts als nasses, grünes Moos und Spinnweben.

Nach und nach gewöhnten sich Deliahs Augen an die Dunkelheit, und sie sah, dass sie einen Weinkeller betreten hatten. Der Raum war viereckig und von Weinregalen gesäumt. Für die Gäste stand hier eins von den Tabletts mit Champagnergläsern bereit, die sie schon aus dem Eingangsbereich kannten. Aber mehrere Gläser waren zerbrochen, und alle waren trüb und schmierig. Unter einer Tür auf der gegenüberliegenden Seite lagen Scherben, und auf dem Boden befanden sich blutrote Flecken, bei denen es sich um vor Jahrzehnten getrockneten Wein handeln musste.

Leo rief nach Ritchie, doch der antwortete nicht.

»Dann habt ihr es also geschafft?« Sam trat aus einer finsteren Ecke.

Claude schoss auf ihn zu. Erst wollte er auf Sam losgehen, doch dann wechselte er die Richtung – und schloss stattdessen Amity in seine Arme.

»Ami!«, rief Deliah erleichtert. All die Angst, die Kälte und Verzweiflung fielen von ihr ab. Aber wo war Ritchie? Deliah strengte ihre Augen an, um im Halbdunkel etwas erkennen zu können.

»Mir geht's gut, Claude. Hör auf, mich abzuknuddeln.« Amity versuchte, sich aus seiner Umarmung zu winden, musste den Versuch aber aufgeben. Ihr Bruder hielt sie fest, als würde er sie nie wieder loslassen.

Und dann war in Deliahs Kopf plötzlich nur noch der Drang, auf Sam loszugehen, und sie rannte mit schwingendem Arm und geballter Faust auf ihn zu. Sam wich nach rechts aus, Deliah stürzte sich auf ihn, und sie rangelten, bis Sam sie zurückschubsen konnte, ohne ihre Faustschläge zu erwidern.

»Stopp!«, rief er. »Was machst du denn da?« Vor Überraschung machte er große Augen.

Deliah gab ihre wirkungslosen Prügelversuche auf und versetzte Sam einen festen Schubser gegen die Brust.

Er stolperte rückwärts gegen die Wand. »Hey, ich bin's! Komm schon, das war doch alles gebluff! Ihr habt doch nicht ernsthaft gedacht, das wäre echt, oder? So was würde ich euch nie im Leben antun!«

»Verräter!«, fauchte sie und schubste ihn noch mal.

Claude ließ seine Schwester los, um mitzukämpfen. »Du hast Glück, dass ihr nichts passiert ist. Wenn du ihr auch nur ein Haar gekrümmt hättest, würde ich dich umbringen!«, rief er.

Sam nahm Deliah fest am Arm und machte mit der freien Hand eine beschwichtigende Geste in Claudes Richtung. »Jetzt hör doch mal zu, Mann. *Escape Room II* ... YouTube. Weißt du noch?«

Claudes Gesichtsausdruck entspannte sich ein bisschen.

Aber Deliah war nicht bereit, Sam so leicht davonkommen zu lassen. »Was hast du gemacht, Sam? Du erzählst mir jetzt alles ganz genau, oder ich schwöre, ich werde einen Weg finden, es dich dein restliches klägliches Leben lang bereuen zu lassen.«

Er blinzelte verwirrt. »Okay, Miss Auf-einmal-total-selbstbewusst. Hast du echt nicht gemerkt, dass ich lüge? Ich dachte, ihr kapiert alle, was ich mache. Ich hab dir doch sogar zugezwinkert, Deliah!«

»Genau, wie eine betrügerische kleine Ratte eben.« Ein Hoffnungsschimmer funkelte in ihr auf. Aber die Hoffnung hatte sie schon einmal hinters Licht geführt. Sie zerrte an seinem Arm, damit er sie losließ. »Du tust mir weh!«

»Dann hör auf, mich zu schlagen. Es tut mir leid. Ja, ich bin ein Risiko eingegangen. Aber ich dachte, wir kennen uns inzwischen gut genug.« Er ließ Deliahs Arm los, und sie wich verwirrt einen Schritt zurück. Sam nahm ihre Hand. »Tut mir leid, dass ich euch Angst gemacht habe. Aber irgendwas musste ich doch tun! Wie gesagt, Amity hatte recht. Ich bin nicht so clever wie Claude und du. Also musste ich es mit einem Trick versuchen.« Er zog sie in eine unbeholfene Umarmung.

Deliah wich zurück und beäugte ihn weiter misstrauisch. Sie wollte ihm ja glauben, aber …

»Hey, ich hab meine Rolle auch gut gespielt. Im Theaterkurs lernt man eben doch was.« Amity zwinkerte.

Jetzt kam Deliah gar nicht mehr hinterher. »Aber was hat *Escape Room* damit zu tun?«

Claude rieb sich den Hinterkopf. »Es gibt da diese YouTuberin, die Sam und ich immer gucken. Sie hat das Spiel geknackt, indem sie einen Weg einschlägt, bei dem sie die Option ›Verrate deine Freunde‹ wählt. Sie tut aber nur so, kommt als Erste in den letzten Raum und öffnet den Guten von innen die Tür.«

»Tut mir leid, Leute«, sagte Sam. »Aber ich hab euch doch sogar noch *JederHierSpielt* zugerufen. Das ist der YouTube-Kanal der Spielerin«, fügte er an Deliah gewandt erklärend hinzu. »Offensichtlicher konnte ich es euch nicht sagen, sonst hätte Ritchie mich durchschaut.«

Betreten schaute Deliah auf ihre Füße. »Wenn du es so erzählst … Tut mir leid. Ich wollte ja glauben, dass du so was nicht tun würdest. Aber ich hatte Angst. Wow, ich komme mir gerade vor wie die mieseste Freundin der Welt. Kannst du mir verzeihen?«

»Und mir auch?«, fügte Claude hinzu.

»Ach, Schwamm drüber. So, wollt ihr jetzt weiter deswegen rumheulen oder wissen, was ich gefunden habe?«

Okay, Sam hat sich kein Stück verändert.

»Hey, was *wir* gefunden haben«, bemerkte Amity und stemmte die Fäuste in die Hüften.

Und Amity auch nicht.

»Na los, Pimpf, erzähl's ihnen«, sagte Sam.

»Also. Sams Plan war total genial! Ritchie hat ihm verraten, dass er weiß, wo die Maschine ist. Er denkt, wenn er mich da reinstopft, bricht er damit den Fluch, und wir können alle nach Hause gehen. Also musste ich mitspielen.«

»Den Teil deines Plans finde ich übrigens immer noch nicht sonderlich prickelnd, Mann.« Claude verschränkte die Arme.

Sam nickte. »Ich weiß, dass ich das Leben deiner Schwester riskiert habe.« Er knabberte an seinem Fingernagel herum. »Aber sie war sofort dabei! Sie wollte auch was dazu beitragen, dass wir hier rauskommen. Genauso wie ich.«

»Ehrlich, ich wollte unbedingt mitmachen«, sagte Amity. »Ich wollte, dass du …« Sie schien kurz zu brauchen, um den Mut zu finden, es laut auszusprechen. »… dass du stolz auf mich bist.«

Claude ließ die Schultern hängen. »Aber das bin ich doch sowieso, Ami! Klar, manchmal nervst du total. Aber ich hab dich echt lieb.«

Plötzlich kam ein solcher Wust an Gefühlen in Deliah hoch, dass sie Sam um den Hals fiel und ihn umarmte, als würde es um ihr Leben gehen. »Wir sind Team Geistergrusel-Supernerd-Trickster!«

»Ich glaube, das ist das Nerdigste, was du je gesagt hast.« Sam erwiderte ihre Umarmung.

Auf einmal fiel ihr wieder ein, dass sie noch ein weiteres Problem hatten. »Sam! Hast du die kleine Holzschachtel noch? Die vom ersten Tag aus dem Rüstungszimmer?« Es schien eine Ewigkeit her zu sein, dass sie dort gewesen waren.

»Klar.« Er holte das Kästchen aus der Tasche und reichte es Deliah. Sie drehte den letzten Mechanismus gegen den Uhrzeigersinn, wie Hypatia es mit ihrer Schachtel gemacht hatte, dann drückte sie. Ein Zwischenboden klappte auf, und darunter lag … ein kleiner Messingschlüssel.

»Das ist er! Wir haben ihn!«, rief Deliah.

»Aber wissen wir denn auch, was man damit aufschließen kann?«, fragte Leo.

»*Er* weiß es.« Sam nahm Claude die Lampe aus der Hand und stellte sie in der finstersten Ecke des Weinkellers auf dem Boden ab. Im Lichtkreis war ein Paar Füße in beigen Stiefeln auszumachen. Sam mühte sich mit etwas ab, dann hielt er die Lampe hoch.

Ritchie hatte sich in der Ecke zusammengekauert. Er schaute finster aus der Wäsche und hatte eine Krawatte unterm Kinn. So, wie sie geknotet war, musste sie vorher als Knebel gedient haben.

Leo rannte zu ihm und sah nach, ob er unverletzt war.

»Ich hab ihm nicht wehgetan. Jedenfalls nicht mehr als er mir.« Sam berührte geistesabwesend seine Wange, und Deliah bemerkte, dass sich dort ein hässlicher blauer Fleck bildete. »Wir hatten eine kleine Auseinandersetzung.«

»Du hast mir in den Bauch geboxt. Voll mädchenmäßig«, knurrte Ritchie. »Und dann hast du mich gefesselt. Mutig, echt.«

»Aber nur, weil du mich umbringen wolltest«, bemerkte Amity sachlich.

»Wolltest du das wirklich?«, fragte Leo, der offenbar immer noch hoffte, dass sein kleiner Bruder kein Psychopath war.

»Wenn ich uns beide damit hier rausgeholt hätte? Und Bart auch? Klar. Außerdem hätte ich ihr damit einen Gefallen getan. Die werden alle hier drinnen sterben. Besser jetzt als nach dreißig langen Jahren.«

Amity stemmte die Hände in die Hüften. »Du hast mir einen *Gefallen* getan?! Danke, aber auf den hätte ich gut verzichten können.« Sie fuhr herum. »Keine Sorge, Leo. Er würde einen echt armseligen Mörder abgeben. Er wusste nämlich nicht mal, wie man in den Maschinenraum reinkommt. Er wusste, dass er hier unten ist, aber die Tür ist abgesperrt.« Sie verzog das Gesicht. »Er dachte, er kann die Tür eintreten … in diesem Haus hier!«

»Umso besser, dass wir jetzt den Schlüssel haben«, sagte Claude.

KAPITEL 35

Die Maschine

Deliahs Hände zitterten so stark, dass sie drei Versuche benötigte, um den Schlüssel ins Schloss zu stecken. Er drehte sich nur ein bisschen, dann war auch schon das Klicken und Klacken mehrerer Mechanismen zu hören, die sich auf der anderen Seite entriegelten.

»Mann, Mann, Mann, dieser Elias war echt speziell«, murmelte Sam.

Deliah schob die Tür auf. Dahinter befand sich ein dunkles Zimmer, in dem von selbst das Licht anging, als sie eintrat. Im ganzen Raum erwachten Öllampen und Kerzen in eleganten Haltern zum Leben. Deliah und die anderen konnten dabei zusehen, wie sich die Dochte entflammten.

Es grenzte an einen Zaubertrick, auch wenn sie alle wussten, dass es kein Trick war. Es war etwas anderes – etwas Uraltes. Viel älter als das Haus.

Der Raum befand sich in makellosem Zustand – kein Staub, kein Verfall, keine Zerstörung. Alles wirkte brandneu, von dem weichen grünen Samtsessel in der Ecke bis hin zu den gerahmten Maschinenbau- und Architekturpostern. Es sah aus wie ein Jungszimmer, nur für einen stinkreichen, erwachsenen Technik-Nerd.

Das Licht fiel auch auf die Hauptattraktion im Raum: Elias' Maschine. Sie sah genauso aus wie in der gefangenen Erinnerung: ein Kupferzylinder mit Messuhren, Hebeln und einem Brennofen mit Lüftungsschlitzen. Und da waren auch die Beine, bei denen es sich in Wahrheit um Metallröhren handelte, die Kabel in die Wände leiteten. Im Augenblick verhielt sich die Maschine ruhig.

Links davon stand eine Werkbank voller altmodischer Werkzeuge, Schrauben, Klebeband und uralten Maschinenteilen. Das alles schien reine Show zu sein. Als hätte Elias damit beweisen wollen, dass er die Maschine ganz allein gebaut hatte. Dass er brillant war und kein Spinner, wie hinter seinem Rücken getuschelt wurde.

Leo half Ritchie auf einen Holzschemel. »Darf ich ihm jetzt die Fesseln abnehmen?« Sein Gesicht war schmerzverzerrt.

Sam schüttelte den Kopf. »Noch nicht. Ich weiß ja, er ist dein Bruder, aber …« Er zuckte mit den Achseln, als bräuchte man nicht mehr dazu zu sagen, und setzte sich auf den Sessel. Daneben lagen auf einem Tischchen ein abgegriffenes Notizbuch und eine runde Lesebrille. »Na, was meint ihr? Ein Bestseller? Moment, ich geb euch gleich eine Zusammenfassung.« Er blätterte durch das Buch, und seine Augen flitzten über die Seiten. »Oh, wow!«, flüsterte er beim Querlesen.

»Was? Was steht da?«, fragte Deliah.

Sam rutschte auf seinem Stuhl herum, um es sich bequem zu machen, und Deliah hätte schwören können, dass er es genoss, die anderen auf die Folter zu spannen. Sie musste lächeln.

»Es ist ein Arbeitstagebuch. Ideen, Pläne, ein paar Sachen, die wir schon wissen. Leute, die ihn bei irgendeinem Intellektuellentreffen ausgelacht und als Spinner bezeichnet haben. Recht hatten sie, finde ich. Aber einige von ihnen waren seine Freunde, Leute, die er respektierte. In den Zeitungen wurde er richtig niedergemacht, und auf Partys war er das Lästerthema Nummer eins. Also hat er sich mit Hypatia hier eingesperrt und sich auf sein Projekt konzentriert. Das lief so weit gut, auch wenn er jedes Mal Kopfweh und ein komisches Gefühl bekam, wenn er draußen im Wald war, um Feuerholz zu schlagen.« Sam blätterte ein paar Seiten weiter. »Dann entsteht sein Plan, nicht nur ein bewegliches Haus zu bauen, sondern bei einer großen Veranstaltung vor seinen Kritikern damit anzugeben. Hier steht alles drin – die Rätsel, die Hinweise, sogar eine Kostenschätzung für den Champagner. Er schreibt, dass er eine Riesenshow abziehen, alle beeindrucken, ein Vermögen machen und Hypatia das Leben bieten will, das sie verdient.«

»Pffft! Was sie verdient hatte, war ein Vater, der sich wirklich für sie interessiert«, wetterte Deliah.

»Deswegen habe ich gerade *Wow* gesagt. Das hat er nämlich! Sich interessiert, meine ich.« Sam hielt ihnen das offene Tagebuch hin und blätterte von hinten nach vorn. Es enthielt Seiten über Seiten voller Zeichnungen, Notizen und Geschichten, die alle von Hypatia stammen mussten. »Er hat all ihre Sachen aufbewahrt. Hier drinnen, direkt neben seinen. Er hat sie geliebt. Er wusste nur nicht, wie er es zeigen soll.«

»Okay, jetzt tut er mir ein bisschen leid. Sie beide«, sagte Deliah.

»Liegt es nur an mir, oder wird es hier drinnen immer wärmer?« Claude krempelte sich die Ärmel hoch.

»Das kommt aus der Maschine«, sagte Leo.

Die Messuhren regten sich, die Nadeln im Inneren zuckten hin und her. Ein Hebel schnappte ein, und alle zuckten zusammen. Dann setzte das metallische Kreischen wieder ein, anfangs leise und sehnsüchtig, dann immer lauter und verzweifelter. Mechanischer. Als würde die Maschine vor Schmerz oder Hunger schreien. Vielleicht war es beides.

»Aber warum läuft die Maschine? Es ist kein Holz im Ofen«, sagte Deliah.

»Sie LEBT!«, rief Sam mit gruseliger Filmansager-Stimme. »Tut mir leid, kein guter Moment für Witze. Aber das Ding ist das Gehirn dieses Hauses, richtig?«, tönte er über den Lärm hinweg. »Oder, da es ja nicht wirklich lebt, vielleicht eher so was wie der Hauptprozessor?«

Claude nickte zustimmend. »Nur dass es inzwischen mehr ist als eine Maschine, die die Zimmer bewegt. Schaut sie doch nur an – sie will irgendwas. Es wirkt so, als ob sie darauf reagiert, dass wir über Hypatia reden.« Wie zur Antwort zuckte die Maschine mit einem Bein. »Ich glaube, Elias hat die erste KI aller Zeiten erschaffen.« Claude wirkte todernst. Und ein bisschen verängstigt.

»KI? Das soll ein Witz sein, oder?« Deliah ging instinktiv in Deckung, weil die Maschine eine neue Hitzewelle ausspuckte. Eins nach dem anderen begannen die Beine zu zucken, als würden sie die Kabel steuern, mit denen die Zimmer bewegt wurden. »Sie tut es!«, brüllte Deliah. »Sie bewegt das Haus!«

»Was ist KI?«, fragte Leo.

»Künstliche Intelligenz«, rief Claude. »Computer oder Maschinen, die selbst denken können.«

Deliah warf ihm einen skeptischen Blick zu.

»Warum denn nicht?«, fragte Claude. »Die Maschine ist künstlich, und sie ist intelligent – zumindest bis zu einem gewissen Grad. Jedenfalls kontrolliert sie das ganze Haus, so viel ist sicher.«

»Das heißt, wenn wir sie zerstören, hat das alles hier ein Ende?« In Leos Augen glomm etwas auf, das Deliah bisher noch nie an ihm wahrgenommen hatte: Hoffnung.

»Garantiert!«, sagte sie. Auf einmal hatte sich eine Chance aufgetan, Leo zu retten … und Ritchie. »Wir müssen irgendwas finden, womit wir sie zerschlagen können.«

»Oder vielleicht auch einfach den Ein-Aus-Schalter?« Claude betätigte den Kippschalter neben einem Schild, auf das Elias »Stromzufuhr« geschrieben hatte. Aber natürlich funktionierte er nicht. »Tut mir leid, ich wollte es auch mal mit Logik versuchen«, witzelte er. »Aber du hast recht, Deliah. Machen wir Kleinholz aus diesem Mistding.«

Sie bedienten sich bei dem Werkzeug auf der Werkbank – ein Schraubschlüssel, ein Metallhammer und ein Holzhammer – und zählten einen Countdown.

Drei …

Zwei …

Eins …

Gemeinsam schlugen sie auf die Maschine ein. Und dann ging das Licht aus.

KAPITEL 36

Wir können nicht heraus

Sam passte den Ball zu Deliah, die direkt vor dem Tor stand. Der Punkt war ihnen sicher. Aber warum trug sie dieses komplett bescheuerte Kleid und ... Absatzschuhe? Was war nur in sie gefahren, solche Dinger anzuziehen? Sie schleuderte sie sich von den Füßen und sah Hypatia mit einem Paar Fußballschuhen in der Hand auf sich zulaufen.

Jetzt zeig ich's denen aus den Neunzigern, *dachte sie*. Das ist nicht total mädchenmäßig, sondern eine mathematisch präzise Ereigniskette. *Aus irgendeinem Grund hatte sie plötzlich die Schuhe an den Füßen und kickte den Ball spiralförmig in ein Ammoniten-Tor. Aber als der Ball traf, bildete sich ein gigantischer Riss im Gras und verschluckte erst das Netz und* dann Sam, Claude, Leo, Ritchie und Amity. Hypatia stand oben an der Kante und winkte Deliah hinterher, als sie ebenfalls hineinstürzte.

»Ich wollte doch nur Verstecken spielen«, rief sie ihr hinterher. »Aber jetzt müsst ihr ihn finden. Findet Papa! Er versteckt sich in der Maschine ... Deliah? Deliah, kannst du mich hören? Deliah!«

»Deliah?« Jemand schüttelte sie. »Wach auf, Dee!«

Der Traum machte der düsteren Realität Platz. Der ganze Raum bebte, obwohl er sich unter der Erde befand. Überall um sie herum fielen Putzbrocken von der Decke, und aus der Maschine, die immer noch lief, drang eine unerträgliche Hitze. Die Beine bewegten sich inzwischen so schnell auf und ab wie eine Nähmaschinennadel. Sie hatten ihr nicht die kleinste Delle zugefügt.

»Es geht ihr gut«, sagte Sam. »Glaube ich zumindest. Geht es dir gut?«

Deliah stemmte sich zum Sitzen hoch. »Schätze schon. Mein Kopf tut weh ...« Stöhnend stand sie auf. »Und alles andere auch. Was ist mit euch?«

»Alle anwesend und unverletzt«, sagte Leo. »Was ist passiert?«

»Ich habe von Hypatia geträumt. Oder vielleicht war das auch eine Art Vision, keine Ahnung. Sie hat über Elias gesprochen, als wäre er noch am Leben und würde sie suchen. Sie will ihn finden. Und dann hat sie etwas ganz Seltsames gesagt. Dass er in der Maschine ist ... oder ... ein Teil der Maschine?« Deliah rieb sich das Gesicht. »Könnte es sich dabei um das letzte Puzzleteil handeln? Dass die Maschine

Elias ist? Claude, du hast doch von künstlicher Intelligenz gesprochen. Aber was, wenn es in Wahrheit *menschliche* Intelligenz ist?«

»Du meinst, er hat sich irgendwie mit der Maschine verbunden?«, fragte Sam entsetzt. »Halb Mensch, halb Maschine ... Aber wenn das stimmt, wäre es dann vielleicht sogar *richtig*, Hypatia der Maschine auszuliefern? Hatte Ritchie am Ende recht mit seiner Theorie?« Er stupste Leos Bruder mit dem Fuß an, doch der wich zurück und kippelte mit finsterer Miene auf dem Stuhl herum.

Die Maschine zog sich wieder zusammen und strahlte dabei eine erneute sengende Hitzewelle ab. Im Boden unter ihnen bildete sich ein Riss.

Deliah wog Richtig gegen Falsch ab. War es etwas anderes, der Maschine Hypatia zu geben, als Amity? Sicher, Amity war ein lebendiger Mensch, und Hypatia war ... was auch immer, jedenfalls nicht so richtig echt. Aber trotzdem. Wie sollte sie guten Gewissens eine so schwerwiegende Entscheidung treffen? Sie benötigte unbedingt mehr Fakten!

Das Tagebuch!

»Sam, steht in dem Tagebuch noch mehr? Anweisungen vielleicht? Wir müssen herausfinden, ob es grausam oder hilfreich wäre, sie zur Maschine zu bringen.« Sie streckte die Hand aus, und Sam warf ihr das kleine Buch zu.

Wenn dieses Haus Dunkelheit ist, dann ist Hypatia mein Licht. Ich bin es, der verflucht ist – nicht das Land und nicht das Haus. Ich bin ein erwachsener Mensch und muss die Verantwortung für meine Entscheidungen übernehmen. Und ich muss sie wieder geradebiegen.

Deliah blätterte weiter auf die nächste Seite.

Meine liebe Hypatia, ich war so wütend auf dich, weil du den Schlüssel gestohlen hast. Aber jetzt verstehe ich, warum du das getan hast.
Ich muss es wiedergutmachen. Ich habe mit allen Gästen telefoniert, um ihnen mitzuteilen, dass die Party abgesagt wurde. Sie werden sich zweifellos das Maul darüber zerreißen – sollen sie doch! Vom heutigen Tag an ist meine geliebte kleine Tochter das Einzige, was zählt.

»Wow, danach sieht seine Schrift ganz anders aus – schief und krumm und zittrig, als wäre er nicht er selbst.«

Sie ist weg! Ich kann sie nirgends in diesem verdammten Haus, das ich doch selbst errichtet habe, finden!
Es ist wach. Nein, das stimmt nicht ganz. Es lebt! Hypatia hatte recht – meinem Monster wurde Leben eingehaucht! Verflucht sei dieser Ort! Verflucht sei mein Ehrgeiz! Wir kommen hier nicht mehr heraus. Es lässt uns nicht. Wir können nicht heraus!

»Er spricht von der Maschine – sie ist lebendig geworden. Aber wie kann das sein?«, fragte Amity.
»Jetzt gibt es in diesem Haus nur noch eine weitere Person, und die kennt die Antwort auf diese Frage, da bin ich

mir sicher.« Deliah hielt Claude und Sam die Hände hin. »Als ich bei ihr in den Wänden war, konnte sie es hören, wenn ihr sie gerufen habt. Deine Séancen haben funktioniert, Claude. Also, mit den Toten hast du zwar nicht direkt gesprochen, aber …«

Claude schüttelte kaum merklich den Kopf über sie. »Du kannst es echt nicht lassen, oder? Einigen wir uns einfach darauf, dass meine Séance funktioniert hat, okay?«, brummte er, aber er lächelte dabei. »Du wirst dich nie ändern, Deliah. Aber ich mich auch nicht.« Er hielt Amity die Hand hin, und Amity nahm mit der anderen Leos. Zu fünft bildeten sie einen Kreis. Nur Ritchie saß weiter schmollend auf seinem Stuhl.

Claude schloss die Augen und rief Hypatia an.

Fast im selben Moment fing alles im Raum an zu klappern. Die Werkzeuge, die Gläser auf dem Tisch, sogar Ritchies Schemel mit einem stark beunruhigten Ritchie darauf. Er sprang auf und wich verängstigt in die hinterste Ecke des Maschinenraums zurück. Der Schemel fiel mit einem lauten Klappern um und kullerte auf die Maschine zu.

Auch andere Gegenstände gerieten ins Rutschen. Der Stift, Elias' Tagebuch, die kleineren Werkzeuge auf der Werkbank. Schrauben und Muttern flogen durch die Luft zur Maschine und blieben daran haften, als wäre sie magnetisch.

Die Energie wurde stärker, und das Rumpeln der Maschine wurde immer lauter. Amity riss sich von den anderen los, um sich die Ohren zuhalten zu können, also nahmen sich Leo und Claude an den Händen, um den Kreis wieder zu schließen. Amity stand nun in der Mitte, geschützt vor dem hungrigen Monster.

»Die Maschine versucht, mich zu sich zu ziehen!«, schrie sie.

»Ich hab's euch doch gesagt!«, rief Ritchie. »Das Ding will sie. Thomas hatte recht! Los, gebt sie ihr einfach, dann können wir gehen. Du magst sie doch nicht mal, Claude. Du findest sie nervig und hast selbst gesagt, dass du dir wünschst, sie würde verschwinden.«

Sam versuchte, seine Hand von Deliah loszureißen, aber sie packte ihn fester. »Hör nicht auf ihn. Die Maschine … Wenn Elias wirklich da drin ist, dann will sie nicht Amity, sondern Hypatia. Konzentriert euch!«

Über den Lärm hinweg konnte Deliah gerade eben so ein vertrautes Kratzen und Klopfen über ihren Köpfen ausmachen.

Aber natürlich – hier unten gibt es keinen Kriechgang und keine geheimen Wände. Wir sind ja unter der Erde.

»Sie ist in der Decke!«, rief Deliah und legte die Hände auf Sams Schultern. »Hilf mir hoch!«

Sam machte eine Räuberleiter, und sie stemmte ihren Fuß darauf. Dann drückte er sie nach oben, bis sie die bröckelnde Decke berührte. Claude kam dazu, um sie zu stützen, und auch Leo und Amity halfen, sodass sie eine menschliche Pyramide bildeten, während Deliah hastig alten Putz und verrottende Holzstücke herunterriss.

»Hey, pass auf«, rief Sam, als ihm ein großes Stück Putz, das von Tapetenresten zusammengehalten wurde, um die Ohren flog.

»Tut mir leid, aber ... ich kann sie sehen! Hypatia, ich bin's! Ich hab ihn gefunden – ich habe deinen Papa gefunden! Kommst du jetzt raus?« Deliah hatte zwischen zwei Balken inzwischen ein Loch in die Decke gerissen, durch das mühelos eine Person passte.

Als der Boden unter Sam wie schon vorhin bebte und dann absackte, geriet sie ins Wanken und hielt sich an einem der beiden Balken fest. Dann verlor sie den Halt und landete auf den anderen, die durch das Beben auf die Knie gegangen waren.

»Danke für die weiche Landung«, sagte sie, als sie sich wieder aufrappelten. Claude rieb sich den Bauch, dort, wo er Deliahs Knie abbekommen hatte.

Doch kaum standen sie richtig, wurden sie auch schon wieder zu Fall gebracht, diesmal, weil der Raum nach oben schoss. Das Haus ritt auf den Wellen des Erdbebens wie ein Boot bei stürmischer See.

»Wir müssen hier raus!«, schrie Ritchie und kauerte sich in seiner Ecke zusammen. »Sonst werden wir lebendig begraben!«

»Nein, wartet!« Deliah deutete auf das Loch in der Decke.

Etwas kam daraus hervor.

Es war eine blasse, kleine Hand.

KAPITEL 37

Hypatias Abschied

»Aber was passiert jetzt mit ihr?«, rief Amity, die das hundert Jahre alte Mädchen in der Decke fasziniert anstarrte. «Wird sie nicht verblassen?«

»Oder verschwinden, sobald sie ganz da rausgekommen ist?«, fügte Leo hinzu. »Die Wände haben sie die ganze Zeit über beschützt … Woher sollen wir wissen, ob sie es überhaupt zu uns ins Zimmer schafft?«

»Mach dir keine Gedanken, Leo«, sagte Hypatia sanft. »Das ist schon in Ordnung. Ich werde verblassen – so wie all die anderen Kinder hier.«

Sie sah zu ihnen herunter. Ihre Haare schimmerten im Licht. Zwischen den Wänden hatte sie nur Schwarz- und

Weiß- und Sepiatöne gehabt, außer dort, wo ihr das Kerzenlicht etwas Farbe verliehen hatte. Aber jetzt glühte sie förmlich. »Es ist Zeit. Deliah, hilfst du mir herunter?«

Der Raum hörte auf zu beben, und Claude stellte den Schemel unter das Loch, damit Deliah hochklettern und Hypatias Hand nehmen konnte. Sie war kalt und schlaff, also packte sie Hypatia unter den Achseln und hob sie herunter. Sie war leicht wie eine Flickenpuppe. »Und was ist mit deinen Sachen? Deiner Haarbürste und dem Spiegel und …«

Hypatia sah sich mit großen Augen um. »Die brauche ich nicht mehr.«

Sie geriet ins Wanken und drohte zu fallen, aber Sam fing sie auf. »Danke, Sam. Danke, ihr alle. Du liebes Lieschen, ist das merkwürdig hier draußen. Ich bin so lange zwischen den Wänden herumgeirrt, dass ich ganz durcheinander war. Aber inzwischen verstehe ich alles. Ich fand es immer schön, wenn Besuch da war. All die anderen, die gekommen und gegangen sind … doch mein Gedächtnis war verblasst. Deswegen muss ich mich am meisten von allen bei dir bedanken, Deliah. Weil du mir geholfen hast, wieder zu sehen und mich zu erinnern. Auch wenn ich es gar nicht wollte.«

Sam half ihr, sich auf den Schemel zu setzen. Sie war schon ein wenig verblasst. Offenbar blieb ihnen nicht mehr viel Zeit.

»Was ist passiert, Hypatia? Nachdem du weggelaufen bist? Am Tag der Party?« Delia kniete sich vor sie.

»Viel wichtiger ist, was vor dem Weglaufen passiert ist. Ich habe dir nicht alles erzählt, weil ich lieber nicht daran denken wollte. Denn das hier …« Sie deutete auf die Maschine, den Raum, Deliah und die anderen fünf. »Das alles ist meine Schuld.« Sie schauderte, und Amity legte ihr ihren Schal um die Schultern. »Ich war so wütend auf Papa. Also habe ich dafür gesorgt, dass seine Party ein Reinfall wird, indem ich den Schlüssel geklaut habe. Als er das rausfand, wurde er auch wütend. Wir haben gestritten, und ich habe ganz schlimme Dinge zu ihm gesagt.« Sie schluchzte leise auf. »Ich dachte, dass er mich gar nicht lieb hat. Nur seine Arbeit und seine Erfindung …« Sie wandte sich zu der Maschine. »Dieses mechanische Monster!« Eine einsame Träne rollte über ihr geisterhaftes Gesicht. »Ich habe auf sie eingeschlagen, um sie kaputtzumachen. Aber sie ist unzerstörbar! Als ich versucht habe, ihr eins von diesen grauenhaften Beinen auszureißen, habe ich mir sogar die Hand aufgeritzt.« Sie zeigte ihnen die verblassende, von einem blauen Fleck umgebene Wunde. »Und mein Blut ist in sie hineingeflossen. Hier.« Sie deutete anklagend auf die Maschine, die nun wieder zu schlafen schien. »Ich habe sie mit meinem Blut gefüttert, und dann bin ich weggelaufen und habe mich versteckt. Ich dachte, er würde mich finden. Aber das hat er nie.«

Deliah fiel der Reim wieder ein, und sie betrachtete die Stelle an ihrem Finger, wo sie sich gestochen hatte. »Wusstest du, dass ich mich an deiner Minimaschine im Puppenhaus piken würde, als du das Lied gesungen hast?«

Hypatia zuckte mit den Achseln. »Irgendwie wohl schon. In den Wänden kann man mit der Zeit schnell durcheinanderkommen. Jedenfalls hat das meine Erinnerungen an diesen fürchterlichen Tag damals wieder geweckt.«

»Erzähl weiter. Was ist mit Elias passiert?«, fragte Claude.

Deliah warf ihm einen strengen Blick zu, weil er Hypatia so drängte. Aber eigentlich brannte sie selbst darauf, die Antwort zu erfahren.

»Er hat das ganze Haus auf den Kopf gestellt, und ich war froh, dass er sich Sorgen macht. Dann kam er hier herein, und die Maschine lief, obwohl niemand sie eingeschaltet hatte. Ich glaube, da hat er begriffen, was passiert ist, und wollte sie auch zerstören. Aber die Maschine wollte nicht angegriffen werden. Das Böse aus den Wäldern war schon in ihr – wegen des Holzes, das er im Brennofen verwendet hatte. Und sie wollte noch lebendiger werden. Also hat sie ihn verschlungen. Inzwischen kann man die beiden nicht mehr voneinander unterscheiden. Ich glaube, sie gehorcht seinem Willen, indem sie immer wieder das Spiel ablaufen lässt und jeden gefangen nimmt, der sich hierher verirrt. Aber sie sucht auch. Sie hat die ganze Zeit gesucht. Und zwar nach mir.«

Deliah legte ihr sanft die Hand auf die Schulter. »Aber wir sind ja jetzt da und können dich retten. Dich und uns *alle*.« Das letzte Wort war insbesondere an Leo gerichtet. »Wir sind so nah am Ziel. Jetzt müssen wir nur noch herausfinden, was wir tun müssen, damit das alles aufhört.«

Hypatia warf ihr ein müdes Lächeln zu. »Ihr müsst hier heraus, und zwar so schnell wie möglich. Papa hat gespürt, dass es Veränderungen im Haus gibt. Ihr hattet recht – das lag an Amity. Aber der Maschinenteil von ihm versteht nicht, was er da sieht, und deswegen reißt er jetzt das Haus auseinander, um sie zu finden. Und das wird so weitergehen, bis die Maschine bekommt, was sie will.«

Claude drückte Amity an sich. »Aber sie will dich!«

Hypatia seufzte. »Ja, ich weiß.« Sie wandte sich an die anderen. »Das Haus steht kaum noch aufrecht. Jedes Mal, wenn es sich verschiebt, wird die Sinkhöhle größer, und das Haus rutscht ein bisschen tiefer. Ihr müsst es aufs Dach schaffen ... zum Dachboden.«

»Wie ...«, setzte Deliah an.

»Benutzt den Fahrstuhl!«, unterbrach Hypatia sie. »Ihr müsst bis ganz nach oben fahren. Haltet nicht an. Ich weiß nicht, was passiert, nachdem ich ...« Sie atmete stockend ein. »Ich verblasse. Ich muss jetzt gehen. Ich bin euch allen so dankbar.«

Deliah kam es vor, als würde sich um ihr Herz ein Netz aus feinen Haarrissen bilden. »Aber ich muss dich doch retten!«

Hypatia nahm ihre Hand. »Das hast du längst, liebe Deliah. Du hast es geschafft.«

Deliah nahm den Rucksack ab, um ein Taschentuch zu suchen, aber stattdessen ertastete sie den Ammoniten. »Hier – den sollst du haben. Ich weiß, dass du Fossilien auch toll findest.«

Hypatia strich über die glatte Oberfläche, dann schloss sie Deliahs Finger wieder um den Stein. »Der ist sehr schön. Aber er ist etwas Besonderes.« Sie schaute zu Claude. »Er ist Teil von etwas Größerem ... Und dort, wo ich hingehe, habe ich alles, was ich brauche.« Sie näherte sich der Maschine. »Papa? Ich bin da.«

Die Elias-Maschine erwachte dröhnend zum Leben und brachte den Boden und Deliahs ganzen Körper zum Beben.

Hypatia legte eine Hand auf die schimmernde Kupferoberfläche. Mit der anderen winkte sie. »Viel Glück! Ihr müsst jetzt gehen. Und vergesst nicht, dass ihr die Folge r...« Und dann war sie weg. Ohne Vorwarnung, ohne das leiseste Geräusch, ohne auch nur nach Luft zu schnappen. Im einen Moment war sie noch da gewesen, im nächsten …

Warme, duftende Luft strömte in den Raum, und Deliah überkam von Kopf bis Fuß ein Gefühl überwältigender Freude. Sie lachte auf. Den anderen ging es genauso. Sie lachten, lächelten, wurden von ihren Gefühlen überwältigt.

»Sie sind wieder zusammen«, sprudelte Claude los. »Spürt ihr das auch? Es ist überall! Auch in mir drin. Sie sind so glücklich!«

Deliah schnüffelte an ihrem T-Shirt. Der abgestandene Schweißgeruch war weg. »Ich kann sie riechen – es ist, als wäre sie in meiner Kleidung! Sie duftet sauber. Nach Seife und Blumen.« Ihr stockte der Atem. »Wir haben es geschafft.«

Doch der schwierigste Teil lag noch vor ihnen.

KAPITEL 38

Es tut mir leid

Deliah brauchte keinen siebten Sinn wie Claude, um zu merken, dass sich die Maschine wehrte.

Irgendwo dort drinnen waren Elias und Hypatia in einen Kampf gegen das Monster verstrickt, das sie erschaffen hatten. Es wusste jetzt, wie es sich anfühlte, lebendig zu sein, und wollte dieses Gefühl nicht kampflos wieder aufgeben.

Der Klang von schepperndem Metall riss sie aus ihren Träumereien. Ein Bein der Maschine zerbrach, und Deliah erkannte voller Entsetzen, dass die dicken Metallkabel im Inneren nach ihr griffen. Sie wanden sich, schnappten wild um sich. Ein Hydraulik-Rohr platzte und ließ einen Sprühregen aus modrigem Wasser auf Wände und Decke niedergehen. Die Lichter flackerten grell, und die Maschine kreischte wieder los.

Hastig hielten sich die sechs die Ohren zu.

»LAUFT!«, brüllte Sam. Er packte Ritchie und zog ihn zur Tür und weiter durch den Weinkeller, wo sie den Flaschen ausweichen mussten, die wie Granaten aus den Regalen schossen.

»Wartet, Leute!« Sam zerrte den Brieföffner aus seiner Tasche und schnitt damit die Fesseln an Ritchies Handgelenken auf.

»Was machst du denn da?«, schrie Claude.

»Sam hat recht«, warf Deliah ein. »Gefesselt überlebt er keine fünf Minuten, und solange Sam ihm helfen muss, hält er ihn nur auf. Und einfach zurücklassen können wir Ritchie nicht, ganz egal, was er getan hat. Er ist doch noch ein Kind.«

Claude schnaubte, fügte sich aber. Für Streitigkeiten blieb ihnen auch gar keine Zeit.

Sie rannten zurück nach oben in die Geheimkammer, wo Bart herumsprang wie verrückt. Ritchie nahm ihn am Halsband, und sie tasteten sich im heftig flackernden Licht an den Wänden entlang durchs Erdgeschoss.

Claude stolperte und suchte am nächstbesten Gegenstand Halt, bei dem es sich um einen ausgestopften Raubvogel handelte. Der einst respekteinflößende Falke schlitterte über den Boden wie ein Fisch auf dem Trockenen, und Deliah musste darüber hinwegspringen. Maden quollen unter seinen Flügeln hervor, und Deliah verkniff sich ein erschrockenes Kreischen.

In ihrer Hast blieb sie mit dem Fuß an der Kante des Läufers im Flur hängen und landete mit dem Gesicht voraus auf dem feuchten Teppich. Der Geruch brachte sie zum Würgen. Die Wände bogen sich durch, und zwei antike Säbel fielen aus ihren Halterungen. Die Spitzen blieben nur Millimeter von Deliahs Gesicht entfernt im Boden stecken.

Das war knapp.

Sie wischte sich die feuchten Hände an ihren Shorts ab. Auf dem Jeansstoff blieben schwarze Schimmelspuren zurück. Hier vom Boden aus konnte sie sehen, dass inzwischen überall um sie herum braune Pilzkolonien aus dem Boden schossen.

Mühsam rappelte sie sich auf und rannte stolpernd weiter. Sie wollte einfach nur noch weg … und wäre fast in die Sinkhöhle gestürzt.

Ritchie packte sie im letzten Moment bei ihrem Kapuzenpulli und zerrte sie zurück. »Pass auf, wo du hinläufst«, brummte er mürrisch.

Die anderen starrten in das Loch, das durch einen Funkenregen beleuchtet wurde. Das Loch war gewachsen. Inzwischen war es so groß, dass praktisch das gesamte Kellergeschoss fehlte. Das wenige, was davon übrig war, hatte eine Erdlawine unter sich begraben.

Zum ersten Mal konnten sie die Schienen erkennen, die in den Blaupausen eingezeichnet waren. Darauf saßen riesige Räder wie von einem alten Zug. Wo sich das Metall verbogen und verdreht hatte, waren die Räder von den Schienen abgekommen. Abgebrochene Stahlteile ragten in die Höhe. Die Schienen waren unbrauchbar, doch das interessierte die Maschine offenbar nicht, denn sie versuchte erneut, gegen den Widerstand des Hauses und der Räder die Räume zu bewegen.

Deliah schrie auf, als eine Schiene brach wie ein Zahnstocher. Aus dem Boden unter ihnen drang ein lautes Knacken.

»Hier bricht gleich alles ein!«

»Dann kommt!«, rief Ritchie. Er deutete auf die Wand rechts von ihnen, aus der ein breites Stück Boden über den Abgrund ragte. Es war riskant, aber es war auch ihre einzige Chance.

Ritchie rannte darüber, gefolgt von Deliah, dann Leo, der Bart auf dem Arm hatte, und Sam. Claude war schon halb drüben, als er bemerkte, dass Amity nicht mitgekommen war.

»Komm schon, Ami, das schaffst du. Nimm meine Hand.«

Aber Amity schüttelte den Kopf. Der Boden bebte, und sie wich zurück. Ein großes Stück von dem Vorsprung brach ab.

Claude atmete tief durch. »Ehrlich, Amity, du schaffst das. Die Lücke ist nicht groß. Wenn du dich an den Rand stellst, brauchst du nur den Arm nach mir auszustrecken, und ich ziehe dich rüber.« Claude hielt ihr die Hand hin, aber Amity war starr vor Angst.

Ritchie stieß Claude beiseite und sprang über den Abgrund. Dann flüsterte er Amity etwas zu, sie zuckte mit den Achseln und schob sich widerwillig Zentimeter für Zentimeter auf den Vorsprung zu.

Sie bewegte sich fast schon unerträglich langsam. Hinter ihnen krachte ein Balken von der Decke, und Amity zuckte zusammen und erstarrte wieder.

Ritchie blickte hinab in den Abgrund. Er wirkte verwirrt und orientierungslos. »Aber … Aber das ist doch alles verkehrt! Der blöde Thomas mit seinen Hexengeschichten! So sollte das nicht laufen.« Er ließ den Kopf hängen. Als er wieder zu den anderen aufblickte, standen ihm Tränen in den Augen. »Seid ihr inzwischen draufgekommen? Ich war's. Ami, als du ins Haus gekommen bist, hast du keinen Geist gehört. Sondern mich, wie ich die Tür zum Rüstungszimmer aufgeschlossen habe, um dich reinzulassen. Damit ich dich der Maschine geben kann. Thomas sagte, wenn ein Mädchen ins Haus kommt, funktioniert das Spiel wieder. Also habe ich die Tür zugemacht. Es war nicht Elias, der euch hier drinnen gefangen hat … sondern ich.« Er legte fest den Arm um Amitys Taille. »Es tut mir leid!«, rief er und sah Deliah an, auch wenn seine Worte vor allem an Leo gerichtet waren. »Das war alles ich – ich wollte euch Angst machen, damit es leichter wird, mir Amity zu schnappen. Was aus euch wird, war mir egal. Also kann es jetzt euch egal sein, was mit *mir* wird.« Er hob Amity hoch.

Claude schrie auf.

Amity schluchzte.

Unter ihnen hatte die Maschine einen Weg gefunden, die Schienen wieder zu nutzen. Ritchie stieß Amity aus der Gefahrenzone in Claudes Arme – und das Haus brach endgültig entzwei.

Ritchie stürzte in die Tiefe.

KAPITEL 39

Eine letzte Prüfung

»NEEEEIN!« Leo warf sich am Rand des Abgrunds auf den Bauch, aber Sam und Claude zerrten ihn wieder hoch und zogen ihn mit. Hinter ihnen brachen immer dickere Brocken aus der Decke.

»Wir müssen gehen. Es tut mir unendlich leid, Mann. Aber jetzt können wir nur noch dafür sorgen, dass sein Opfer nicht umsonst war. Es nutzt doch niemandem etwas, wenn wir alle sterben«, sagte Sam in seiner üblichen sachlichen Art und klopfte Leo zum Trost auf den Rücken.

»Er war kein schlechter Mensch. Ich hätte für ihn da sein müssen!« Leo drückte Bart, der leise winselte, fest an sich.

Deliah strich ihm tröstend über den Arm. »Es lag an diesem Ort – an dem verfluchten Boden und all den schlimmen Dingen, die hier passiert sind. Es war nicht deine Schuld. Und seine auch nicht.« Die Vorstellung, wie viel kostbare Zeit Ritchie und Leo verloren hatten, brach ihr fast das Herz.

»Es sieht so aus, als wäre das Rückgrat des Hauses gebrochen. Aber das Äußere ist noch heil.« Deliah stöhnte auf vor Frust. »Warum lässt du uns nicht einfach GEHEN?«

Bart bellte laut, und hinter ihnen ertönte ein grelles Quietschen, das an einen Schlachtruf erinnerte, gefolgt von einem Windstoß, der sie fast von den Füßen fegte.

Die Garderobe und der Fahrstuhl wirkten unberührt.

»Endlich haben wir mal Glück«, sagte Claude.

»Statistisch gesehen war das längst fällig«, brummte Deliah. Vorsichtig schlichen sie durch die Eingangshalle, die durch die Schienen in zwei Hälften geschlitzt worden war. Die Deckenlampe lag zerborsten auf dem Boden, und die Hypatia-Büste lag ebenfalls entzweigebrochen auf dem Sockel.

Bart pinkelte in eine Topfpflanze, womit er ziemlich genau zum Ausdruck brachte, was Deliah über Elias Batstones »außergewöhnlichen Ball« dachte. Sam hielt kurz inne, um Dr. Calhoun Elias Montgomery dem Dritten den Stinkefinger zu zeigen. Dann quetschten sie sich gemeinsam in die Fahrstuhlkabine, und Deliah zog die Tür zu.

Im Inneren herrschte absolute Dunkelheit. Das orangefarbene Licht hatte das Beben nicht überlebt.

»Drück auf den Knopf, Dee!«, piepste Amity. »Claude … Ich kann dich nicht sehen.«

»Ich bin hier. Wir brauchen Licht.«

Hinter Deliah ertönte ein scharfes Ratschen, dann leuchtete Sams Gesicht auf. In der Hand hielt er das Streichholzbriefchen. »Es sind nur noch vier Stück übrig«, sagte er und wedelte das Streichholz aus, ehe er sich die Finger verbrannte.

Bart winselte.

Kritsch. Sam entzündete das nächste Streichholz, und Deliah gab die Zahlen ein.

Nichts geschah, außer dass Amity aufschrie, als sie wieder in Finsternis gehüllt wurden.

Noch drei.

»Wir brauchen länger Licht. Haben wir irgendwas, das wir anzünden können?«, fragte Amity. »Ich fühl mal in meinem Rucksack herum.«

»Kein Feuer in geschlossenen Räumen – schon mal was von Brandschutz gehört, Ami?«, fragte Claude.

»Denkt nach«, sagte Sam. »Warum funktioniert es nicht? Ist das immer noch Teil des Spiels?«

»Das kann nicht sein. Das Spiel haben wir längst hinter uns«, überlegte Leo.

Sam zündete das nächste Streichholz an.

»Hey, was soll das? Du darfst sie nicht verschwenden!«, rief Deliah, aber Sam drückte schon die Knöpfe:

1, 9, 3, 0.

Doch es passierte immer noch nichts, und Sam schrie unterdrückt auf, als die Flamme seine Finger erreichte.

»Mist! Nach dem ganzen Zeug mit 1930 und halb acht und so dachte ich, das könnte die Lösung sein. Tut mir leid. Deliah, das hier ist dein Fachgebiet. Die Mathe-Sachen musst du übernehmen.« Zu Deliahs Entsetzen zündete er das vorletzte Streichholz an.

»Nein, warte! Ich weiß doch gar nicht, wonach ich suchen soll. Und jetzt haben wir nur noch ein Streichholz. Benutz es erst, wenn ich was sage.«

Sie musterte noch einmal die Zahlen, aber es handelte sich nach wie vor um den Goldenen Schnitt, und den hatte sie schon probiert. Fibonacci hatte sie hierher nach unten gebracht. Aber wie sollte sie zurück nach oben gelangen?

Aber klar! Rückwärts!

Die Reihe musste umgekehrt eingegeben werden. Das war es, was Hypatia gerufen hatte!

»Natürlich! Ich bin manchmal so eine Doofnuss! Okay, mach das letzte Streichholz an, Sam. Hier kommt der Code …«

Es wurde wieder hell. Sam faltete das leere Heftchen um das Streichholz, damit er es länger halten konnte. Dabei kam ein Bild auf der Rückseite zum Vorschein: ein perfekt in sich gewundener Ammonit.

Deliahs Finger tanzten förmlich über die Knöpfe, als sie rückwärts die Zahlenfolge von vierunddreißig zu null eingab. Die Beleuchtung erwachte flackernd zum Leben, und der Fahrstuhl setzte sich aufwärts in Bewegung.

Deliah zog ihren Ammoniten aus der Tasche und küsste ihn.

»Wieso schleppst du den denn mit dir rum?«, fragte Claude.

»Ich … Ich wollte ihn dir zurückgeben. Die beiden Hälften wieder zu einem Ganzen zusammensetzen. Als ob ich kein Teil mehr von dir sein wollte. Aber Hypatia hatte recht – das hier ist mein wertvollster Besitz. Er wird mich immer an dich erinnern, und wenn ich ihn ansehe, ist das, als wären wir zusammen, auch wenn du weit weg wohnst.«

»Dann sind wir also wieder beste Freunde?«

Sam verdrehte die Augen. »Wenn ihr fertig damit seid, so ekelhaft nett zueinander zu sein, können wir dieses Höllenhaus dann vielleicht endlich verlassen?«

»Nach dir«, sagte Deliah.

KAPITEL 40

Der Dachboden

Der Fahrstuhl hatte sie bis nach ganz oben in das kleine Türmchen gefahren, in dem sich der Dachboden befand. Hier oben war es hell und luftig, wie in einer Gartenlaube auf dem Dach – nur dass der Turm nie fertiggestellt worden war. Zum ersten Mal seit einer gefühlten Ewigkeit befand sich keine Wand zwischen ihnen und dem Wald. Die seltsamen, knorrigen Bäume säumten die Lichtung um sie herum, und dahinter strahlte der wolkenlose Himmel im sommerlichen Abendlicht rosa und orange. Das hier war die wahre Welt.

Doch keiner von ihnen regte sich. Irgendwie konnten – oder wollten – sie nicht glauben, dass sie es wirklich geschafft hatten. Noch nie hatte Deliah eine solche Angst gehabt wie in diesem Moment. Denn was, wenn es wieder nur eine Illusion war? Ein weiterer Trick? Was, wenn das hier nicht das Ende war? So wie damals der Innenhof? Die Vorstellung war unerträglich.

Aber dann entdeckte Deliah einen alten Spiegel, der kaputt und verlassen in einer Ecke stand. Darin begann sich ein Bild zu formen: Hypatia und Elias umarmten sich fest, dann lösten sie sich voneinander, und Elias setzte sich, um mit seiner Tochter Himmel und Hölle zu spielen.

Claude kletterte nach draußen aufs Dach. »Elias ist das Geld ausgegangen!«, rief er lachend. »Er hat das Haus nicht fertig gebaut.«

»Unser Glück, dass der alte Batty Geldsorgen hatte!« Sam schlug Claude auf den Rücken.

Deliah dagegen war kurz davor, in Panik auszubrechen.

Denn von ihrem Standort aus konnten sie deutlich erkennen, wie tief das Haus in der Grube verschwunden war. Das Dach befand sich kaum einen Meter über dem Erdboden. Der Rest des zerstörten Gebäudes war fast vollständig von der Sinkhöhle verschlungen worden.

Amity beendete das betretene Schweigen, indem sie sagte: »Schaut mal, die machen es richtig.« Sie deutete auf einige braune Falter, die aus dem Haus flogen.

Wenn wir doch auch einfach davonfliegen könnten.

Deliah sah nach unten. Zwischen dem Rand des Daches und der rettenden Wiese erstreckte sich ein breiter Riss, eine zerklüftete Landschaft aus Stein, Metallschienen und rasiermesserscharfen Holzsplittern.

»Hier!«, rief Sam, der sich vorsichtig über die wackligen Dachziegel vorangewagt hatte. »Hier drüben ist der Abgrund nicht so breit.«

Claude und Amity kletterten eilig zu ihm und sprangen ab – über den versengten, brüchigen Graben. Als sie sicher gelandet waren, sogen sie jubelnd die frische Luft in ihre Lungen, berührten den Boden und sprangen Arm in Arm herum.

Sam reichte Deliah die Hand. »Komm.«

»Warte kurz …« Sie zögerte. Etwas stimmte nicht. »Leo?«

Leo und Bart waren im Schatten geblieben, als hätten sie Angst, ins Dämmerlicht der wahren Welt hinauszutreten.

Deliah ging zu ihnen zurück, und Bart drückte seine feuchte Schnauze gegen ihre Hand. »Na los, kommt. Wir haben es geschafft – alle zusammen, ihr auch.«

»Und dafür sind wir sehr dankbar, stimmt's, Bart?«

Bart gab einen zustimmenden Laut, ließ aber den Schwanz hängen und schaute traurig.

»Der Moment ist gekommen, in dem wir euch Lebewohl sagen müssen.« Leos Lächeln war herzzerreißend traurig. »Wir können nicht gehen. Das konnten wir noch nie. Bei eurer Ankunft hier in der Villa stand Ritchie direkt neben der Haustür. Sie war offen, und er hat entschieden, sie zuzumachen. Weil er das Haus nicht verlassen konnte. So wie ich es jetzt nicht verlassen kann.«

»Unsinn«, sagte Deliah. »Das sind doch alles faule Ausreden. Klar kommst du mit uns! Ich weiß, da draußen wird es erst mal komisch für dich. Aber wir helfen dir. Du kannst einfach googeln, was in den letzten dreißig Jahren passiert ist. Sonderlich aufregend war das alles ehrlich gesagt sowieso nicht.« Auffordernd streckte sie ihm die Hand hin.

Leo ergriff sie, aber als Deliah ihn aus dem Schatten des Dachs zog, bemerkte sie, wie blass er war. Nein, nicht einfach nur blass … durchscheinend.

»Es ist so weit. Wir gehen.« Er zog Bart näher an sich. »Ich bin so dämlich – es gab noch so viele Fragen, die ich euch über die Zukunft stellen wollte. Aber jetzt bleibt uns dazu keine Zeit mehr.«

Deliah versuchte, ihn hochzuziehen, aber er machte sich absichtlich schwer.

»Gibt es im Jahr 2020 noch Musik? Oder wurden alle Ideen schon aufgebraucht? Wenn du alte Kassetten oder CDs oder was auch immer besorgen kannst, tu mir den Gefallen und hör dir die Pixies an. Für mich. Die sind meine Lieblingsband.«

»Warte kurz«, sagte Deliah. »Rühr dich nicht vom Fleck!« Sie wandte sich wieder zu Sam um. »Hilf mir mal bitte. Leo ist stur wie ein Maule…« Sie wandte sich wieder um – zu ihrer leeren Hand. Und der Leere genau dort, wo Leo und Bart gerade noch gewesen waren.

Sie kämpfte mit den Tränen und gab sich schließlich geschlagen. Sam zog sie an den Schultern weg, und sie versuchte nicht einmal, sich die Tränen wegzuwischen.

»Wir hätten schneller sein müssen«, schluchzte sie.

»Vor allem müssen wir *jetzt* schneller sein! Das Haus stürzt jede Sekunde ein, Deliah!« Sam zerrte sie zur Kante, und sie atmete tief ein. Die Luft roch genauso wie der Wald, der eigentlich nicht sonderlich angenehm duftete. Aber heute kam ihr der Geruch unendlich süß vor.

Claude und Amity riefen ihnen hektisch zu: »Kommt schon, los!«

Sam boxte ihr freundschaftlich in den Arm. »Bereit? Drei, zwei, eins …« Sie sprangen ab.

Aber Deliah war einen Sekundenbruchteil später dran als er, und in genau diesem Moment bebte das Haus einmal heftig und kippte dann zur Seite weg, sodass eine riesige Lücke zwischen dem Dach und dem Grubenrand entstand. Deliah schlidderte über die Dachziegel und rutschte ab. Im letzten Moment gelang es ihr, sich an einer Baumwurzel festzuhalten, die schwarz und verdreht aus der Erde ragte wie ein uraltes Skelett.

Das Haus bebte erneut und sackte bestimmt einen Meter weiter in die Grube ab. Dachziegel lösten sich und fielen in die Tiefe der Sinkhöhle. Deliah drückte sich gegen die Wand aus festem Erdreich. Sam, Claude und Amity waren jetzt über ihr und spähten über den Rand in den riesigen Krater hinein.

Deliah streckte die Hand nach Claudes aus, aber sie war zu weit weg. Mit Hilfe der Wurzel stemmte sie sich nach oben. Ein Tausendfüßler krabbelte über ihre Haut, und sie zuckte vor Ekel zusammen, ohne ihren Griff zu lockern. Mit den Füßen tastete sie nach Halt und fand ein Stück der Maschine, das weit genug aus dem schweren Lehmboden herausragte, um darauf zu treten. Nun kam sie weit genug nach oben, um Claudes Hand zu greifen. Er zog sie nach oben, und sie fiel ihm in die Arme. Dort blieb sie, während ein ohrenbetäubendes Tosen aus splitterndem Holz, herabstürzender Erde und ächzenden Baumwurzeln die Luft erfüllte.

KAPITEL 41

Wo sind denn alle?

Aus dem Krater drang ein letztes grollendes Rumpeln. Das Haus war endgültig in sich zusammengebrochen und tiefer in die Sinkhöhle abgerutscht. Wie es so in den Abgrund stürzte, wirkte es so zerbrechlich wie ein Kartenhaus.

Dann begann die Erde unter ihnen, erneut zu beben, und sie robbten hastig nach hinten weg und sprangen auf. Das Erdreich rutschte weg wie eine Lawine und füllte das Loch auf, das durch das einsinkende Haus entstanden war. Deliah, Claude, Sam und Amity rannten bis zum Rand der Lichtung, wo sie sich zwischen den Bäumen in Sicherheit brachten. Lehmige Erde, gespickt mit Schienen und Kabeln und Türen, ergoss sich in die Tiefe. Ein zarter kleiner Handspiegel, gedacht für ein Kind, ein kupferner Kochtopf, die Rüstung – und die Kristalltropfen vom Kronleuchter im Ballsaal, nun zerborsten, schmutzig und angelaufen, zogen in dem Mahlstrom aus Erdreich an ihnen vorbei.

Dann war es vorbei. Der Boden bewegte sich nicht mehr, und über die Lichtung hatte sich Stille gesenkt. Vom Haus war nichts mehr zu sehen, ebenso wenig wie von den Gegenständen und Menschen darin. Das Einzige, was sich bewegte, war eine einsame Motte, die aufs sichere Dunkel zwischen den Bäumen zuflatterte.

»Das ist gerade wirklich passiert, oder?«, fragte Amity.

»Ja, ist es«, flüsterte Claude.

Deliah fiel schluchzend auf die Knie. »Ich hätte sie retten müssen.«

Amity strich Deliah übers Haar. »Sie waren doch schon längst weg. Und das weißt du auch. Jetzt haben sie ihren Frieden. Bei Nanny.« Sie langte in ihren Rucksack und holte ihre letzte, leicht flusige Colaflasche heraus. Dann vergrub sie sie in der Erde.

»Für Leo«, sagte sie. Anschließend reichte sie Deliah die Hand. »Zeit, nach Hause zu gehen.«

Sie stiegen über den rostigen Zaun, und Amity blieb kurz stehen, um das Warnschild mit dem Ärmel zu reinigen. Dann gingen sie schweigend weiter zwischen den Bäumen hindurch, fort von der Dunkelheit in ihrem Rücken. In Deliahs Kopf wirbelte ein Strudel aus halbfertigen Gedanken, und wenn sie sich die anderen so ansah, schien es ihnen nicht anders zu gehen. Dann fingen schlagartig alle gleichzeitig an zu reden.

»Du hast es geschafft!«

»Nein, WIR haben es geschafft – zusammen!«

»Wir sind ein gutes Team.«

»Mr. Geistergrusel, Ms. Supernerd und Mr. Trickster!«

»Und was ist mit mir?«, fragte Amity.

»Du bist Ms. Nervensäge«, sagte Sam und versuchte, ihre verrutschten Haarknödel wieder gerade zu rücken.

»Was sollen wir den Leuten sagen?«, grübelte Amity.

»Wie lange waren wir überhaupt weg?« Claude begutachtete den Schnitt in seinem Bein, den er sich an dem verrosteten Zaun geholt hatte. Die Wunde war komplett verheilt. Alle vier blieben wie angewurzelt stehen.

»Es fühlt sich an, als wären wir eine Ewigkeit weg gewesen«, sagte Deliah. »Was, wenn deswegen niemand hier ist? Wo ist der Suchtrupp? Haben sie uns vielleicht längst aufgegeben?«

»Sam, schau mal, ob dein Handy wieder geht«, sagte Claude.

Sam schüttelte den Kopf. »Ich hab es im Haus verloren.« Er zog eine Grimasse. »Mum wird durchdrehen.«

»Nein, wird sie nicht. Sie wird einfach nur froh sein, dich wiederzuhaben«, versicherte ihm Deliah, auch wenn die Vorstellung, wieder in die echte Welt zurückzukehren, sie ebenfalls nervös machte.

»Du kannst meins haben«, sagte Claude. »Spar dir den Protest, das ist kein Almosen, sondern mein Abschiedsgeschenk. Wie sollen wir in Kontakt bleiben, wenn du kein Handy hast?«

»Aber was wird *deine* Mum dazu sagen?«

»Nichts. Wie Dee gerade gesagt hat: Sie wird einfach nur froh sein, mich zu sehen. Und wenn ich ihr sage, dass ich es verloren habe, wird sie mir ein neues kaufen, weil sie weiß, dass ich auf meiner neuen Schnöselschule ohne Handy keinen Tag überlebe.«

»O Gott, die Schule! Wie soll man nach so was hier wieder in die Schule gehen? Und überhaupt: Wie sollen wir normal weitermachen?«, rief Deliah.

Nach kurzem Schweigen bemerkte Sam: »Wann bist du bitte jemals normal gewesen?«

Sie ließen die grauen Bäume hinter sich und betraten den lichtdurchfluteten, hellgrünen Sommerwald. Aber Deliah fand selbst das wenig tröstlich. Denn nichts wies darauf hin, dass jemand nach ihnen suchte. Kein gelbes Absperrband flatterte in der Brise, keine Spürhunde bellten …

Ach, Bart.

Nichts. Dämmerung senkte sich über den Wald, und ein feiner Nieselregen setzte ein.

»Sie haben die Suche nach uns abgebrochen?«, fragte Deliah. Sie wollte tapfer bleiben, die Sache logisch angehen. Trotzdem überkam sie ein Anflug von Panik. Wie lange mussten sie weg gewesen sein, dass ihre Eltern sie schon aufgegeben hatten?

Sam atmete tief durch. »Wir müssen uns mit dem Gedanken anfreunden, dass wir vielleicht länger fort waren, als wir dachten. Die Zeit hat dadrinnen gemacht, was sie wollte.« Seine Stimme zitterte.

Claude blieb mitten in der Bewegung stehen. »Wir könnten in der Zukunft gelandet sein. Aber auch in der Vergangenheit. Oder wir befinden uns immer noch in irgendeiner schrägen Zeitschleife. Ich für meinen Teil fühle mich ziemlich seltsam. Ob wir vielleicht angefangen haben, zu verblassen?«

Deliah runzelte die Stirn. »Ach, hör schon auf.«

»Okay, egal, wo in der Zeit wir gelandet sind – was sagen wir, wenn wir jemandem begegnen?« Claude drückte Amitys Hand. »Die Wahrheit können wir ja schlecht sagen, oder?«

Die anderen nickten zustimmend.

»Dann lügen wir eben. Wir tun so, als hätten wir keine Ahnung, was los ist. Wir haben uns verlaufen und sind verwirrt und können uns nicht erinnern, wo wir waren. Gedächtnisverlust oder was auch immer.« Sam zuckte mit den Achseln. »Sollte nicht allzu schwer werden ... Wo wir doch wirklich nicht richtig verstehen, wo wir eigentlich waren.« Er hielt den anderen die Faust hin. »Es bleibt unser Geheimnis, und wir versprechen, nie jemandem was davon zu erzählen. Sonst halten uns am Ende alle für verrückt.«

Nach einem Gemeinschafts-Fistbump machten sie sich wieder auf den Weg.

Schließlich erreichten sie die niedrige Mauer am Ende von Claudes und Amitys Garten. Die Lichter im Haus waren eingeschaltet, ansonsten wirkte alles ruhig.

Vielleicht wohnt inzwischen jemand anders hier. Vielleicht sind unsere Eltern alt oder ...

Deliah verdrängte den Gedanken.

Claude klopfte sich notdürftig den Dreck von der Kleidung, und Amity schaffte es, auch ohne Sams Hilfe ihre Haarknödel bemerkenswert symmetrisch zu richten. Sam konnte den Bluterguss in seinem Gesicht, der sich nach und nach lila verfärbte, nicht verstecken und zuckte bloß mit den Achseln. Es war nicht sein erstes blaues Auge, das behauptete er zumindest.

Claude und Amity nahmen sich an den Händen und gingen als Erste die Verandatreppe hoch.

KAPITEL 42

Das Ende?

Schallendes Gelächter drang aus dem Haus.
»Das war Mum!«, rief Amity und hüpfte aufgeregt auf der Stelle, während Claude ihnen die Tür aufschloss. »Die klingen aber nicht sehr besorgt.«

»Aber zumindest sind sie noch nicht umgezogen! Mum? Dad?«, rief Claude. »Wir sind's!«

Claudes Dad kam mit einem Glas Champagner in der Hand in den Flur. »Gut, da seid ihr ja wieder. Wir wollten gerade wetten, ob ihr freiwillig nach Hause kommt, ehe es dunkel wird, oder ob wir einen Suchtrupp losschicken müssen.« Er drehte sich zur Küche um. »Sara? Sie sind wieder da, Scha…«

Amity schlang die Arme um ihn und drückte ihn so fest, dass er seinen Champagner verschüttete.

»Huch! Ich freu mich ja auch, dich zu sehen, Spätzchen.« Er musterte sie genauer. »Wie siehst du denn aus? Bist du wieder in den Bäumen rumgeklettert? Wir wollten gerade Kuchen essen, also los, macht euch schnell sauber, ehe wir euch alles wegfuttern.«

Sie starrten ihn mit großen Augen an. Der Geruch des jamaikanischen Früchtekuchens, den Sara in der Hand hatte, ließ ihnen das Wasser im Mund zusammenlaufen wie noch nie.

Sie haben gar nicht bemerkt, dass wir weg waren?

»Ihr seht aus wie Vogelküken mit euren offenstehenden Mündern. Man könnte meinen, ihr hättet seit Tagen nichts zu essen bekommen.« Sie scheuchte sie den Flur entlang. »Das Packen lief übrigens nicht ganz nach Plan. Es war einfach zu schön, von den alten Zeiten zu schwärmen. Also, was meint ihr? Wollen wir eine Übernachtungsparty machen?«

Sie nickten stumm, weil keiner von ihnen ein Wort herausbrachte, und Deliah wurde bewusst, dass sie den Laurents nicht Lebewohl, sondern Auf Wiedersehen sagten. Denn auch ihre Eltern waren beste Freunde. Der Kontakt würde nicht abbrechen.

Wieso fällt mir erst jetzt auf, dass es nicht nur um mich geht?

Deliah umarmte ihre Mum ein bisschen länger als üblich. »Können wir bleiben, Mum?«, fragte Deliah.

»Natürlich. Ihr könnt es euch alle zusammen im Fernsehzimmer gemütlich machen. Sara hat die Schlafsäcke schon rausgeholt.«

»Und bekomme ich mein Handy zurück?«, fragte Deliah weiter. »Ich würde gern Sams Nummer abspeichern.« Sie sah Sam an, der mit einem Lächeln antwortete.

Deliahs Mum verdrehte die Augen. »Ihr Kinder kommt wirklich keine fünf Minuten ohne die Dinger aus. Wir sind früher losgezogen und haben echte Abenteuer erlebt.«

Claude, der sich schon ein Stück Kuchen stibitzt hatte, hätte sich fast an einer Rosine verschluckt. »Eigentlich haben wir gerade ganz schön viel erlebt, Dad. Amity wollte vor unserem Umzug noch mal in den Wald schauen.« Er warf ihr einen kurzen Blick zu und hob die Brauen. »Wir sind nicht weit gekommen. Aber ich könnte schwören, dass ich in der Ferne ein altes Haus gesehen haben. Einen von diesen protzigen Riesenschuppen. Weißt du, was für ein Haus das war? Ich meine, ist?«

Claudes Dad musterte sie streng und stellte sein Glas weg. »Habe ich euch nicht gesagt, dass ihr nicht in den Wald gehen sollt? Dadrinnen ist es gefährlich.«

Amity trat von einem Fuß auf den anderen und spielte mit ihrem Haar herum. »Wir haben doch nur ganz kurz geguckt.«

»Ganz kurz ist immer noch zu lang, junge Dame.« Er seufzte und rieb sich das Gesicht. »Ich freue mich schon darauf, den Wald nie wieder sehen zu müssen. Manchmal frage ich mich, weshalb wir wieder hierhergezogen sind.« Einen Moment lang wirkte er niedergeschlagen. »Wisst ihr eigentlich, dass ich drüben auf der anderen Seite der Badwell Woods zur Schule gegangen bin? Unser Sportplatz reichte bis zur Waldgrenze. Eines Tages sind ein paar Jungs nach der Schule in den Wald gegangen. Es ging um eine Mutprobe oder so. Sie kamen nie zurück. Die Jungen sind dort drinnen gestorben, vermutlich in einer Sinkhöhle. Ihre Leichen wurden nie gefunden.« Er trank sein Glas in einem Zug aus und sah durch die Terrassentür in die Ferne.

Claude schluckte schwer. »Wie hießen sie?«

Sein Dad seufzte. »Sie waren Brüder ... Leo Dean, glaube ich. Und der Jüngere ... irgendwas mit R.«

Deliah, Claude, Sam und Amity kuschelten sich auf zwei Luftmatratzen auf dem Boden zusammen. Sie hatten ihre warmen Schlafsäcke, zum Abendessen hatte es etwas vom Thailänder gegeben, sie waren geduscht und hatten sich die Zähne geputzt. Alles Dinge, die sie auf einmal ganz neu zu schätzen wussten.

»Wie geht es dir, Claude?« Deliah lehnte gähnend den Kopf an seine Schulter. »Mit dem Umzug, meine ich.«

Claude hatte sich mit ihrem Gähnen angesteckt. »Wow, darüber habe ich seit Ewigkeiten nicht mehr nachgedacht.«

Deliah verzog das Gesicht. »Ups, tut mir leid, dass ich es angesprochen habe.«

»Ach was, das macht doch nichts. Mir geht es gut damit. Zu wissen, dass ich dich nicht verloren habe, bedeutet mir echt viel. Und ehrlich – nach allem, was wir erlebt haben, sollten sich die Schnösel in Cornwall besser vor mir in Acht nehmen.«

»Wir sollten direkt eine Chatgruppe gründen«, sagte Sam und holte sein neues Handy heraus. »Damit wir uns nicht aus den Augen verlieren.«

»Lasst uns das morgen machen. Ich kann die Augen schon nicht mehr offen halten. Und ihr seid auch schon ganz blass um die Nase.« Claude versuchte, sich in seinem Schlafsack auszustrecken, aber Deliah stieß ihm mit dem Ellenbogen in die Seite.

»Sag nie wieder *blass!*«

Deliah hob ihr Wasserglas. »Auf Leo, Ritchie und Hypatia. Und all die anderen verschwundenen Kinder. Ich hoffe, sie können jetzt Frieden finden. Und ihre Freiheit.«

Sie stießen an, dann kuschelten sie sich in ihre Kissen. So müde, wie sie waren, hatten sie nicht einmal Lust, den Fernseher einzuschalten. Sie schliefen einfach ein – alle zusammen.

Eine Woche später waren Claude, Amity und ihre Eltern fort.

Dafür chatteten die vier wie die Weltmeister. Claude versorgte sie mit einem steten Strom an neiderregenden Fotos vom Strand, darunter eins von Amity beim Surfen. Nach Sandessen sah das allerdings nicht aus. *Sie ist das totale Naturtalent*, schrieb er dazu.

Deliah schickte ein Bild von einem Blumenstrauß und einem kleinen Häufchen Gummibärchen, die Sam und sie am Waldrand abgelegt hatten.

»Aber was, wenn die ein Tier frisst und davon krank wird?«, fragte Sam.

»Guter Punkt.« Deliah hob die Gummibärchen wieder auf und wischte die Erde ab. Aber auf dem Bild sahen sie hübsch aus, und am Ende zählte schließlich die Geste, oder? Sie aß ein Gummibärchen und bot auch ihrer alten Grundschulfreundin Marisa eins an, die mitgekommen war.

»Igitt, vom Boden ess ich nicht. Da ist bestimmt überall Dachspipi dran.«

Irgendwas an dem Wort *Dachspipi* ließ Deliah und Sam im Chor losprusten.

»Ihr zwei seid manchmal echt so was von merkwürdig«, bemerkte Marisa.

»Wissen wir«, antwortete Sam.

»Ist uns aber egal«, fügte Deliah hinzu.

»Gut so«, stellte Marisa fest. »Ich bin superfroh, dass du dich wieder gemeldet hast, Dee. Die Leute in der Schule sind alle so was von laaaangweilig.«

»Gib ihnen ein bisschen Zeit.« Deliah lächelte. »Manchmal dauert es etwas, bis man merkt, wer echte Freunde sind.« Sie warf Sam einen Blick zu, und er erwiderte ihr Lächeln.

»Was für Spiele magst du eigentlich, Marisa?«, fragte er dann.

Deliah und Sam hatten dieses Ablenkungsmanöver im Vorfeld geplant, und Deliah nutzte die Gelegenheit, um ein kleines Loch in den Boden zu graben. Dann legte sie Hypatias Haarsträhne hinein, die sie aus der Geheimkammer mitgenommen hatte.

»Neun und zehn, du darfst schlafen geh'n«, flüsterte sie in den Wald hinein.

Ein kalter Schauder überkam sie. Eine Wolke zog vor die Sonne, und sie schaufelte das Loch wieder zu und klopfte mit der Hand die Erde fest.

Zuerst hörte sie eine Geige, gefolgt von einer Trompete. Oder war das ein Saxofon? In Musik war sie nie sonderlich gut gewesen. Aber sie erkannte, dass es sich um alte Musik handelte. Aber welche, die gar nicht so verkehrt war. Es war Musik, zu der man albern tanzen konnte, während einem die Erwachsenen Vorträge darüber hielten, dass es sich um einen Klassiker handelte.

Sie stand wieder im Fahrstuhl und drehte sich in einem goldenen Kreis. Das Kleid tanzte um ihre Knie. Sie hatte ein zartes Glas mit einer goldenen Flüssigkeit darin in der Hand, die glitzerte, als wäre sie aus Licht. Sie führte das Glas an ihre Lippen, und kleine Bläschen explodierten an ihrer Nase. Sie hatte noch nie Champagner getrunken. Er roch komisch.

Am unteren Treppenabsatz stand Claude. Er wirkte so elegant und ordentlich wie immer. Sein schwarzes Jackett hatte hinten diese beiden langen Enden, die an einen Rock erinnerten. Ein bisschen sah er aus wie ein Pinguin.

Er nahm ihre Hand und drehte sie um die eigene Achse. Ihre Perlenkette klackerte, und ihre kleine Handtasche wippte an ihrem Arm.

Amity kam aus dem Ballsaal angerannt und zog Claude am Arm. Sie trug ein paillettenbesetztes Kleid, in dem sich das Deckenlicht verfing und funkelnde Diamantpunkte auf den schwarz-weißen Fliesen verteilte.

Durch die Haustür kam ein Junge herein. Es war Sam. Er trug einen Anzug wie Claude, aber seine Fliege hing ihm offen um den Hals, und sein Hemd steckte nicht ganz ordentlich in der Hose. Am Jackenaufschlag trug er einen Anstecker. Er hatte die Form eines winzigen Brieföffners.

Sam hielt Deliah den Arm hin. »Darf ich bitten?«, fragte er im Schnöseltonfall.

»Für immer?«, fragte Deliah stirnrunzelnd. Irgendetwas stimmte hier nicht. Irgendetwas hatte sie vergessen.

»Für immer und ewig«, sagten Sam, Claude und Amity, als sich die Tür hinter ihnen schloss.

»Deliah? Hey!« Sam schnipste ihr vor dem Gesicht herum. »Bist du noch da?«

Deliah rieb sich die Augen und zog sich Leos alte Pixies-Mütze über die Ohren. »Ja«, antwortete sie unsicher. »Tut mir leid, ich war in Gedanken.«

»Sah aus, als hättest du einen Traum gehabt«, sagte Marisa. »Alles in Ordnung mit dir? Du wirkst ganz blass.«

Deliah klopfte sich den Schmutz von der Hand. Die Erde fühlte sich verbrannt und sauer an.

»Einen Traum? Ja ... oder ... so was in der Art.«

Danksagung

Es ist Januar 2023, und mein Posteingang steckt voller Nachrichten, die sich um das bevorstehende Jahr drehen. Aber ich möchte gern einen Augenblick lang zurückblicken auf die Reise, die ich mit *The House Trap – Diesem Spiel entkommst du nicht* erlebt habe – einer Geschichte, die schon seit Jahren in meinem Kopf und auf meinem Laptop existiert hat. Und auf die Menschen, die mir geholfen haben, diese Geschichte zum Leben zu erwecken.

The House Trap begann (im Jahr 2018, würde ich sagen) als ein Gefühl für die Atmosphäre und den Ort – eine unheimliche Mischung aus verfallenden Häusern und Hotels, von denen es manche wirklich gab, andere nicht. Dann zog Deliah ein, eine Prise aus mir, vermengt mit einer Menge Brainstorming mit Carolyn Ward und Lu Hersey (als wir uns eigentlich auf etwas anderes konzentrieren sollten … WriteMentor, glaube ich?). Das Gerippe der Geschichte war in meinem Kopf und arbeitete dort unaufhörlich vor sich hin, während ich mich mit anderen Dingen beschäftigte. Sie wuchs unaufhörlich, wurde immer größer. Ihr Hauptnahrungsmittel war Nostalgie (danke auch, Stephen King, Stephen Spielberg und Neil Gaiman). Selbst als ich anfing zu schreiben, wollte sie nicht stillhalten. Immer wieder erzählte sie sich um, und mit jeder Überarbeitung schlug sie einen neuen Weg zum Ende ein. Glücklicherweise waren aber alle entscheidenden Hinweise bereits vorhanden …

Meine Superagentin Lauren Gardner half mir, alle Puzzleteile aufzustöbern, und gemeinsam mit der genialen Kesia Lupo konnte ich sie in die richtige Reihenfolge bringen … Kesia, es war ein echtes Privileg für mich, so eng mit dir zusammenarbeiten zu dürfen.

Danke an alle im Hühnerstall: Rachel L und Rachel H, Laura, Esther, Jazz, Liv, Elinor, Emily und natürlich den einzigartigen Barry C. Ich muss mich immer noch kneifen, weil ich nicht glauben kann, dass ich mit dir Tee trinken darf.

Durch die dunklen Kriechgänge meiner Reise haben mich dankenswerterweise begleitet: Marisa Noelle, Sally Doherty, Lorna Riley, Anna Orridge, Lydia Massiah, Ellie Lock und Caroline Murphy. Allen Swaggers (ein Extradanke an Sophie Wills für ihre Titelexpertise), den beständigen Jedimeister Stuart White, Emma Albrighton, die immer merkwürdigere Google-Suchhistorien hat als ich, und meine ganz besonderen Erstentwurf-Lesenden Grace McDonagh, Macie Mapstone und Sam Miller.

Danke an Coralie Muce – hoffentlich werden meine Worte deiner herrlichen Kunst gerecht. Selbst bei den ersten Skizzen habe ich schon Freudentränen geweint.

Und an alle Buchhändler*innen, Bibliothekar*innen und Lehrer*innen da draußen: Danke, besonders für das Team in Mr B's Emporium.

Und zu guter Letzt: Danke, liebe Lesende, dass auch ihr diese Reise mitgemacht habt. Hoffentlich habe ich es geschafft, euch beim Lesen genau die richtige Mischung aus Angst, Spannung und Unterhaltung fühlen zu lassen. Die Welt ist voller finsterer Orte – bleibt euch selbst und euren Lieben treu, und ihr werdet immer den Weg zurück ans Licht finden.

Elizabeth C. Bunce

EIN MYRTLE HARDCASTLE KRIMI

MORD IM GEWÄCHSHAUS

Aus dem Amerikanischen
von Nadine Mannchen

KNESEBECK

1

Corpus Delicti

> Ein wahrer Ermittler ist ein Meister in der Kunst des Beobachtens und schenkt seiner Umgebung höchste Aufmerksamkeit. Selbst das unscheinbarste Indiz könnte sich als Schlüssel zum Aufdecken der Wahrheit erweisen.
> H. M. Hardcastle: *Die Grundlagen der Detektion – Ein Handbuch für Amateur- und Berufsermittler*, 1893.

»Korrigiere mich, falls ich mich irre.« Die Stiefelabsätze meiner Gouvernanten, Miss Judson, klackerten laut wie ein Telegraf, als sie in den Unterrichtsraum lief. »Als ich deinen Vater dazu überredete, dieses Teleskop zu bestellen, hatten wir ihm ausdrücklich erklärt, du würdest damit den Nachthimmel beobachten.« Viel zu fröhlich zog sie an den Vorhängen und flutete das Zimmer mit Sonnenlicht.

Sobald ich das Teleskop einstellte, sah ich mein Ziel deutlicher vor mir. *Früher Morgen: ausgezeichnet*, schrieb ich neben meine vorigen Notizen. *Leichter Regen über Nacht*. »Ich beobachte Dinge aus der Ferne«, sagte ich. »Gemäß dem Zweck dieses Geräts.« *Zielobjekt: Die Residenz (und deren Bewohner) im Gravesend Close 16, Swinburne. Gemeinhin bekannt als Redgraves-Anwesen*.

Miss Judson lehnte sich neben mir auf den Fenstersims und stützte das Kinn in ihre hellbraune Hand. »Oh. Wie töricht von mir. Kam ich doch glatt auf die Idee, du würdest die Nachbarn ausspionieren.«

»Das auch. Sehen Sie!« Ich zeigte (mit meiner eigenen eher blässlichen Hand) über die Straße, wo sich ein zierlicher blauer Schmetterling auf einer Hecke niedergelassen hatte. »*Celastrina argiolus.*«

»Versuch nicht, das Thema zu wechseln. Moment …« Sie stellte sich aufrecht und auf ihrer Stirn erschien eine Falte. »Ist das der Polizeiwagen?« Die Falte wurde zu einem richtigen Runzeln. »Myrtle?«

Ich deckte das Teleskop mit dem eigens dafür vorgesehenen Tuch ab. »Warum sehen Sie mich so an? *Ich* habe nichts getan!« Ich biss mir auf die Lippe. »Nun ja, womöglich habe ich die Polizei gerufen.«

»Und zu Miss Wodehouse geschickt? Warum in Gottes Namen?« Miss Judson griff nach ihrem Umhang und eilte zur Tür.

»Gehen wir rüber?« Ich rutschte von der Fensterbank und holte rasch meine eigenen Sachen: Notizbuch, Tasche, meine Lupe, meine Handschuhe und das kleine Set zum Entnehmen von Proben mit der Pinzette, den Nadeln und den winzigen Probengläschen darin.

»Das halte ich für das Beste. Schnapp dir deinen Mantel. Unterwegs kannst du mir erklären – damit ich es deinem Vater begreiflich machen kann –, was in aller Welt dich dazu veranlasst hat, die Polizei zu der Lady von nebenan zu schicken!« Auf der Schwelle hielt sie inne und warf mir einen misstrauischen Blick zu. »Es ging doch nicht schon wieder um ihre Katze?«

»Natürlich nicht!« Ich beeilte mich, zu ihr aufzuschließen. Miss Judson in Eile glich einer Naturgewalt. »Also, zumindest nicht direkt. Mit ihr hat nur alles angefangen.«

Eine Hand auf das polierte Geländer gelegt, drehte sie sich auf der Treppe zu mir herum. »Ich höre.«

Im Erklären hatte ich ungeheuer viel Übung. »Ich habe sie heute Morgen nicht gesehen«, fing ich an.

»Miss Wodehouse?«

»Nein, Peony – nun, Miss Wodehouse ebenso wenig. Und dann ist auch Mr Hamm nicht wie üblich erschienen.« Mr Hamm war der Gärtner von Redgraves, dessen tägliche Routine für gewöhnlich damit begann, dass er um 6 Uhr 15 mit Katze Peony im Schlepptau die Brunnen und Vogelbäder überprüfte. Um spätestens 6 Uhr 40 kümmerte er sich um den südlichen Rasen. Oft wurde er dabei von Miss Wodehouse beaufsichtigt, erntete von der spröden alten Dame allerdings nichts als Geringschätzung und Kritik. *Räumen Sie das Laub da weg. Ich will nicht, dass der Rittersporn die Margeriten berührt. Und halten Sie mir diese verwünschte Katze vom Leib!*

Eventuell habe ich sie ein- oder zweimal observiert.

»Und dann ist mir etwas Merkwürdiges aufgefallen.«

Miss Judson sah mich mit verschränkten Armen erwartungsvoll an, während ihre Finger auf dem Ellbogen ihres ordentlichen Tweedgewands herumtrommelten. Dieser Teil war etwas kniffelig zu erklären. Ich hatte mit dem Teleskop an diesem Morgen nämlich etwas anvisiert, das streng verboten war, und das war mir durchaus bewusst. Dabei war nur die Katze schuld. Als von Mr Hamm nichts zu sehen war, tat ich, was jede gute Ermittlerin tun würde. Ich hielt nach Hinweisen Ausschau – und fand welche.

»Der Blumentopf auf Miss Wodehouses Balkon war umgekippt – dieser große, schwere Pflanzkübel – und Peony hat darin gebuddelt. Sie wissen ja, wie sehr Miss Wodehouse es hasst, wenn die Katze etwas durcheinanderbringt, vor allem ihre Blumen, also habe ich versucht, sie zu verscheuchen.«

»Bitte sag mir, dass dieser Versuch Rauchsignale oder vielleicht Telepathie beinhaltete.«

»Jetzt werden Sie aber lächerlich. Ich habe meine Schleuder genommen.«

Miss Judson schloss die Augen. »Diese Geschichte wird besser und besser.«

»Ich habe die Balkontür getroffen und eine Scheibe ist zerbrochen – nur eine kleine! Ich werde sie von meinem Taschengeld bezahlen – Mr Hamm hat immer welche als Ersatz auf Vorrat. Aber *niemand kam heraus.*«

Sie lehnte sich ans Treppengeländer und wirkte ein klein wenig erleichtert. Und fasziniert. »Das ist merkwürdig. Nicht einmal das Hausmädchen?«

»Erst *nach einer Ewigkeit*. Und dann hat sie nur den Kopf zur Tür herausgestreckt, überprüft, ob sie verschlossen ist, und die Vorhänge zugezogen. Sie wirkte nervös.« In meinen Notizen hatte ich den Begriff *verstohlen* verwendet, doch Miss Judson warf mir hin und wieder vor, zu Übertreibungen zu neigen.

»Und da hast du dann die Polizei verständigt?«

Ich scharrte verlegen mit dem Fuß im Teppich. »Nicht direkt. Ich dachte, es könnten alle krank sein – Sie erinnern sich an die Arsenvergiftung von Holyrood im letzten Jahr –, daher ging ich hinüber, um nach dem Rechten zu sehen.«

»Oh, großer Gott!«

»Das Hausmädchen hatte damals *sechs Menschen* ermordet.«

Miss Judson hockte sich neben mich auf die Stufe. »Myrtle. Das geht nun wirklich zu weit. Du kannst doch nicht ernsthaft glauben, die kleine Trudy – oder sonst jemand auf Redgraves – könnte etwas so …«, sie suchte nach dem richtigen Wort, »… Unglaubliches getan haben.«

»Nein.« Obwohl Giftmord durch Arsen in letzter Zeit in Mode gekommen war. »Doch *irgend*etwas stimmte dort drüben nicht. Ich klopfte und klopfte, erhielt aber keine Antwort. Mr Hamm war auch nicht zu Hause.«

Miss Judson schürzte die Lippen und blickte an meinem Kopf vorbei ins Leere. Ich merkte ihr an, dass sie mögliche Reaktionen abwog. »Und dir kam nicht in den Sinn, es einfach jemandem zu sagen?«, fragte sie schließlich etwas schwach.

Sie wusste noch genauso gut wie ich, was die letzten Male geschehen war, wenn ich Erwachsenen von meinen Bedenken berichtet hatte, daher machte ich mir nicht einmal die Mühe, ihr zu antworten.

»Na schön.« Entschlossen stand sie auf. »Gehen wir. Sicher ist dein Vater bald auf den Beinen und es wäre wohl besser, wenn wir rechtzeitig zum Frühstück wieder im Haus sind, damit er mich auf direktem Weg zurück nach Französisch-Guayana schicken kann.«

Das Redgraves-Anwesen lag direkt nebenan, trotzdem mussten wir unseren Rasen und den kleinen Weg überqueren, um dahinter die Straße entlang bis zum Vordereingang des gewaltigen Hauses zu laufen, wo die Polizeikutsche parkte. Der Wachtmeister am Wagen, den ich nicht kannte, nahm zum Gruß den Helm vom Kopf, während er sein Pferd am Hals tätschelte. Davon abgesehen war es auf Redgraves gespenstisch still.

»Wo ist die Katze?«, zischte ich, doch Miss Judson brachte mich mit einem *Psst* zum Schweigen. Während sie sich den schicken kleinen Hut geraderückte, marschierte sie die gewaltige Vordertreppe aus Stein hinauf und läutete an der Haustür, was die Stille des ruhigen Morgens zerriss und im Säulenvorbau eine Gruppe Tauben aufschreckte. Als niemand reagierte, spazierte ich los, um nach Peony oder irgendeinem anderen Hinweis auf das, was letzte Nacht geschehen war, zu suchen. Ein geziegelter Weg, flankiert von nackter Erde, schlängelte sich durch die Blumen. Im Boden führten tiefe Fußabdrücke bis hinter das Haus.

»Wo willst du hin? Myrtle!«

Der Pfad endete an einem sorgfältig gepflegten Rasen und mit ihm die Spur, dafür entdeckte ich Matschflecken auf der Backsteinterrasse, welche die Orangerie[1] umgab. Das Dach dieses Wintergartens war gleichzeitig Miss Wodehouses Balkon, den ich von den Fenstern des Unterrichtsraums aus sehen konnte. Ich musterte die verschmierten Abdrücke und versuchte, festzustellen, was hier passiert sein mochte.

»Myrtle! Warte auf mich!« Miss Judson hastete zu mir, wobei sie achtgab, die Matschspuren nicht zu verwischen. Oder sie wollte sich lediglich die Stiefel nicht besudeln. »Oh, gut gemacht. Fußspuren!«

»Diese gehören Mr Hamm.« Ich zeigte auf die größeren Abdrücke mit der Hufeisenform, die von den Metallabsätzen des Gärtners stammten. Doch das andere Paar …

»Und die hier sind von Peony!«, sagte sie triumphierend.

»Die gehören zu einem Eichhörnchen.« Ich sah sie schräg von der Seite an. »*Sie* sollen *mir* doch Biologie beibringen.«

»Ich habe mich hinreißen lassen. Tja, Miss Wodehouse oder Trudy gehören diese anderen Abdrücke jedenfalls nicht. Sie sind zu groß.« Zu Demonstrationszwecken raffte sie ihre Röcke in die Höhe und hielt ihren eigenen Fuß darüber. »Außerdem scheinen sie von Männerschuhen zu stammen.«

»Haben Sie ihr Skizzenbuch dabei?«

Sie blinzelte mich an. »Mir kam nicht in den Sinn, dass wir Beweise sammeln würden – ach, egal. Nein.«

Ich ging auf die Knie und holte mein Detektivset heraus. Mit einer winzigen Kelle nahm ich eine Bodenprobe von der Stelle direkt neben einem der Fußabdrücke. Miss Judson zau-

---

[1] eine modische Bezeichnung für eine Art verglaste Sonnenterrasse

berte in der Zwischenzeit etwas Beeindruckendes hervor: Sie reichte mir ein ausrollbares Maßband, damit ich die Spur vermessen konnte. »Ich weiß, du hast auch so eines«, sagte sie mit einem Anflug von Selbstgefälligkeit in der Stimme. »Wenn diese Abdrücke von Mr Hamm stammen, dann *war* er hier. Irgendwann.«

»Letzte Nacht hat es geregnet«, sagte ich. »Doch inzwischen ist der Boden zu hart, um darin Spuren zu hinterlassen.« Ich stampfte fest in die Erde, verursachte aber nur eine undeutliche, kaum wahrnehmbare Delle. »Diese hier müssen vor etlichen Stunden entstanden sein. Ungefähr um Mitternacht, würde ich meinen.«

»Ist dem so, kleine Lady?«, donnerte hinter mir eine herzliche Stimme. Miss Judson und ich richteten uns auf und wirbelten herum. »Na, da schau einer an, wenn das nicht die junge Myrtle ist, das Töchterchen des Staatsanwalts!«

»Guten Morgen, Inspektor Hardy«, sagte ich. Inspektor Hardy war mein Lieblingspolizist aus der Polizeidirektion von Swinburne und arbeitete für die brandneue Ermittlungsabteilung, der ich hoffte, einmal beizutreten, wenn ich erst alt genug wäre. Zumindest solange ich nicht nach London ziehen und für Scotland Yard arbeiten würde. Ich machte einen kleinen Knicks. »Danke, dass Sie so schnell gekommen sind.« Ich hatte zur Fernsprechzelle rennen müssen, um die Polizei zu verständigen, da Vater es nicht für notwendig hielt, im Haus ein Telefon installieren zu lassen. Es gab eine ganze *Liste* von modernen Dingen, die Vater für unnötig hielt, und Miss Judson ermahnte mich immer wieder dazu, dankbar zu sein, dass die »Ausbildung junger Damen aus gutem Hause« nicht dazu gehörte.

»Dann haben Sie uns also gerufen? Die vom Notruf meinten, es handele sich um einen Dumme-Jungen-Streich.«

Ich zupfte am Saum meines Kleids, das sich beharrlich weigerte, zu klein für mich zu werden. Bevor ich antworten konnte, ergriff Miss Judson das Wort.

»Ja, verzeihen Sie, Inspektor. Ich glaube, Myrtle hat etwas gesehen, was sie beunruhigte, und sich dann hinreißen lassen. Wir wollten keine Unannehmlichkeiten machen.«

»Oh, das haben Sie nicht, keine Sorge.« Inspektor Hardy nahm den Hut ab und kratzte sich am kahler werdenden Kopf. »Allerdings haben wir gewisse Scherereien mit den Angehörigen, wenn Sie verstehen.«

Ein junger Mann, etwa in Miss Judsons Alter, lungerte vor der Tür zur Orangerie herum und rauchte einen Zigarillo[2].

Ich sah mich nach hingeworfenen Stummeln um. Die Füße des Mannes konnte ich nicht sehen, allerdings war es gut möglich, dass er die zweite Spur von Abdrücken hinterlassen hatte.

»Sie da! Sind Sie bald fertig?« Sein Tonfall war ordinär und ungeduldig. »Ich will die Sache über die Bühne gebracht haben, bevor die Gaffer aus der Nachbarschaft in Scharen anrücken. Ah, wie ich sehe, rotten sie sich schon zusammen.« Er machte auf seinem nicht sichtbaren Absatz kehrt und knallte die Tür hinter sich zu.

»Wer war das?«, fragte ich.

»Ach, irgendein Neffe oder so was in der Art ...« Inspektor Hardy zögerte. »Warum haben Sie denn nun angerufen, Miss Myrtle?«

Neffe? Ich hatte gar nicht gewusst, dass Miss Wodehouse Verwandte hatte. Andererseits, hätte ich eine Tante wie

---

[2] eine widerliche Sorte einer kleinen braunen Zigarette, von der die Autorin nichts Genaues zu berichten weiß

Minerva Wodehouse, würde ich mich auch so selten wie möglich blicken lassen. Nachdem ich meine Aufmerksamkeit wieder Inspektor Hardy zugewandt hatte, erstattete ich meinen ersten offiziellen Bericht. »Heute Morgen gegen 6 Uhr 45 vermutete ich, dass auf Redgraves etwas nicht stimmt. Miss Wodehouse und ihr Gärtner, Mr Llewellyn Hamm, arbeiten sonst jeden Morgen im Garten, doch heute ließ sich keiner von beiden blicken.«

»Genauso wenig wie die Katze«, murmelte Miss Judson. Sie schaute unter ihrer Hutkrempe hervor Richtung Himmel, daher war es vollkommen unmöglich zu erraten, was ihr durch den Kopf ging.

»Hm? Katze?«, hakte Inspektor Hardy nach.

Miss Judson schüttelte knapp den Kopf und gab mir zu verstehen, dass ich fortfahren sollte. Ich wiederholte, was ich schon Miss Judson erzählt hatte (abgesehen von den Holyrood-Giftmorden, dafür betonte ich das ungewöhnliche Abweichen von der Routine auf Redgraves an diesem Morgen). »Und da beschloss ich dann, es wäre angebracht, Hilfe zu holen.«

»Ich möchte mich noch einmal für die Unannehmlichkeiten entschuldigen«, warf Miss Judson ein. »Würden Sie Miss Wodehouse ausrichten, dass *es nie wieder vorkommt?*«

Ich nickte bekräftigend. Ich gebe zu, bisher war es mir nicht in den Sinn gekommen, dass es Folgen haben könnte, Miss Wodehouse zu verärgern. »Es sei denn, es geht um Leben oder Tod«, schwor ich.

Inspektor Hardy sah mich ernst an. »Nun«, sagte er, »es war gut, dass Sie uns gerufen haben.« In diesem Moment öffneten sich die Türen der Orangerie erneut. Diesmal traten zwei Polizisten mit einer Trage heraus. Als wir sahen, was sich darauf befand, drückte Miss Judson meine Hand, und zwar fest. Es hatte verdächtige Ähnlichkeit mit einer Leiche, vollständig bedeckt von einem schwarzen Tuch.

»Aye«, sagte Inspektor Hardy. »Es ist die alte Lady, ruhe sie in Frieden. Sie ist in der Nacht verstorben.«

Ausgezeichnete Unterhaltung mit der Ermittlerin aus England

Mord
im Gewächshaus

ISBN 978-3-95728-486-0

Packende Kriminalfälle für die Meisterdetektivin

Der Fall des
verschwundenen Lords

Der Fall der
linkshändigen Lady

ISBN 978-3-95728-260-6

ISBN 978-3-95728-261-3

Titel der Originalausgabe:
THE HOUSE TRAP
Zuerst erschienen bei CHICKEN HOUSE PUBLISHING LTD.,
Somerset, England
Dieses Werk wurde vermittelt durch die
Literarische Agentur Thomas Schlück GmbH, Hannover
Copyright Text © 2023 Emma Read
Copyright Illustrationen © 2024 Hauke Kock

Deutsche Erstausgabe
Copyright © 2024 von dem Knesebeck GmbH & Co. Verlag KG, München
Ein Unternehmen der Média-Participations
Übersetzung: Sarah Heidelberger, Hamburg
Projektkoordination und Lektorat: Stefanie Böhm, Knesebeck Verlag
Umschlagadaption unter Verwendung der Gestaltung von Hauke Kock:
Leonore Höfer, Knesebeck Verlag
Satz & Herstellung: Arnold & Domnick, Leipzig
Druck: PNB Print Ltd.
Printed in Latvia

ISBN 978-3-95728-889-9

Alle Rechte vorbehalten, auch auszugsweise.
www.knesebeck-verlag.de